अंतस्ताप

कहानी संग्रह

प्रदीप पांथ

Made with ♥ on the Notion Press Platform
www.notionpress.com

पूज्यनीय दादी माँ स्वर्गीय लक्ष्मी देवी

“जिसके किस्से कहानियों ने हमें न केवल पूर्व पीढ़ी को समझने का अवसर दिया बल्कि हमारे भीतर संस्कार का बीज रोपित कर वर्तमान के साथ अगली पीढ़ी के लिए ठोस बुनियाद तैयार करने का प्रयास भी किया। मैं अपनी उस परम पूज्यनीय दादी माँ स्वर्गीय लक्ष्मी देवी के श्री चरणों में कहानी संग्रह ‘अंतस्ताप’ को सादर समर्पित करता हूँ। ”

--प्रदीप पांथ

कहानी संग्रह- *अंतस्ताप*

प्रथम संस्करण

प्रकाशन वर्ष- २०२३

क्रम-सूची

लेखक परिचय

साहित्यिक नाम- प्रदीप पांथ

पूरा नाम- प्रदीप कुमार तिवारी

पिता- श्री गोकुल प्रसाद तिवारी

माता- श्रीमती निर्मला देवी

जन्म- 15 जुलाई 1976 मुसाफिरखाना, उ0प्र0

शैक्षिक योग्यता- परास्नातक (भौतिक शास्त्र), बी0एड0, वि0बी0टी0सी0

व्यवसाय- अध्यापन, बेसिक शिक्षा विभाग

प्रकाशित पुस्तकें

1. आईना (एकल काव्य संग्रह)
2. दास्तान-ए-ज़िंदगी (एकल काव्य संग्रह)
3. चलते रहना (एकल काव्य संग्रह)
4. उम्मीद का दिया (युगल काव्य संग्रह)
5. माटी का अभिनंदन (काव्यांजलि)

सहलेखन

प्रकृति और प्रेम, ऑवर स्ट्रगल, द राइज आफ लास्ट वन्स, द लिटरेरी ब्रिज, संवाहक सहित अन्य कई संग्रहों में बतौर सहलेखककार्य।

निवास स्थान

पलिया पूरब (गौरीगंज रोड), मुसाफिरखाना

जनपद अमेठी उ0प्र0 227813

सम्पर्क सूत्र

9450045608

7905820479

ईमेल

tiwaripradeep65@gmail.com

अपनी बात

प्रदीप पांथ

"ऐ ज़िंदगी तुझसे फ़क़त इतना गिला है।
तेरे सफर में दर्द का क्यों सिलसिला है।।
हर साँस में जिसने हमेशा दी दुआ तुम ख़ुश रहो,
दर्द का दरियाव आखिर उन दिलों को क्यों मिला है।।"

प्रिय पाठक,

मेरा पहला कहानी संग्रह 'अंतस्ताप' आपके हाथ में है। यह पुस्तक रिश्तों में मन की पीड़ा को प्रतिबिंबित करने वाली दस कहानियों का संग्रह है। कहानियों के चरित्र भले ही काल्पनिक व भाषा साहित्यिक हो लेकिन विषयवस्तु समाज में घटित उन घटनाओं से जुड़ी है जिनमें रिश्तों के चटकने और मानवीय मूल्यों के तार तार होने से मन के किसी कोने में उठने वाली हूक ही हमारा अंतस्ताप बन जाती है। ऐसी घटनाएं हमारे मन को झकझोरते हुए यह सोचने को मजबूर करती हैं कि आज भी हमारे सम्पुट मानवीय मूल्यों और संवेदनाओं से कितने खाली हैं। स्वार्थसिद्धि की भावना सभी मूल्यों पर भारी होकर हमारे रिश्तों को दीमक की तरह चाट जा रही है।

रिश्ता मनुष्य को एक दूसरे के करीब लाने के लिए तैयार किया गया वह ताना बाना होता है जिसका मूलाधार प्रेम, समर्पण और एक दूसरे के प्रति सम्मान की भावना है। रिश्ता अपने से जुड़े लोगों को न केवल प्रतिरक्षा कवच प्रदान करता है बल्कि यह समाज में लोगों की भूमिका का निर्धारण भी करता है। रिश्तों में मानवीय, पारिवारिक एवं सामाजिक मूल्यों का समावेश ही उसे मजबूती प्रदान करता है। रक्त, व्यक्ति, जाति, धर्म, समुदाय के आधार पर बने रिश्तों की तुलना में समाजिकता के आधार पर बने रिश्ते मानवीय व पारिवारिक मूल्यों से अधिक संपुष्ट होते हैं। यही कारण है कि ऐसे रिश्ते अन्य रिश्तों के सापेक्ष कहीं अधिक मजबूत, टिकाऊ और दीर्घजीवी होते है। भौतिक सुख सुविधाओं को हासिल करने की अपरिमित और असीम इच्छा के चलते रिश्तों में जैसे जैसे स्वार्थ सिद्धि की भावना का समावेशन हुआ वैसे वैसे रिश्तों में पारिवारिक मूल्यों का ह्रास होता गया। 'मैं और मेरा' की भावना से 'हम और हमारे' की भावना का प्रतिस्थापन हो गया।

जहाँ 'मैं और मेरा' का भाव हावी हुआ वहाँ सबसे पहले दिलों की दूरी बढ़ जाती है जो बाद में संवादहीनता को बढ़ाकर रिश्तों की मजबूती के लिए जरूरी सभी मूल्यों का क्षरण कर देता है। प्रेम, सौहार्द, स्नेह, धैर्य, सम्मान, संवाद, भरोसा, ईमानदारी, पारस्परिक सामंजस्य से जहाँ

रिश्तों का बंधन अटूट बनता है, वहीं इन भावों में कमी रिश्तों के ताने बाने में जकड़े मनुष्य के मन की पीड़ा का कारक भी बन जाती है। रिश्तों में समर्पण व सहयोग जहाँ जीवन को सुखमय एवं खुशहाल बनाकर हमें आगे बढ़ने की प्रेरणा देता है, वहीं छल, कपट, ईर्ष्या, द्वेष, धोखा, स्वार्थ, संदेह, शक, अहंकार, बेइमानी, संवादहीनता, अविश्वास, हठधर्मिता, रिश्तों में दरार पैदा कर हमारे अंतस्ताप को बढ़ा देती हैं।

'**अंतस्ताप**' कहानी संग्रह ज़िंदगी की जद्दोजहद से झूझते लोगों के मन की व्यथा कथा है। इसकी सभी कहानियाँ कहीं न कहीं रिश्तों की चटक से उठे अंतस्ताप को समेटे हुए हैं।

संग्रह की पहली कहानी '**रिश्तों का खून**' बाप-बेटी की ऐसी दास्तान है जिसमें एक बेटी भ्रष्ट तंत्र के सहारे अपने जिंदा पिता को सरकारी दस्तावेजों में जब मृत घोषित करा देती है तो बेटी का यह कृत्य न केवल उसके पिता के अंतस्ताप का कारण बन जाता है बल्कि उसका रिश्तों पर से भरोसा भी उठ जाता है। पति-पत्नी के बीच सच्चे एवं अगाध प्रेम को प्रतिबिंबित करती हुई दूसरी कहानी '**बाबू जी**' गृहस्थी के मकड़जाल में उलझे व्यक्ति की मनोदशा और उसकी पीड़ा का अनुभव कराएगी।

तीसरी कहानी '**शब्बो**' ममता की मारी उस माँ की पीड़ा को समेटे हुए है जो पुत्र मोह में सभी रिश्तों को ठुकरा कर महज इसलिए बावली बनी इधर उधर घूमती फिरती है कि रिश्तों को निभाने के फेर में उसका उस मिट्टी से नाता न टूट जाए जिसमें उसके कलेजे का टुकड़ा दफन है। चौथी कहानी '**विश्वासघातिनी**' में पिता की मौत के बाद धन हड़पने के लिए उसकी शादी शुदा बेटी का अपने पति के साथ मिलकर अपनी असहाय विधवा माँ के साथ विश्वासघात करना मजबूर माँ के अंतस्ताप का कारण बनता है। इसके बाद भी वह बेटी द्वारा किये गये विश्वासघात पर महज इसलिए पर्दा डाल देती है कि कहीं लोगों का अपने बच्चों पर से भरोसा न उठ जाए।

पाँचवीं कहानी '**कलुआ**' उस गरीब परिवार की पीड़ा है जिसकी जनम भर की कमाई आग जैसी दैवीय आपदा में स्वाहा हो जाती है। उसे मदद के लिए जिस सरकारी तंत्र पर भरोसा था वह तंत्र भी दो शब्द लिखने के लिए पेन में स्याही भराने की बात कर अपने भ्रष्ट होने का

संकेत देता है। यह कहानी मुसीबत के मारे परिवार की पीड़ा और संघर्ष का कच्चा चिट्ठा है। छठीं कहानी '**कजरी**' में जहाँ अत्यधिक लाड प्यार और गलत सोहबत में पड़कर बेटे का बिगडना माँ-बाप के अंतस्ताप का कारण बनता दिखता है वहीं बिगड़े बाप का दंश झेलती औलाद के संघर्ष और उसके मन की पीड़ा की दास्तान भी मिलेगी।

सातवीं कहानी '**बहादुर**' में दो भाइयों के प्रेम, वैधव्य में तिरस्कृत स्त्री के दर्द, पुत्र मोह में फंसी माँ की मनःस्थिति के साथ ही त्याग और तिरस्कार की झलक भी मिलेगी। इसके साथ ही यह कहानी विभिन्न पारिवारिक रिश्तों में अविश्वास से उपजने वाले अंतस्ताप का भी एहसास कराती है। इस कहानी में त्याग और समर्पण की भावना अंत में सभी का हृदय परिवर्तन भी करती नजर आएगी है। संग्रह में शामिल आठवीं कहानी '**गाड़ी वाली अम्मा**' एक ऐसी बदनसीब माँ की व्यथा है जिसे बुढ़ापे में उसके अपने बेटे ने ही जमीन जायदाद बेचने के बाद बोझ समझकर अंजान जगह पर भटकने के लिए छोड़ दिया। बेटे की करतूत से अंजान सड़कों पर भटकती बुजुर्ग माँ के दर्द को एक युवक समझकर जब सहारा देता है तो वह उसे ही अपने बेटे के रूप में अपना लेती है। जब तक उसके बेगैरत बेटे को अपने कृत्य पर पछतावा होता तब तक माँ इस दुनिया को अलविदा कह चुकी होती है।

संग्रह में नवीं कहानी के रूप में '**सजा**' को शामिल किया गया है जो विभिन्न चरित्रों के कर्मों का लेखा जोखा है। जिसका एक किरदार अति महत्वाकांक्षा का शिकार होकर सभी रिश्तों की अहमियत को धता बता देता है। वह परवाजी के जुनून में सही और गलत में फर्क करना भूल जाता है। आखिर में उसे अपने कृत्य पर पछताना भी पड़ता है। उसने जिसके साथ सबसे बड़ा घात किया अंत में उसे उसी का सहारा मिलता है। इस कहानी में ऊँच नीच का भेद, अतिसय प्रेम, छल, धोखा, अविश्वास किरदारों के अंतस्ताप का कारण बनता दिखता है। दसवीं और अंतिम कहानी के रूप में शामिल कहानी '**जिजीविषा**' गुरबत में जीवन बसर करने वाले परिवार की आकांक्षाओं और संघर्ष की दास्तान है। जिसके माध्यम से यह बताने का प्रयास किया गया है कि जीने की चाह हो तो कठिन से कठिन परिस्थितियों में भी व्यक्ति संघर्ष कर उस पर विजय

प्राप्त कर सकता है। जब तक जीवन का कोई लक्ष्य नहीं होगा तब तक व्यक्ति के अंदर जीने की चाह उत्पन्न नहीं हो सकती है।

*'**अंतस्ताप**' कहानी संग्रह में शामिल कहानियों की विषयवस्तु समाज में घटित सत्य घटनाओं से प्रेरित हैं। संग्रह की सभी कहानियाँ रिश्तों में क्षरित हो रहे विभिन्न मूल्यों का प्रतिबिम्ब मात्र हैं। आशा है कि यह संग्रह न केवल आपको पसंद आयेगा अपितु रिश्तों में क्षरित हो रहे मानवीय, पारिवारिक और सामाजिक मूल्यों के संरक्षण और पुनर्स्थापना के लिए आत्मावलोकन का अवसर देते हुए नए सिरे से चिंतन करने का संदेश भी देगा।*

प्रदीप पांथ

२७ जून २०२३

भूमिका

आर रहमान

जीवन मूल्यों के मार्मिक चितेरे कथाकार प्रदीप पांथ

प्रदीप पांथ को मैं व्यक्तिगत रूप से बिल्कुल नहीं जानता और आमने सामने तो बिल्कुल भी नहीं। मेरे वरिष्ठ साहित्यकार मित्र मुकेश शुक्ल ने युवा कथाकार के बारे में जानकारी देते हुए उनकी कहानियों को पढ़कर उन पर प्रतिक्रिया देने का आग्रह किया था। चूंकि संग्रह की सभी कहानियाँ साहित्य के गंभीर मर्मज्ञ भाई मुकेश जी से मिली थी सो मेरे लिए इन पर कुछ कहना और भी चुनौतीपूर्ण हो गया। पढ़ने के बाद लगा कि प्रदीप पांथ की कहानियाँ मुंशी प्रेमचंद के इस कथन को चरितार्थ करती हैं कि '**जो साहित्य मन को मानवीय न बना सके वह साहित्य हो**

ही नहीं सकता।' यहाँ कहानी फिक्शन नहीं बल्कि जीता जागता यथार्थ है जो हमारे आस पास बिखरा पड़ा है। जिसे महसूस करने के लिए एक संवेदनशील हृदय और देखने के लिए एक मानवीय दृष्टि होनी चाहिए। इनकी कहानियाँ न सिर्फ रोमांचित करती हैं बल्कि मनुष्य को सोचने पर मजबूर भी करती हैं।

जीवन मूल्यों के प्रति लेखक की प्रतिबद्धता लेखक के कद को और भी बढ़ा देती है। लेखक की इस प्रतिबद्धता का जीता जागता यथार्थ **'बाबू जी'** *की कहानी है। जो ता उम्र शहर में नौकरी करते रहने के कारण अपनी भार्या को साथ रहने का सुख न दे पाने का दुःख और अकेलेपन से जूझते दिखते हैं। वहीं* **'रिश्तों का खून'** *में मिन्नतों से पैदा हुई स्वयं की बेटी द्वारा जमीन के लालच में पिता को जीते जी मृत घोषित करा दिए जाने का दर्द बिल्कुल यथार्थ महसूस होता है, मातृत्व की प्रतिमूर्ति* **'शब्बो'** *हो या फिर इससे भी आगे कहानी* **'विश्वासघातिनी'**, **'बहादुर'**,**'कजरी'** *आदि, सभी न सिर्फ लेखक के कथा संसार का यथार्थ हैं बल्कि लेखक की कलम से निकलकर हमारा भी यथार्थ बन जाती हैं।*

इस प्रकार यदि सार रूप में कहूँ तो प्रदीप पांथ की कहानियाँ न सिर्फ संयुक्त परिवार के छिन्न भिन्न होते ताने बाने का लेखा जोखा प्रस्तुत करती हैं बल्कि बदलते परिवेश में हमारे सांस्कृतिक मूल्यों के ह्रास पर भी गंभीर विमर्श खड़ा करती हैं। लेखक की भाषा शैली इतनी सहज और साध्य है कि कहानी सीधे पाठकों के दिल में उतरती चली जाती है। कथा शिल्प भी कुछ ऐसा है कि पाठक जिज्ञासा वश पूरी कहानी पढ़े बिना रह नहीं पाता।

अतएव लेखक से भविष्य में सृजन के प्रति अनंत संभावनाएं महसूस की जा सकती हैं। मैं प्रदीप पांथ के उज्जवल भविष्य की कामना करता हूँ। वहीं पुस्तक के पाठकों से भी आशा करता हूँ कि वे भी उन्हें उचित सम्मान व आशीर्वाद देंगे।

आर रहमान

भिवाड़ी (राजस्थान)

उद्‌गार

पुष्कर सुल्तानपुरी

जब हम विचारों में जाते हैं या अपने अंतस्थल में विचरण करने लगते हैं तो तमाम ऐसी घटनाओं से हमारा सामना होता है जिनसे हम प्रभावित होते हैं। कुछ लोग इन घटनाओं को वहीं छोड़ देते हैं लेकिन कुछ लोग उसे वहां से निकल कर बाहर यानी हम सभी के बीच बड़े सलीके से किस्से, कहानियों या फिर कविताओं के माध्यम से प्रस्तुत किया करते हैं। जिनसे समाज को नया रंग, नया ढंग और नया रूप भी मिलता रहता था।

*प्रदीप पांथ जी के कई काव्य संग्रह इससे पहले प्रकाशित हो चुके हैं। उनकी हर रचना मन तक पहुंच कर विमर्श का सन्देश देती है। इनका नया प्रयोग कहानी संग्रह '**अंतस्ताप**' आपके बीच में है। अंतस्ताप*

की सभी दस कहानियां जहां समाज को दिशा देती हैं वहीं समझदारी, ईमानदारी, विश्वास व सामंजस्य के साथ भावनात्मक लगाव भी रखती हैं।

प्रदीप पांथ जी की पकड़ जितनी पद्य विधा में देखने को मिली उतनी ही जोरदार पकड़ उनकी कहानी संग्रह 'अंतस्ताप' में भी मौजूद मिलती है। सरल एवं साध्य भाषा शैली इनकी कहानियों की खूबी है जो पाठकों के दिल में उतरकर उन्हें नए सिरे से विमर्श करने के लिए विवश करती हैं।

मैं प्रदीप पांथ जी के साथ साथ उनकी कहानी संग्रह 'अंतस्ताप' से बहुत आशान्वित हूँ।

पुष्कर सुल्तानपुरी
9452174612

शुभकामना संदेश

कर्मराज शर्मा तुकांत

"कजरी, कलुआ, शब्बो, बाबू जी, रिश्तों का खून।
गाड़ी वाली अम्मा के संग सजा करे मन दून।।
सुंदर मनहर जिजीविषा, चढ़ा बहादुर ताप।
विश्वासों की घातिनी से बढ़ता अंतस्ताप।।"

वैसे तो प्रदीप पांथ जी से मैं बहुत दिनों से परिचित था, परन्तु असली साहित्यिक परिचय इनके नवीनतम कहानी संग्रह अंतस्ताप को

पढ़कर मिला। दस कहानियों का यह संग्रह आम जनमानस से लेकर समाज के तथाकथित सम्भ्रांत समाज के चारों ओर घूमता नज़र आता है। रिश्तों का खून, विश्वासघातिनी, बाबू जी जैसी कहानियों का वृतांत खुद को सभ्य कहने वाले उस समाज के आसपास घूमता नज़र आता है जो यह समझता है कि जीवन में दौलत हासिल करना ही जीवन की सबसे बड़ी सफलता है। शब्बो जैसे चरित्र आज भी समाज में हमें मिल जाते हैं जो अपनी संतानों के लिए अपना सर्वस्व न्यौछावर कर देते हैं। कलुआ कहानी के माध्यम से प्रदीप जी ने जहां समाज के मेहनतकश मजदूर के दर्द को दिखाने का प्रयास करने में सफलता पाई है वहीं कजरी द्वारा मध्यम वर्ग के बच्चे-बच्चियों को अत्याधिक प्यार-दुलार में अपने ही जीवन के साथ खिलवाड़ करने की कथा को प्रस्तुत करने में सफलता पाई है। बहादुर और गाड़ी वाली अम्मा में प्रदीप जी ने जिन कथा शिल्प विधानों का प्रयोग किया है वह आज के कहानीकारों में प्रायः देखने को नहीं मिलता है।

कुल मिलाकर कहानी संग्रह अंतस्ताप में हमने देखा कि यदि पाठक इस पुस्तक को उठाकर पढ़ना शुरू करेगा तो सभी कहानियों को पढ़े बिना नही रह सकेगा। आपकी कहानी संग्रह की इस पांडुलिपि को पढ़ना फिर उस पर कुछ कहना हमारे लिए सौभाग्य की बात है। यह कहानी संग्रह आपके साहित्यिक जीवन में मील का पत्थर साबित हो। एक नई पहचान दे। यही ईश्वर से प्रार्थना करते है।

कर्मराज शर्मा तुकांत
सुलतानपुर (उप्र)
9453513800

विमल चन्द्राकर

प्रदीप पांथ से मेरा परिचय व जुड़ाव उनकी साहित्यिक सृजनशीलता एवं रचनात्मकता के कारण तब हुआ जब वे हमारे लेखकीय मंच साहित्यिक बगिया से कुछ वर्ष पूर्व जुड़े। वे हमारे मंच पर उन शख्सियतों में शामिल हैं जिन्होंने अपनी कविता, गीत और कहानी तीनों विधाओं से मंच को खासा प्रभावित किया।

हालांकि प्रदीप पांथ जी से मेरी प्रत्यक्ष भेंट अभी तक नहीं हुई है लेकिन मैं साहित्यिक बगिया मंच के माध्यम से न केवल उनकी

रचनाओं और लेख से रूबरू होता रहा हूँ बल्कि साहित्यिक बगिया कृत 'संवाहक' पुस्तक में हमें साथ काम करने का अवसर भी मिला। 'संवाहक' पुस्तक की शीर्षक कविता प्रदीप पांथ जी द्वारा ही लिखी गई है।

प्रदीप पांथ जी की पद्य एवं गद्य दोनों विधाओं में बराबर व मजबूत पकड़ है। पांथ जी की कहानियों का विषय, शीर्षक चयन, समाज में व्याप्त बुराइयों को सलीके से उभारते हुए पाठक को कहानी के विषयवस्तु से जुड़ी परिस्थितियों में लाकर खड़ा कर देने का कथा शिल्प उच्च कोटि का है।

गरीबी, शोषण, भ्रष्टाचार, संवेदनशीलता, छल, कपट, धोखा, जीवटता सहित तमाम भावों के समावेशन के साथ ही नए विहान का प्रबोधन भी प्रदीप पांथ जी की कहानियों में बखूबी झलकता है। हम आशा करते हैं कि 'अंतस्ताप' कहानी संग्रह पाठकों को जरूर पसंद आएगा।

'अंतस्ताप' से नूतन प्रतिमान गढ़ने के लिए प्रदीप पांथ और उनके कहानी संग्रह को बहुत बहुत शुभकामनाएं।

विमल चन्द्राकर
संस्थापक, साहित्यिक बगिया
कानपुर
87264 52002

अश्वनी शुक्ला

प्रायः मैंने देखा, पढ़ा और महसूस भी किया है कि आज का कहानीकार पाठक को कल्पनालोक में अधिक विचरण करवाता है किन्तु प्रदीप पांथ यथार्थ के धरातल पर लिखने वाले ऐसे सिद्धहस्त कहानीकार हैं जिनकी कहानियाँ आम जन मानस पर केंद्रित होकर वास्तविकता की उस पगडंडी से गुजरती हैं जहाँ एक आम पाठक तो क्या... स्वयं एक साहित्यकार भी ये सोच बैठता है... या रह रह के उसके जेहन में सिर्फ एक ही बात आती है कि इस विषय वस्तु पर क्या इससे अच्छी कहानी लिखी जा सकती थी / है.... उत्तर शायद नहीं... !!!

प्रकाशन से पूर्व मुझे सिर्फ तीन कहानियाँ को ही पढ़ने का सौभाग्य प्राप्त हुआ.... कलुआ, कजरी और शब्बो।

कोई भी कहानी पढ़ते हुए ऐसा नहीं लगा कि ये लेखक की प्रथम कहानी संग्रह की कहानियाँ हैं। भावनाओं के चितेरे प्रदीप जी अपनी कहानी में पाठक के दिमाग की चैतन्यता को ऐसे जकड़े रहते हैं जैसे शीत से कंपित व्यक्ति के हाथों में चाय का प्याला जकड़ा हो। इन्हीं तीन कहानियों से मैंने यह निष्कर्ष निकाला कि प्रदीप जी की लेखनी, साहित्य के आकाशगंगा में ध्रुव तारे की तरह शाश्वत चमकने का माद्दा रखती है।

*'**कलुआ**' कहानी में कलुआ द्वारा अपने होने वाले समधी को दिया गया जवाब लाज़वाब ही नहीं बल्कि पूरी कहानी की जान है.... '**अगर भगवान ने पेट दिया है तो उसे........... अब अगर तुम रिश्ता करना भी चाहो तो हमारी तरफ से इंकार है।**'*

*'**कजरी**' कहानी भी कई बार अपने पाठक को सस्पेंस में डाले रहती है कि आखिर इस कहानी का अंत क्या होगा...?*

*'**शब्बो**' कहानी ने मेरी रूह तक को झकझोर दिया। ... इतना वास्तविक चित्रण कि सब कुछ मानस पटल पर घूमता हुआ दिखा।अंत में कहानी का दुखान्त...और दुखान्त भी ऐसा कि जिसने मेरी व्यक्तिगत सोच को परिवर्तित कर दिया। किसी भी शहर के चौराहे पर या सार्वजनिक जगहों पर इस प्रकार की घूमने वाली महिलाएं अब मुझे शब्बो की ही छाया रूप में दिखेंगीं... ! ये पांथ जी की लेखनी का कमाल है.....*

मैं प्रदीप पांथ के उज्जवल साहित्यिक भविष्य की कामना करता हूँ। हमें आशा है कि साहित्य प्रेमियों के हृदय में अंतस्ताप को पढ़ने की इच्छा ठीक वैसे ही जगेगी जैसे आस्तिक भक्तिमार्गी के लिए चार धाम की यात्रा।

*'**अंतस्ताप**' कहानी संग्रह को सफलता की असीम शुभकामनाएं।*

अश्वनी शुक्ला

औरैया

8126955252

पावती (स्वीकृति)

"इस कहानी संग्रह के सफर में हमराही की तरह सदैव अपना सहयोग, सुझाव और समर्थन देने वाले प्रख्यात कलमकार आदरणीय **पुष्कर सुलतानपुरी जी** *का मैं हार्दिक आभार व्यक्त करता हूँ। सूक्ष्म आग्रह पर 'अंतस्ताप' कहानी संग्रह की भूमिका लिखने का प्रस्ताव सहर्ष स्वीकार करने के लिए कलमकार आदरणीय* **आर रहमान जी** *व अपनी लेखनी से आमुख के रूप में अंतस्ताप को अभिसिंचित करने के लिए आदरणीय* **प्रदीप सारंग जी** *का मैं अंतस्तल से कृतज्ञता व्यक्त करता हूँ। मैं साहित्यिक बगिया के संस्थापक* **विमल चन्द्राकर जी** *का भी आभार व्यक्त करता हूँ जिन्होंने मुझे न केवल अपने मंच पर देश के प्रख्यात कलमकारों से परिचित होने और उनकी सृजनशीलता से बहुत कुछ सीखने का अवसर प्रदान किया बल्कि मेरी पूर्व प्रकाशित पुस्तक 'माटी का अभिनंदन' की भूमिका भी सहर्ष लिखी थी। अपने आशीर्वचन से नवाजने वाले कलमकार आदरणीय कर्मराज शर्मा जी व आदरणीय अश्वनी शुक्ला जी के भी हम आभारी हैं। इसके साथ ही मैं अपने उन सभी शुभचिंतकों का आभारी हूँ जिन्होंने कहानी लेखन के समय उसके अंशों को न केवल पढ़कर सराहा बल्कि विभिन्न माध्यमों से अपनी समीक्षात्मक टिप्पणी द्वारा हमें उर्जित और प्रोत्साहित भी किया।"*

--**प्रदीप पांथ**

आमुख

प्रदीप सारंग

सामाजिक ताना-बाना की जटिलता को समझना आम आदमी के लिए वैसे ही बहुत कठिन होता है भारतीय समाज की संरचना कुछ अधिक ही जटिल है। विद्यालय की औपचारिक शिक्षा और घर-समाज की अनौपचारिक शिक्षा में अंतर इस जटिलता का प्रमुख कारण है। जटिलता का एक महत्वपूर्ण कारण है वैज्ञानिक शिक्षण के साथ अवैज्ञानिक आचरण। इसीप्रकार वास्तविक जीवन की हकीकत से दूर एक काल्पनिक जीवन की ओर उन्मुख समाज तथा रिश्तों में सामंजस्य परक व्यवहार से इतर एकल परिवार को प्रोत्साहित करती स्वप्निल

दुनियाँ की सैर इत्यादि सामाजिक जटिलताओं के कारण हैं।

प्रदीप पांथ की कहानियाँ ऐसी जटिलताओं में उलझी अंधी दौड़ को न केवल ठहराव में बदलती हैं बल्कि जनमन को द्रवित कर उलझी वैचारिकी में समकोणीय मोड़ लाने का वातावरण सृजित करने में समर्थ दिखती हैं। वैश्वीकरण के चलते तेजी से बदलते जीवन-मूल्यों, युवाओं की प्राथमिकताओं की दृष्टि से निश्चित ही इसे संक्रमण काल कहा जा सकता है। ऐसे में पुरानी व नई पीढ़ी के सपनों में टकराहट का होना तथा रिश्तों में दरार का आना स्वाभाविक है। कहानी संग्रह "अंतस्ताप" समाज में पनप रही इन विद्रूपताओं पर भी विहंगम दृष्टि डालता है और समाधान को उत्प्रेरित भी करता है।

पेशे से शिक्षक श्री पांथ मानवीय संवेदनाओं के मर्मस्पर्शी चितेरे हैं। शब्दचित्र बनाने में माहिर लेखक ने **'साहित्य समाज का दर्पण है तथा साहित्य समाज का दिग्दर्शक है'** दोनों मान्यताओं पर मुहर लगाई है। ग्रामीण और शहरी संस्कृति के प्रभाव की चपेट में आ रहे युवाओं के मन-मस्तिष्क को टटोलने में श्री पांथ को महारथ हासिल है। बाबूजी कहानी एक ऐसी पृष्ठभूमि को रेखांकित करती है जहाँ तेजी से बदल रही संस्कृति के संक्रमण काल की दुश्वारियाँ तो परिलक्षित होती ही हैं, साथ ही साथ कहानी पुरानी पीढ़ी के प्रेम का भी बखूबी रूपायित करती है।संग्रह की सभी कहानियाँ रिश्तों में मानवीय, पारिवारिक एवं समाजिक मूल्यों में हो रही गिरावट की तरफ बड़े ही सलीके से इशारा करती हुई नई पीढ़ी का इन मूल्यों के संरक्षण के लिए आह्वान करती हुई दिखेंगी।

शीर्षक की सार्थकता सिद्ध करता हुआ कहानी संग्रह "**अंतस्ताप**" मनरंजन के साथ ही अन्तस्परिमार्जन की अपार संभावनाओं के मध्य वृहत्तर जनकल्याण एवं नव-समाज की आधार-भूमि तैयार करता हुआ दिखता है। संग्रह की हर कहानी का अलग रंग है। इस प्रकार मानव जीवन के अनेक रंगों से पूरित यह कहानी संग्रह पारिवारिक सामाजिक चेतना एवं मानवीय सवेदना का अद्भुत गुलदस्ता है।

मुझे विश्वास है कि भाव-सम्पदा से समृद्ध यह कहानी संग्रह पाठकों के लिए आंतरिक-पर्यावरण को संशोधित करने का माध्यम तो

बनेगा ही साथ में गहरे एहसास कराते हुए उन्हें उनकी मनोवृत्तियों को संपुष्ट करते हुए संतुष्टि-प्रदायक सिद्‌ध होगा। रचनाकार, रचनाधर्मिता व पाठकों के लिए अनेकशः मंगलकामनाओं सहित-

प्रदीप सारंग
सचिव
अवध भारती संस्थान
9919007190

1

रिश्ते का खून

सर्दी का दिन था। उधर सूरज क्षितिज के आगोश में समा रहा था और इधर कुहासे ने अपनी धुंध की चादर फैलानी शुरू कर दी थी। जैसे जैसे दिल का उजाला सिमट रहा था वैसे वैसे कुहासा गहरा होता जा रहा था। देखते ही देखते कुहासे ने कुहरा का रूप लेकर ठंड का कहर ढाना शुरू कर दिया। कुहरा गहराने के साथ जब मोटर गाड़ियों की आवाजाही ठप हुई तो चारों तरफ सन्नाटा पसर गया। जिस समय ठंड के कहर से बचने के लिए लोग अपने घरों में दुबक कर रजाई में समाने की तैयारी कर रहे थे उसी समय घने कुहरे को चीरते हुए एक बूढ़ा लाठी के सहारे गांव की पगडंडी पकड़े चला आ रहा था। बूढ़े के चलने से उसकी लाठी की ठक ठक की आवाज सन्नाटे को चीरती हुई दूर से ही साफ साफ सुनाई दे रही थी।

पगडंडी पर सामने से आ रहे साइकिल सवार को लाठी की ठक ठक सुनकर राह में किसी के होने का अंदाजा लग गया। तेज होती जा रही ठक ठक की आवाज से वह यह भी समझ गया कि कोई उसकी तरफ ही बढ़ता हुआ आ रहा है। वह साइकिल रोक कर खड़ा हो गया। पास पहुँचने पर राहगीर ने बुजुर्ग के चेहरे का पहचानने की कोशिश की तो वह आश्चर्यचकित रह गया। उसे चेहरा कुछ जाना पहचाना और पहले से देखा हुआ लगा। कुछ देर गौर से देखने के बाद उसने चेहरे को पहचानते हुए बड़े ही आश्चर्य से पूँछा,

'अरे ! हरिया, तू अभी जिंदा है, पटवारी तो कह रहा था कि साल भर पहले ही तू ... खैर... गांव छोड़कर तू यहाँ कहाँ भटक रहा है? ...ठंड कहर बरपा रही है और तू ऐसे कैसे घर से बाहर निकलकर टहल रहा है?'

राहगीर के मुंह से निकले शब्द हरिया को तीर से लगे। एक पल के लिए वह स्तब्ध हो गया। आवाज कुछ जानी पहचानी लग रही थी। लेकिन इस कुहरे में न तो बूढ़ी आंखें साफ साफ देख पा रही थी और न ही ठंडा पड़ चुका दिमाग चल पा रहा था। उसने राहगीर को पहचानने की कोशिश तो बहुत की लेकिन सफल न हुआ। कुछ देर चुपचाप लाठी पर ठुड्डी रखकर बुत बना वह राहगीर को ताकता रहा फिर कांपती आवाज में राहगीर के सवाल के जवाब में सवाल किया,

'लेकिन, तुम कौन हो भाई ? ... जरा मैं भी तो जानूं कि तुम मुझे कैसे जानते पहचानते हो?'

'अरे हरिया! मैं मनसुख हूँ , मनसुख ...पहचाना नहीं क्या? ...हम बगिया वाले स्कूल में साथ पढ़ते थे, ...हम आखिरी बार तुम्हारी बिटिया के ब्याह में मिले थे।'

राहगीर ने पहचान मुकर्रर करने के लिए हरिया के कानों के पास मुंह लगाकर चहकते हुए एक ही सांस में यह सब कह डाला था। उसे उम्मीद थी कि इस दस्तक से हरिया की स्मृति का बन्द दरवाजा जरूर खुल जाएगा।

मनसुख के इतना कहने के बाद हरिया कुछ देर तक न जाने क्या सोचता रहा फिर आगे बढ़कर उसने राहगीर का चेहरा अपने दोनों हाथों में थामा और आँखों को करीब लाकर चेहरा पहचानने की कोशिश करने लगा। कुछ पल बाद ही वह अचानक यूं मुस्कराया जैसे उसकी मरुभूमि बन चुकी स्मृति की जमीन फिर से हरी भरी हो गई हो।

हरिया बोला- 'पहचान गया भाई... तू मेरा बचपन का यार मनसुख है, डाकिया मनसुख,...कैसा है तू? तेरी मजाक करने की आदत आज भी नहीं गयी। कम से कम मरने जीने का मजाक इस उम्र में तो न ही किया कर।'

मनसुख ने बात को संभालते हुए जबाब दिया, 'मैं तो ठीक हूँ, तुम अपनी सुनाओ... गांव छोड़कर तुम यहाँ कहाँ भटक रहे हो?'

'जब से मलकाइन ने साथ छोड़ा तब से मैं यहीं अपनी बिटिया फुलवा के यहाँ ही आकर रह रहा हूँ।....अब न तो आंखों को साफ दिखाई पड़ता है और न ही शरीर में ताकत रह गई है। मलकाइन के जाने के बाद इन दोनों ने भी साथ छोड़ना शुरू कर दिया है।' हरिया ने लंबी सांस लेते हुए कहा तो मनसुख ने हमदर्दी जताते हुए कहा,

'काहे बुढ़ापी में जवानी का ख़्वाब देख रहा है हरिया। अच्छा यह बताओ ...पगला वगला गए हो क्या जो इस ठंड में लाठी लेकर निकल पड़े। ...हड्डियों में ठंड समा गई तो लेने के देने पड़ जाएंगे।'

मनसुख की हमदर्दी भरी बातें हरिया को मरहम की तरह लगी। वह भावुक होकर भरभराते स्वर में बोला, 'अब हम बूढ़ों की सुनता ही कौन है? ...हम तो अब घर का वह बेकार सामान हो चुके हैं जिसका नसीब किसी कोने में पड़े रहना भर ही है। ...तलब बुझाने के लिए चिलम का ही सहारा रह गया है। आज इसकी तम्बाकू खत्म हो गई थी जिसे लेने के लिए ही पास की गुमटी तक जा रहा हूँ।'

'घर में और कोई नहीं है क्या जो तुम खुद ही निकल पड़े हो।'

'निरवंश का नगाड़ा तो नहीं बजा है न ...लेकिन सब अपने अपने में मस्त हैं। ...हमारी सुधि लेने की फुर्सत किसी को नहीं है। हम मरें या जिएं, किसी को कोई फिकर नहीं है। ...जिसे फिकर थी उसे तो भगवान ने पहले ही उठा लिया।' यह कहते कहते हरिया की आँखों में आँसू छलछला आए।

रास्ते में ही खड़े खड़े दोनों कुछ देर बतियाते रहे फिर ठंड का वास्ता देकर दोनों अपने अपने रास्ते चलते बने। मनसुख से मिलकर आज हरिया की स्मृतियाँ एक बार फिर ताजा होने लगी।

हरिया का घर कस्बे से दूर एक छोटे से गांव में था। मनसुख भी पास के ही गांव का था। बचपन में दोनों ने साथ पढ़ाई की थी। जहां मनसुख के घर से गरीबी कोसों दूर थी वहीं हरिया का गरीबी से चोली दामन का साथ था। हरिया के मां बाप बचपन में ही परलोक सिधार चुके थे। नाते रिश्ते की परवरिश में उसका बचपन जैसे तैसे ही बीता था। पढ़ने लिखने की उम्र में ही उस पर घर-बार, खेती-बाड़ी की जिम्मेदारी आ गई थी। इसी झंझट से जूझता हरिया कब पढ़ाई से दूर होकर खेती, किसानी और

गृहस्थी में रम गया उसे इसका पता ही न चला।

खाने कमाने के लिए उसके पास जमीन का मात्र एक ही टुकड़ा था। यह जमीन का टुकड़ा ही उसका माई बाप बन गया था। ब्याह हो जाने पर घर में मलकाइन के आ जाने से उसका एकल परिवार दो जन का हो गया था। दोनों का पेट भरने के लिए यह जमीन काफी थी। हरिया के लिए अब मलकाइन ही उसकी दुनिया थी। उसे दुनियादारी से क्या लेना देना? बाहर की दुनिया देखी नहीं इसलिए नादान का नादान ही रह गया।

उधर मनसुख पढ़ लिखकर डाकिया बन गया था। वह दिन भर घूम घूम कर चिट्ठी बांटता था। इस काम में वह आस पास के कई गांवों का चक्कर लगाता रहता था इसीलिए उसे आस पास की सारी खबर रहती थी। वह सबके सुख और दुःख का राजदार था। किसी के सुख में हंसकर शामिल हो जाना और दुःख में हमदर्दी का मरहम लगाना वह बखूबी जानता था। बस वह थोड़ा मुंहफट था। बात भली लगे या बुरी, बस तपाक से कह कर अपना रस्ता नाप लेना उसकी आदत थी।

आज जब हरिया मनसुख से मिलने के बाद घर वापस लौटा तो उसे मनसुख की बात बहुत कचोट रही थी। 'हरिया तू अभी जिंदा है...' वाक्य उसके दिमाग में बार बार कौंध रहा था। वह ओसारे में जल रहे तपते के पास बैठकर हाथ सेंकने लगा। आज आग से कहीं ज्यादा तपिश उसे मनसुख के मुंह से निकले शब्दों में महसूस हो रही थी। मनसुख की पटवारी वाली बात उसका अंतस्ताप बढ़ा रही थी। तनाव बढ़ा तो उसके चिलम की तलब भी बढ़ गई। चिलम में तम्बाकू भर कर जल्दी से सुलगाई और एक लम्बा कस खींचकर फिर से सोचने लगा। जैसे दरिया का पानी लहरों पर सवार होकर बार बार किनारों से टकराता है ठीक वैसे ही उसकी पुरानी स्मृतियां भी आज उसके मानस पटल पर आकर बार बार कोलाहल करने लगी थी।

चिलम का कश खींचते खींचते वह पुरानी स्मृति में खो गया। उसे आज भी बखूबी याद है कि उसने खेती किसानी के लिए गांव के ही साहूकार से जो पैसा ब्याज पर लिया था उसे वह तय समय पर नहीं लौटा पाया था। जिसके कारण उसे रोज रोज साहूकार का तगादा सुनना पड़ रहा था। पुरानी उधारी उतरी भी नहीं और हरिया को साहूकार से अपनी

शादी के लिए फिर से पैसे लेने पड़ गए थे। फसल कटने पर पैसे चुकाने का साहूकार से किया गया वायदा वह इस बार भी पूरा न कर सका था। वह हरदम डरा सहमा रहता था कि न जाने कब साहूकार पैसा माँगने दरवाजे पर आ धमके।

मलकाइन को ब्याह कर लाये हुए दो महीने भी नहीं हुए थे कि साहूकार दरवाजे पर अपना पैसा माँगने आ धमका था। उसके तेवर से ही हरिया को अंदाजा हो गया था कि आज वह बिना पैसा लिए वापस लौटने वाला नहीं है। दरवाजे पर पहुंचते ही साहूकार चिल्लाया,

'अबे हरिया, तू कितना नमक हराम हो गया है?.... जो फसल कटने के बाद भी तूने उधारी चुकाना मुनासिब न समझा। जोरू के आते ही मुगल हो गया। ...आज तुझे मेरा पैसा देना ही होगा। अगर पैसा न दिया तो .....वायदे के मुताबिक तेरी जमीन हमारी हो जाएगी। सोच लेना, उस पर तू नहीं फिर मैं ही हल चलवाऊंगा।'

साहूकार की गर्मी देख हरिया का कलेजा धक से हो गया। वह कुछ दिनों की मोहलत के लिए साहूकार के सामने हाथ जोड़कर गिड़गिड़ाने लगा। मलकाइन यह सारा तमाशा किवाड़ की ओट से देख और सुन रही थी। साहूकार रहम खाने के बजाय बार बार जमीन हड़पने की धमकी दिए जा रहा था। बार बार जमीन हड़पने की बात सुन चौखट के भीतर से मलकाइन ने गुर्राते हुए कहा था,

'जमीन तेरे बाप की नहीं है जो उसपर तू अपना हल चलवाएगा। हमारे जीते जी कोई उस पर पैर नहीं रख सकता। सुनते हो! ...पैसों का इंतजाम हम करेंगे। कल इनका पैसा ले जाकर इनके मुंह पर मार देना।'

हरिया के लाख मना करने के बावजूद मलकाइन ने अपने तन का सारा जेवर बेच कर साहूकार का कर्जा चुकाया था। वह कहती थी कि उसके तन का जेवर सोना चांदी नहीं बल्कि दो चुटकी सिंदूर और उसका पति है। उसके लिए पति ही परमेश्वर है और उससे प्यारा कुछ भी नहीं है। दो रोटी कम खाना किसी के अर्दब में रहने से कहीं ज्यादा अच्छा है।

तपते की आग बुझ चुकी थी लेकिन चिलम की कश हरिया के बदन को गर्म किए हुए थी। आज उसे मलकाइन की बहुत याद आ रही थी।

विवाह के दस बरस बीत चुके थे लेकिन घर में कोई किलकारी न गूंजी। फिर भी हरिया और मलकाइन को इस बात का कोई मलाल न था। वे दोनों अपनी दुनिया में खुश थे। उन्हें ईश्वर से कोई शिकायत भी न थी। यह तो उमराइन काकी थी जिन्होंने उनके अंदर संतान पाने की ललक जगाते हुए पहली बार कहा था,

'हरिया क्या सोचता है?.....कुछ मान मनौती कर....हाथ पे हाथ रख कर बैठने से काम न चलेगा.... आखिर वंश भी तो चलना चाहिए या फिर निरवंश का नगाड़ा ही बजवाएगा।'

काकी की बात सुनकर हरिया और मलकाइन के दिल में औलाद की इच्छा जग गई। जिसके बाद देवालय, ड्यूहारिन, भवानी, ओझा सोखा, नीम हकीम, पीपल, पाकड़ कुछ भी न बचा जहाँ हरिया और मलकाइन ने औलाद के लिए हाजिरी न लगाई। जिसने जो रास्ता सुझाया, हरिया बिना आगा पीछा सोचे औलद पाने के लिए उसी राह पर चल पड़ता था।

आखिरकार बड़े मान, दान और जतन के बाद जब फुलवा पैदा हुई तो दोनों की खुशी का कोई ठिकाना न रहा। मलकाइन तो औलाद के रूप में बेटा चाहती थी लेकिन बिटिया के रूप में फुलवा के पैदा होने पर हरिया ने उसे समझाया था कि इसे ईश्वर का प्रसाद समझकर माथे से लगा ले। अब यह बिटिया ही हमारी खेवनहार बनेगी। फुलवा का लालन पालन करने में दोनों ने कोई कोर कसर न छोड़ी थी। इसके बाद उन्हें दूसरी कोई औलाद भी न हुई।

हरिया और मलकाइन के पास खेती और मजदूरी के अलावा आमदनी का कोई दूसरा साधन न था। फुलवा के लालन पालन और शादी विवाह के चक्कर में हरिया ने अपना पेट काटना शुरू कर दिया। जिसका नतीजा यह हुआ कि हरिया समय से पहले ही बूढ़ा हो गया और मलकाइन घर गृहस्थी के झंझट में फंस कर समय से पहले ही रामजी के धाम की अनंत यात्रा पर निकल गई।

मलकाइन का कफन दफन करने के बाद हरिया जब घर लौटा तो सूनी ड्योढ़ी देख कर खूब रोया था। जीवनसाथी का यूँ साथ छोड़कर चले जाना उसको बहुत अखरता था। उसे यूँ लगता था जैसे उसकी भूख प्यास और घर का सुख चैन सब कुछ मलकाइन के साथ ही चला गया।

मलकाइन के जाने को गम उसे खाए जा रहा था। वह अंदर ही अंदर टूट चुका था। फुलवा को देखने के बाद वह खुद को दिलासा देता था कि मलकाइन नहीं तो क्या हुआ उसकी निशानी तो उसके पास है ही। उसे फुलवा में अपनी मलकाइन का अक्स दिखाई पड़ता था। अब तो वही हरिया के जीने का एक मात्र सहारा थी।

हरिया इस ख्याल से ही सिहर उठता था कि फुलवा उसकी बिटिया ही नहीं वह अब किसी की पत्नी भी है। ससुराल की शोभा अपने मायके में कब तक रहेगी। आखिर उसे भी तो वापस अपने ससुराल जाना है। वह यह सोचकर अकेले बैठ कर रोया करता था कि फुलवा के बिना वह पहाड़ सी जिंदगी अकेले कैसे गुजारेगा?

फुलवा सब समझती थी। बिना कहे ही वह अपने बाबू जी के मन की बात जान गई थी इसीलिए तो वह बार बार हरिया का समझा रही थी,

'बापू! इतना अधीर क्यों होते हो? ...अम्मा नहीं हैं तो क्या हुआ? ...हम तो हैं। ...तुमसे ज्यादा प्यारा हमें कोई और है क्या? ...हम तुम्हें यहाँ अकेला थोड़े ही छोड़ेंगे। ...तुम्हें अपने साथ ही ससुराल ले जाएंगे।'

हरिया अपना घर बार छोड़कर फुलवा के साथ जाने को कतई तैयार न था। वह सोचता था कि जिस घर और जमीन से उसकी मलकाइन की यादें जुड़ी हैं उससे वह मुंह कैसे मोड़ ले। वह जब जब अपने खेत की मेड़ पर खड़ा होता तब तब उसकी आंखें डबडबा जाती थी। वह फुलवा से बार बार यही कहता कि जिस जमीन को बचाने के लिए मलकाइन ने अपने बनने संवरने के दिनों में अपने तन का जेवर तक उतार दिया उसे छोड़कर वह कहीं नहीं जा सकता। यह जमीन उसे मलकाइन के पास होने का एहसास कराती है। फिर भी फुलवा के जिद के आगे वह हार गया और उसे बिटिया के साथ जमाई के घर आना पड़ा। उसे इस बात का हमेशा मलाल रहा कि जिस बिटिया के घर का पानी भी उसे नहीं पीना चाहिए था उसी घर में रहकर उसे पेट की आग बुझानी पड़ रही थी।

चिलम की तम्बाकू तो कब की खत्म हो गई थी। अलाव की आग भी ठंडी पड़कर राख के ढ़ेर में तब्दील हो चुकी थी लेकिन अभी भी उसके दिमाग में सिर्फ एक ही बात कौंध रही थी कि पटवारी ने मनसुख से ऐसा कैसे कह दिया कि साल भर पहले......?

यही वह बात थी जो हरिया को लगातार हैरान किये हुई थी। हरिया ने आज न तो कुछ खाया और न ही कुछ पिया। आज न तो किसी ने उसे टोका और न ही खाने के लिए उसे बुलाया। बस एक औपचारिकता पूरी कर बाल बच्चे और बिटिया जमाई सब घर में घुस कर रजाई में समा गए। जब चारों तरफ सन्नाटा पसर गया और ठंड ने अपना असर दिखाना शुरू किया तो हरिया ने भी अपनी खाट पकड़ गुरगुट्टी मार ली।

आज हरिया की आंखों से नींद कोसों दूर थी। वह करवटें बदल बदलकर किसी तरह रात बिताने की कोशिश कर रहा था। जैसे तैसे खांसते हुए उसने रतजगा कर भोर की किरण को देखा। उसे अभी भी मनसुख की बात कचोटे जा रही थी। मन करता था कि वह मनसुख का मुंह नोच ले। खाट से उठते ही उसने प्रण कर लिया कि वह आज पटवारी से मिलकर पूँछेगा कि उसने मनसुख से कौन सी ऐसी बात कह दी है जिसे सुनाते सुनाते वह आधा हजम कर गया।

सुबह खाट से उठने के बाद हरिया ने जल्दी जल्दी अपनी नित्य क्रिया पूरी की। दाना पानी की फिक्र किए बिना वह लाठी टेकते हुए पटवारी से मिलने के लिए घर से निकल पड़ा। फुलवा ने बड़ी बेरुख़ी से पीछे से आवाज लगाई,

'ये सुबह सुबह कहाँ चल दिए? ...न खुद चैन से बैठोगे और न हमें बैठने दोगे।'

हरिया को पीछे से आने वाली फुलवा की आवाज आज रोक न सकी। वह उसकी बात को अनसुना कर जब आगे बढ़ गया तो फुलवा ने भी यह जानने की कोशिश नहीं की कि आखिर उसके बापू जा कहाँ रहे हैं? हरिया के मन में एक अजीब सा गुस्सा था। उसका बदन साथ नहीं दे रहा था फिर भी अपनी सारी ताकत समेटे वह पटवारी से मिलने के लिए लाठी के सहारे रास्ता नापे जा रहा था। उसे पटवारी से मिलने की जल्दी थी। एक सांस में कोस भर दूरी तय कर वह सीधा तहसील पहुंच गया। कुछ एक लोगों से पूंछतांछ के बाद उसने अपने पटवारी को भी खोज निकाला।

पटवारी सिर झुकाए हुए कागजों में मगजमारी कर रहा था। हरिया ने लाठी पटक कर उसकी खट खट से पटवारी का ध्यान अपनी ओर खींचा और फिर गुर्राते हुए बरस पड़े,

‘पटवारी! तू मनसुख डाकिया से क्या कहा रहा था ?’

पटवारी ने सिर उठाकर पहले हरिया का ऊपर से नीचे तक निहारा फिर बड़ी बेरुखी से पूँछा,

‘तुम हो कौन? ...और कहना क्या चाहते हो?’

‘अरे मैं हरिया हूँ, हरिया। मैं तुमसे पूँछने आया हूँ कि तुम मेरे बारे में मनसुख से क्या कह रहे थे? ...ऐसे आँखें फाड़कर न देखो। मैं अभी इतना गैताल नहीं हुआ कि तुमसे पूँछने के लिए यहां तक पहुंच न सकूँ।’ हरिया की आवाज में गुस्सा था।

हरिया का गुस्सा देख पटवारी ने विनम्रता दिखाते हुए कहा, ‘अरे दादा! पहले गुस्सा थूको फिर बताओ... किस गाँव से आ रहे हो? मैं तुम्हें पहचान नहीं पा रहा हूँ।’

‘मैं तौधिकपुर का वही हरिया हूँ जिसे कल सामने देख मनसुख ने आश्चर्य प्रकट किया था कि वह अभी जिंदा है। ...पटवारी तो कह रहा था कि साल भर पहले ही...।’

हरिया का चेहरा अभी भी तमतमाया ही था लेकिन पटवारी के चेहरे पर कुटिल मुस्कान तैर गई। वह लगभग हंसते हुए बोला,

‘काहे झूठ बोलते हो दादा! ...सही सही बताओ। ...तौधिकपुर का हरिया तो कब का स्वर्गवासी हो चुका है।’

‘गजब करते हो पटवारी। ...जिंदा आदमी को स्वर्गवासी बता रहे हो। ...आँख फाड़कर देख लो, यह हरिया ही है जो तुम्हारे सामने खड़ा है।’

‘अरे, तुम हरिया कैसे हो सकते हो? ....वह तो सालभर पहले ही मर चुका है।’ पटवारी के मुँह से यह शब्द सुनते ही हरिया चकरा गया। वह बड़बड़ाने लगा,

‘घोर कलयुग है। ...अब यह जमाना आ गया कि जिंदे को जिंदा नहीं माना जा रहा है। हमें अपने जिंदे होने का भी अब सबूत देना पड़ेगा।’

पटवारी ने अपनी बात को मजबूजी देने के लिए हरिया को रजिस्टर के पन्ने पलटकर दिखाते हुए कहा,

‘यह देखो दादा जी, तौधिकपुर के हरिया की जमीन की वरासत भी उसकी बेटी फुलवा के नाम हो गई है।’

पटवारी के मुंह से यह सुनते ही हरिया के पैरों तले जमीन खिसक गई। अब उसके पास कहने सुनने को बचा ही क्या था? हरिया को सब समझ में आ गया था। मनसुख की बात सच साबित हो गई थी। उसका कलेजा अपने ही खंजर से लहूलुहान हो गया था। वह उल्टे पाँव लौट पड़ा।

हरिया घर लौटते हुए सोच रहा था कि एक टुकड़ा जमीन हासिल करने के लिए उसे जीते जी ही सरकारी कागजों में मार दिया गया। इस षडयंत्र में जमाई के साथ फुलवा भी साझी थी। सब कुछ जानते हुए भी मुखिया ने हरिया के मरने की झूठी तस्दीक की थी। पंचायत के सरकारी मुलाजिम ने मृतक प्रमाणपत्र बनाया था और पटवारी ने वरासत की थी। ये सब तो गैर थे। उन्हें धन की भूख रही होगी। उनके कर्मों की सजा भगवान उन्हें देगा।

हरिया को यह यकीन करना मुश्किल हो रहा था कि जमीन के लिए यह सब उसकी औलाद फुलवा और जमाई का किया कराया था। वह सोच रहा था कि जमाई तो दूसरे का खून है लेकिन फुलवा तो अपनी है। आखिर उसने किसी को रोका क्यों नहीं?

हरिया को घर वापसी का एक एक पग भारी लगने लगा था। वह चलते चलते थक कर चूर हो गया था। जब उसकी टांगें जबाब दे गई तो वह रास्ते में बैठकर यूँ ही बड़बड़ाने लगा,

'फुलवा! तेरी माँ कहती थी कि हमारे जीते जी यह जमीन किसी और की न होगी। तू गैर थोड़े थी। यह सब मेरे मरने के बाद तेरा ही तो था। अगर जमीन की भूख इतनी थी तो बोल देती। मैं खुद तुझे लिख देता। इसके लिए मुझे जीते जी मारने की क्या जरूरत थी? तूने ऐसे कैसे रिश्ते का खून कर दिया।' यूँ ही बड़बड़ाते हुए हरिया बैठकर घंटों रोता रहा।

जिस बेटी ने बाप को जीते जी मृत घोषित करा दिया था उस बेटी को बाप की जमीन से कोई मोह न था। वह तो जल्दी से जल्दी उसे बेचना चाहती थी। यह सब कुछ जानने के बाद हरिया फुलवा के पास वापस नहीं लौटना चाहता था। उसका मन कर रहा था कि उसे वहीं मौत आ जाए। इन सबके बावजूद भी बाप का दिल अभी बेटी के लिए धड़क रहा था। उसने यह सोचकर फिर से घर वापसी की राह पकड़ ली कि अगर वह घर न पहुँचा तो लोग उसकी बेटी को कोसेंगे कि वह अपने बाप का ख्याल न

रख सकी।

हरिया अपने दिल का दर्द किसी से कह भी नहीं सकता था। इसी उधेड़ बुन में रास्ता नापता वह फुलवा की चौखट पर पहुंच गया। जमाई अलाव के पास आराम से बैठा हाथ सेंकते हुए फुलवा से जमीन की रजिस्ट्री करने की बात पास में बैठी फुलवा से कर रहा था।

चौखट पर हरिया को देखते ही फुलवा अलाव के पास बैठे बैठे ही चिल्लाई,

'बिना बताए कहां चले गए थे? ...न मरोगे और न हमारा पिंड छोड़ोगे।'

हरिया तो पटवारी के पास से लहूलुहान होकर ही लौटा था। जीवन की चाह तो वह पहले ही त्याग चुका था। औलाद के मोह में घर तक खिंचा चला आया था बस। घर की चौखट पर कदम रखते ही जब उसने फुलवा की कर्कश आवाज सुनी तो उसका संबल जवाब दे गया। वह वहीं चौखट पर ही हाथ पांव ढीले कर पसर गया।

फुलवा चीखी, 'अब ये क्या नाटक है? ...आखिर तुम्हें हो क्या गया है?' जब कोई प्रतिक्रिया न हुई तो वह थोड़ा सहमी और अलाव के पास से उठकर हरिया के पास आई। हाथ पैर हिलाया डुलाया। थोड़ा इत्मिनान होने के बाद हरिया को उठाने के लिए फुलवा झुकी ही थी कि वह बुदबुदाया,

'बेटी, अब मैं यहाँ न रहूँगा। ...तूने तो साल भर पहले ही रिश्ते का खून कर दिया था। दूर हो जा मुझसे। ...अब मैं अपनी मलकाइन के पास जा रहा हूँ। उनसे कहूँगा कि ऐसी औलाद से तो हम बे औलाद ही अच्छे थे। कम से कम हमें रिश्तों के खून होने का गम तो न होता।'

इतना कहते कहते हरिया की सांसें थम गई और वह अनंत यात्रा पर निकल गया। फुलवा खूब रोई और पछताई लेकिन अब वह क्या कर सकती थी? उसे बिटिया कहने वाला तो बहुत दूर जा चुका था। वह अपनी ही नजरों में गिर चुकी थी। उसने पिता के भरोसे का कत्ल किया था। वह जिंदगी भर इस कलंक से उबर न सकी।

2

बाबू जी

दरवाजे पर नीम के पेड़ के नीचे पड़ी कुर्सी पर बाबू जी आराम फरमाने की मुद्रा में बैठे हुए थे। घर के बरामदे में खड़ी होकर छोटी बहू आवाज लगा रही थी- 'बाबू जी... ओ बाबू जी... बरामदे में नाश्ता लगा दिया है। आकर कर लीजिए।'

लेकिन बाबू जी को तो जैसे कुछ सुनाई ही नहीं पड़ रहा था। कई बार आवाज देने के बाद भी जब कोई प्रतिक्रिया न हुई तो बहुरिया को थकहार कर चौखट लांघनी ही पड़ी। उसने बाबू जी के करीब पहुंचकर धीरे से कहा,

'बाबू जी सुबह सुबह कहाँ खोए हो? (हँस कर बोली) अम्मा की याद आ रही है क्या? सूरज आसमान पर चढ़ आया है। ...चलिए नाश्ता तो कर लीजिए। ...अभी आपको मुन्ने को स्कूल छोड़ने भी तो जाना है।'

आज बाबू जी की इच्छा न कुछ करने की थी और न ही कहीं आने जाने की भी। वह तो अपने अतीत के पन्ने पलटने में लगे हुए थे। बहू की आवाज कानों से टकराने का बोध हुआ तो यादों का दामन छोड़कर वे उठ खड़े हुए। वे बहू से कुछ कहते, इससे पहले ही वह पलटकर घर के भीतर जा चुकी है। उन्होंने अपनी छड़ी उठाई और धीरे - धीरे छड़ी के सहारे घर के बरामदे की तरफ बढ़ने लगे।

आज कुर्सी से उठने का उनका मन बिल्कुल नहीं था लेकिन मना कर देते तो बहू नाराज हो जाती और उन्हें रोज की तरह आज भी उसके ताने और झिड़कियां सुननी पड़ती। सो वह मन मसोस कर उठकर बहू

के हुकुम का पालन करने लगे। वह मन ही मन सोच रहे थे कि आज अनुपमा होती तो ऐसे थोड़े चलता। वह सबकी लगाम अपने हाथ में रख कर कसे रहती थी। मजाल था कि कोई बहू घर के बाहर कदम रख देती। ...लेकिन अब तो बहुओं की सारी पंचायत घर के बाहर ही होती है। नाश्ते के लिए तो उन्हें कभी घर के भीतर जाना ही नहीं पड़ता था। उसका हुकुम होते ही सब एक पैर पर खड़े हो जाते थे। वह जहाँ भी बैठे रहते थे वहीं सब कुछ हाजिर हो जाता था।

अनुपमा के गोलोकवासी होते ही घर और बाबू जी की जिंदगी में सब कुछ बदल गया था। घर पर हुकुम चलाने वाले को अब घर का हुकुम बजाना पड़ रहा था। पहले हर कोई उनके आदेश निर्देश का पालन करने के लिए तैयार रहता था लेकिन अब तो जैसे हुक्म उदूली सबका अधिकार हो गया है।

बाबू जी बरामदे में पहुंचे तो वहाँ पहले से ही बहू ने नाश्ता लगा रखा था। नाश्ते की टेबिल को सरकाकर वे बैठ गए और अनमने भाव से नाश्ता लेना शुरू कर दिया। इधर नाश्ता खत्म भी नहीं हुआ था और उधर बहू मुन्ने के साथ उसका बैग हाथों में थामे आ धमकी। पास खड़े होते ही उसने मुन्ने को स्कूल छोड़ आने का फरमान सुना दिया। बाबू जी मना कैसे करते... सो जल्दी जल्दी नाश्ता खत्म किया और मुन्ना का हाथ थाम स्कूल की राह पकड़ ली।

बाबू जी का असली नाम धनपत बाबू था। लोग उन्हें प्यार से 'बाबू जी' कहकर बुलाया करते थे। अनुपमा, बाबू जी की पत्नी थी। बाबू जी उन्हें प्यार से अनू ही बुलाया करते थे। जिस समय अनुपमा का ब्याह बाबू जी से हुआ था उस समय बाबू जी के पास कोई रोजी रोजगार न था। वह बिल्कुल निठल्ले थे। नौकरी के लिए भाग दौड़ में लगे रहना उनकी रोजमर्रा की जिंदगी थी। लेकिन बाबू जी के कच्चे मकान की एक कोठरी में हंसी खुशी गुजर बसर करती अनुपमा ने बाबू जी से न तो कभी कोई शिकायत की और न ही उनकी बेरोजगारी के लिए उन्हें कभी ताना मारा। बाबू जी अनू को अपनी अर्धांगिनी के रूप में पाकर फूले नहीं समाते थे। बेरोजगारी का दबाव तो था फिर भी दोनों अपनी जिंदगी से खुश थे।

हालांकि जल्दी ही धनपत बाबू के हाथ रोजगार लग गया और उन्हें उद्यान विभाग के लखनऊ के दफ्तर में बाबू की नौकरी मिल गयी। जब लखनऊ में नौकरी लगी तो उनका रहना भी वहीं हो गया। ऐसे में वह अनुपमा को भी कुछ दिनों के लिए साथ ले आये लेकिन घर गृहस्थी के फेर में अधिक समय तक दोनों का साथ रहना नसीब न हुआ। घर गृहस्थी के चक्कर में फंसी अनुपमा का अक्सर गांव में ही रहना होता था। नौकरी लग जाने के बाद धनपत बाबू ने खूब तरक्की की। गांव में कच्चे मकान की जगह पक्का मकान बन गया और शहर में भी उन्होंने एक पक्की कोठी खड़ी कर ली। धनपत बाबू के तीन बेटों में बड़ा बेटा सुमित अफसर बन गया था जो अपने बीबी बच्चों के साथ बाहर ही रहता था। नौकरी मिलने के बाद से ही उसका घर से कोई लेना देना नहीं रह गया। बाकी दोनों बेटों के पास कोई नौकरी नहीं थी। मंझला बेटा रमित अपने बीबी बच्चों के साथ लखनऊ के मकान में ही रहकर छोटा मोटा रोजगार कर अपना गुजारा चलाता था जबकि छोटा बेटा अमित गांव में ही अपने बीबी बच्चों के साथ रहता था। गांव की खेती बाड़ी करके ही वह गुजर बसर कर लेता था।

नौकरी से सेवानिवृत्त हुए तो धनपत बाबू भी यहीं गांव में आकर छोटे बेटे के साथ रहने लगे थे। समय का तकाजा तो देखो, जिसकी कभी घर पर हुकूमत चलती थी वही अब सबका हुकुम बजा रहा था। इस बुढ़ापे में जब खुद का भी चलना मुश्किल हो गया हो तब मुन्ना को स्कूल छोड़ने जाना और फिर शाम को वापस घर लाना हुकुम बजाना नहीं तो और क्या था?

आज बाबू जी के मानस पटल पर पुरानी स्मृतियों की हलचल होने से उनका मन कुछ ठीक न था इसलिए मुन्ना को स्कूल छोड़ने के बाद वापस घर लौटने के बजाय उन्होंने वहीं स्कूल के पास ही रूकने का फैसला कर लिया। टहलते टहलते वे स्कूल के पास के ही एक पार्क में पहुंच गए। वहाँ अपने लिए एक खाली बेंच तलाशने में उन्हें कोई परेशानी न हुई। एक कोने में खाली बेंच देखकर वह उसी पर बैठ गए और पार्क की फुलवारी में खिले रंग बिरंगे, भीनी भीनी खुश्बू बिखेरते फूलों को निहारने लगे। हल्के हवा के झोंके से लहराते फूल बाबू जी को हंसते खेलते अपने

बच्चों से लग रहे थे। फूलों से आने वाली भीनी भीनी खुशबू उन्हें खूब भा रही थी। रंग बिरंगे फूलों को निहारते निहारते बाबू जी अतीत की स्मृतियों में कब खो गए उन्हें इसका पता ही न चला।

उनके मस्तिष्क पटल पर बीते दिनों की यादें अठखेलियाँ करने लगीं। अभी दस बरस पहले की ही तो बात है जब छोटे बेटे अमित की शादी तय हुई थी। ब्याह के मांगलिक कार्यक्रम का आयोजन होना था। अनू को छोड़कर घर के सभी सदस्य इस शादी के सभी कार्यक्रम को शहर वाले मकान से करने की जिद कर रहे थे। लेकिन अनू इसके लिए बिल्कुल तैयार न थी। उसने साफ कह दिया था,

'हम जिस वेदी पर उतरे थे, हमारी दोनों बहुएं भी उसी वेदी पर उतरी हैं। इसलिए छोटे बेटे के बियाह की रस्म भी गांव के घर की वेदी के अलावा कहीं और कैसे किया जा सकता है, गांव की वेदी के अलावा अन्यत्र शादी का कार्यक्रम होना कतई संभव नहीं है।'

बड़े बेटे सुमित ने मनुहार करते हुए कहा,

'अम्मा तुम समझती क्यों नहीं, गांव की शादी एक दो दिन में थोड़े निपटती है। तुम्हारे और हमारे जमाने में अब काफी फर्क हो गया है। एक तो अब लोगों के पास इतना समय नहीं है कि शादी निपटाने के लिए आठ दस दिन गांव में रुकें, दूसरे बच्चों और बहुओं को भी गांव में रहने में दिक्कत ही होगी। शहर के कार्यक्रम में न तिलक की झंझट होगी और न मंछूहा न मायन का चक्कर, सब कुछ एक दो दिन में एक ही छत के नीचे निपट जाएगा। उसके बाद सब अपने अपने घर व काम पर चले जाएंगे।'

'वाह बेटा! ...अभी मेहमानों के आने की बात भी नहीं हुई और तुम जाने की बात पहले से ही करने लगे। वाह बेटा वाह ...तुम क्या जानो नाता रिश्ता। ...तुम जब से पेट में आए थे तभी से तेरी बुआ यहाँ आ गई थी और जब तक हम तुम्हें संभालने लायक नहीं हो गए तब तक वह यहीं हमारे पास रही थी। उन्होंने तो कभी अपना हर्जा न गिनाया। ...और तुम्हें...।' अम्मा की हल्की चपत अफसर बेटे सुमित के गाल पर सटीक लगी थी।

अनू ने ऐलान करते हुए फरमान सुना दिया था,

'सारा कार्यक्रम यहीं गांव में ही होगा। जिसको आना होगा आएगा और जिसे न आना होगा, वह न आएगा। किसी की सहूलियत की खातिर हम अपनी माटी से नाता नहीं तोड़ सकते हैं। ...छोटे की बहू यहीं इसी वेदी पर डोली से उतरेगी बस।'

अनू के इस ऐलान की मुखालफत करने की हिम्मत किसी की न हुई थी। तय समय पर सभी कार्यक्रम गांव में ही निपटे थे। कार्यक्रम निपटने के बाद जब सारे नाते रिश्तेदार अपने अपने घर लौट गए तो अनू ने दोनों बहुओं से कहा था कि वे कुछ दिन यहीं गांव में ही रहकर नई बहू को लोक व्यवहार व संस्कार सब कुछ सिखा दें। इसी बहाने वह भी नाती पोतों के साथ कुछ दिन हँसबोल लेंगी और नई बहू सहजता से घर परिवार के रीति रिवाज व संस्कार से परिचित भी हो जाएगी। लेकिन बहुओं ने इस पर कोई जवाब न दिया। बहुओं की कोई प्रतिक्रिया न देख अनू ने बाबू जी से कहा था कि वे बेटों से बता दें कि बहुओं को कुछ दिन यहीं गांव में ही रहना है।

अनू की सलाह पर मौका देखते ही बाबू जी ने दोनों बेटों को पास बुलाकर समझाया,

'बेटा तुम्हारी अम्मा चाहती हैं कि बहुएं कुछ दिन उनके साथ ही रहें।'

'काहे अम्मा ऐसी जिद कर रही हैं।'

'जब से तुम सब बाहर रहने लगे तब से तुम्हारी अम्मा को बड़ा अकेलापन महसूस होता है। उनके पास नाती पोते भी तो नहीं रहते जिससे उनका मन बहल जाये। मैं भी तो बाहर ही रहता हूँ। पहले अम्मा जब अकेलापन महसूस करती थी तो वह मेरे साथ कुछ दिनों के लिए लखनऊ चली जाया करती थी लेकिन अब वह नई बहू को छोड़कर कहीं नहीं जा सकती हैं। ...बहुएं न समझें लेकिन तुम्हें तो अपने माँ की तकलीफ समझनी चाहिए।'

'नहीं बाबू जी, यह न हो सकेगा। अम्मा नहीं समझ रही हैं तो क्या हुआ, लेकिन आप तो हमारी मजबूरी समझ सकते हो।'

'क्यों नहीं हो सकता है? बहुओं के यहां रहने से तुम सब पर कौन सा पहाड़ टूट पड़ेगा?'

'बाबू जी, आप दोनों के दिन तो अब कट ही चुके हैं। बचे खुचे दिन भी जैसे तैसे कट ही जाएंगें। बच्चों के सामने तो पूरी उम्र पड़ी है। बहुओं के यहाँ रूकने से बच्चों की पढ़ाई पर असर पड़ेगा कि नहीं। उनके तो भविष्य का सवाल है। अब तो अम्मा को हम सबके बिना रहने की आदत डालनी होगी। ...हम कब तक उनके साथ रहेंगे।'

बच्चों ने बिना किसी हिचकिचाहट जब यह फैसला सुनाया तो बाबू जी अवाक रह गए। अब कहने सुनने को बचा ही क्या था? अनू को समझा लेने का विचार मन में बैठाते हुए बाबू जी ने हाथ हिलाकर बेटों की मर्जी पर अपनी सहमति की मुहर लगा दी।

जिस दिन बहू - बेटों, नाती - पोतों के जाने की तैयारी शुरू हुई उस दिन सुबह से ही अनू का चेहरा मुरझाया हुआ था। उसकी आंखें रह रह कर भर जाती थी। वह अंदर ही अंदर रो रही थी। दादी दादी पुकारते हुए जब नाती उसके पास आता तो वह उसे छाती से लगाकर फफक पड़ती थी। हृदय में ममता की लहरें हिलोरे मार कर बेटों की बेरुखी की चट्टानों से टकरा कर बार बार बिखर जा रही थी। लेकिन बाहर से चेहरे पर कठोरता लिए अनू ऐसे फिर रही थी जैसे किसी के जाने और न जाने से उसे कोई फर्क नहीं पड़ता। दोपहर को जब गाड़ी आई तो यूँ लगा जैसे वह उनका कलेजा निकाल कर ले जाने के लिए आ गयी है। जाने की आपाधापी में घर में दिख रही हलचल, अनू और बाबूजी दोनों के अंदर एक अजीब सी सिहरन पैदा कर रही थी।

बहू और बच्चों को तैयार होते देख बाबू जी चुप चाप दरवाजे पर कुर्सी डालकर बैठ गए। उन्होंने अपना कलेजा पत्थर का कर लिया था। कुर्सी पर पत्थर दिल बने बैठे बाबू जी, अनू का दर्द बखूबी समझ रहे थे। यह पहली बार हुआ था जब बच्चों और बहू ने उनकी और अनू की बात नहीं मानी थी। इस बात से बाबू जी का दिल बहुत बेज़ार था। चलते समय विदा लेने वाले सभी सदस्य बारी बारी से अम्मा और बाबू जी का आशीर्वाद लेने आए। सबको आशीर्वाद भी मिला लेकिन अनू के मुंह से एक शब्द भी न निकल पाया था। विदा करते समय अनू ने अपने बड़े बेटे का मुंह ताकती रही लेकिन इस समय उनकी आंखें बेटे से शिकायत कर रही थी। शायद खुदगर्ज बेटों को इसका अंदाजा नहीं लगा लेकिन बाबू

जी ने दूर से ही अनू के दिल के दर्द और आंखों में झलकती शिकायत को ताड़ लिया था। उन्होंने अपनी पलकें झपका कर अनू को धीरज रखने का इशारा कर दिया था।

बच्चों के जाते ही अनू भागकर बाबू जी के पास आई और बच्चों की तरह उनसे लिपटकर फफक पड़ी। उसने बाबू जी से उलाहना देते हुए कहा था,

'देखा, कैसे बच्चों ने आंखें फेर ली। ...अभी बच्चे इतने बड़े भी नहीं हुए हैं कि अम्मा की बात न मानें। ...कहते हैं हम उनके बिना रहने की आदत डाल लें। अरे! न जाने किस बात का इन्हें गुमान हो गया है। ...शायद इन्हें नहीं मालूम कि हमें नहीं, बल्कि उन्हें हमारे बिना रहने की आदत अब डालनी होगी।'

आज अनू के साथ साथ बाबू जी भी खूब रोये थे। उन्हें भी बच्चों का यूँ मुँह मोड़कर जाना अच्छा न लगा था। उन्होंने अनू को ढांढस बंधाते हुए कहा,

'चुप हो जा। ...अब तो यह घर घर की रीति बन चुकी है। लोग अपने बीबी बच्चों को ही परिवार समझने लगे हैं। बच्चों के परिवार में अब माता पिता का स्थान नहीं रह गया। ...वह उनके परिवार की परिभाषा से बाहर हो चुके हैं। ...बच्चों के चले जाने से दुनिया खत्म तो नहीं हो जाती। ...और फिर तू इतना परेशान क्यों है? ...मैं हूँ न। ...अपने आप को अकेला मत समझो। बस कुछ ही दिन की तो बात है, हम रिटायर होकर घर आ जाएंगे। ...तू कहे तो मैं समय से पहले ही सेवानिवृत्ति ले लूँ।'

'न यह सब करने की कोई जरूरत नहीं। क्या बच्चों की कोई जिम्मेदारी नहीं कि वे अपने मां बाप की सेवा करें। क्या इसी दिन के लिए हमने उन्हें चलना सिखाया था। वे जरा सा चलना क्या सीख गए। माँ बाप को ही छोड़कर सरपट भागे चले जा रहे हैं। मुझे तो समझाते हो लेकिन तुम्हारा दिल भी तो दुखता है?'

'क्यों बेकार की बातों में उलझी हो? ...अब बस भी करो...संभालो अपने आप को। ...और फिर छोटी बहू तो है ही तुम्हारा ख्याल रखने के लिए।'

थोड़ी देर रोने धोने के बाद आखिरकार अनू शांत हो गयी। दो चार दिन घर पर रहने के बाद बाबू जी भी अपने दफ्तर चले गए। बाबू जी के दफ्तर जाने के बाद हंसती हुई अपनी गृहस्थी की गाड़ी खींचने वाली अनू गुमसुम रहने लगी थी। बाबू जी दफ्तर के कामकाज में यूं मशगूल हुए कि उन्हें घर गृहस्थी का कुछ होश ही न रहा। उनका कभी कभार घर जाना भी हुआ तो अनू के साथ वक्त गुजारने का मौका ही न मिला। उन्हें अनू छोटी बहू के साथ गृहस्थी में रमी नजर आने लगी थी। साल भर बाद ही छोटी बहू की गोद में मुन्ने की किलकारी गूंजी। बेटे बहू को मुन्ने की परवरिश से अब पलभर के लिए भी फुरसत न मिलती। ऐसे में वे अनू के पास बैठने और उनसे बोलने बतियाने का समय ही नहीं निकाल पाते थे। मुन्ने की किलकारी की गूंज से अनू खुश जरूर थी लेकिन उसके दिल के कोने में अब एक सूनापन साफ दिखाई पड़ने लगा था। बेटे और बहू को भले ही इसका आभास न हुआ लेकिन बाबू जी इस सूनेपन को ताड़ गए थे।

इस सूनेपन को भरने की तड़प जितना अनू में थी उतना ही बाबूजी में भी थी। जी करता था, उठकर, अनू को छाती से लगा उसके सूनेपन को भर दे लेकिन घर में बहू होने की मर्यादा उन्हें ऐसा करने से रोकती थी। उन्हें इस बात का भी तो ख्याल रखना था कि लोग क्या कहेंगे? ...इसी लिहाज में दोनों नदी के दो किनारे की तरह आमने सामने खड़े रहते थे जो साथ साथ तो रह सकते थे लेकिन मिल नहीं सकते थे। वे दोनों अपनी भावनाओं को अपने दिल के भीतर ही दफन कर चुपचाप समय के प्रवाह को निहार रहे थे।

पार्क की बेंच पर अधलेटी अवस्था में पड़े बाबू जी की स्मृति का कारवां स्कूल की छुट्टी की घंटी बजने के साथ ही थम गया। वे उठकर बैठ गए। थोड़ा संयत होने के बाद छड़ी उठाकर वे धीरे धीरे स्कूल के मुख्य गेट के सामने आ कर खड़े हो गए। स्कूल के बच्चों के साथ गेट से बाहर निकलते ही मुन्ना की नजर उन पर पड़ गयी। वह दौड़ता हुआ पास आकर बोला,

'दादा जी आज आप जल्दी कैसे आ गए?'

'बेटा आज मैं घर गया ही नहीं था। सुबह से यहीं पार्क में ही रुका हुआ था इसीलिए जल्दी आ गया।'

'आप पार्क में क्या कर रहे थे? ...वहां अकेले थे या और भी कोई था आपके साथ?'

'आज पार्क में तुम्हारी दादी रामजी के घर से आई थी। बस मैं उन्हीं से बातें कर रहा था। कुछ अपनी सुना रहा था और कुछ उनकी सुन रहा था।'

'तो दादी को जाने क्यों दिया?.....बोला नहीं कि मुन्ना मिलना चाहता है।'

'बोला था कि मुन्ना दादी से मिलने को तड़प रहा है लेकिन वे बहुत जल्दी में थी। इधर तुम्हारे स्कूल की घंटी बजी और उधर तेरी दादी फिर आने का वायदा करके रामजी के घर वापस चली गई।'

'दादा जी, आप दादी को रामजी के घर से बुलाते कैसे हो? ...माँ तो कहती है कि वहाँ कोई फोन वोन नहीं है। इसीलिए हम उनसे सीधे बात नहीं कर सकते।'

'मैं तो तेरी दादी को खत लिखकर बुलाता हूँ। ...जब तुम बड़े हो जाओगे तो समझ जाओगे कि रामजी के घर से दादी को कैसे बुलाया जाता है। ...(हंसकर) तू भी न जाने कैसे कैसे सवाल करता है।'

मुन्ना के बाल सुलभ सवालों का जबाब देते और न जाने क्या क्या बतियाते हुए दोनों कब घर पहुँच गए इसका उन्हें पता ही न चला। घर पहुँचते ही बाबू जी ने आवाज दी,

'बहू आज मैं वहीं पार्क में ही रुक गया था इसलिए मुझे भी बहुत जोर की भूख लगी है, मुन्ने के साथ मेरा भी खाना लगा देना। ...हम दोनों आज साथ ही खाना खाएंगे।'

आज बाबू जी के मन में अजीब से बेचैनी नजर आ रही थी। वे अपनी पुरानी स्मृतियों के कारवां को कतई थमने नहीं देना चाहते थे। वे बिस्तर पर जल्दी जाकर वर्तमान को अतीत की कसौटी पर परखना चाहते थे। शायद इसीलिए उन्हें मुन्ना के साथ खाने की जल्दी थी। बाबू जी की कसौटी पर वर्तमान और भूतकाल का कोई मेल नहीं था। अब तो हर जगह गड़बड़ हो जा रही थी। बेटों को अतीत से कहीं ज्यादा उज्जवल

वर्तमान लगता था और बाबूजी को वर्तमान से कहीं ज्यादा सुंदर अपना अतीत लगता था। वे आज अतीत की यादों के समन्दर में गोता लगाने को बेताब थे। इसीलिए अपने कमरे में जल्दी सोने चले गए। बिस्तर पर आँख लगते ही उन्हें पुराना मंजर एक बार फिर दिखाई पड़ने लगा।

पिछले साल नवम्बर का ही तो महीना था। जिस दिन बाबू जी को सेवानिवृत्त होना था, उस दिन वह काफी खुश थे। वे मन ही मन सोच कर फूले नहीं समा रहे थे कि अनू हमेशा इसी नौकरी के कारण साथ न रह पाने का ताना देकर उसे कोसती रहती थी। आज घर पहुँचते ही वह अनू से कहेंगे कि अब हमेशा के लिए वे उसके पास आ गए हैं। अब उसके दिल का कोई कोना सूना नहीं रह पाएगा। अनू के सूनेपन को भरने का अब वक्त आ गया है।

उन्हें इस बात का बिल्कुल भी अंदाजा न था कि सूरज ढलने के साथ ही उनकी खुशियों को ग्रहण लगने वाला है। वह जिस कश्ती में सवार होकर उल्लास की यात्रा पर निकला था वह मात्र एक फोन की घंटी से ही भंवर में फंस गई। वे दफ्तर से अंतिम विदाई लेकर निकले ही थे कि बेटे का फोन आ गया। बाबू जी फोन पर हाय हेलो करके हाल चाल लेते उससे पहले ही दूसरी तरफ से आवाज बेटे ने बुरी खबर सुना दी,

'बाबू जी अम्मा की तबियत अचानक खराब हो गयी है। उन्हें लेकर हम शहर के अस्पताल आ रहे हैं। आप वहीं अस्पताल में ही हमें मिलिए।'

इतना सुनते ही बाबू जी के ईद की सारी खुशी मुहर्रम हो गई और वह सिर पकड़कर धम से जमीन पर बैठ गए। अनहोनी की आशंका से उनका जी घबराने लगा। किसी तरह खुद को संभाला और शहर के बड़े अस्पताल पहुंच गए। अनू की तलाश में वे इधर उधर भागते रहे। रिसेप्शन पर पूंछतांछ की तो पता चला कि अभी अभी उन्हें इमरजेंसी वार्ड में भर्ती किया गया है। थोड़ी देर रुकना होगा। डॉक्टर जांच पड़ताल कर रहे हैं।

बाबूजी की हिम्मत जबाब दे रही थी। मन पर अधीरता का साम्राज्य कायम हो चुका था। लम्हों का इंतजार अब तो सदियों का लगने लगा। वार्ड के बाहर एकटक नजर गड़ाए बाबूजी खामोशी से सब देख रहे थे। माथे पर पसीने की बूंदें बार बार छलक रही थी। गला रुंध गया था। बार बार हिचकियां आ रही थी। गला सूखता जा रहा था। गले को तर रखने के

लिए वे पानी की दो दो घूंट रह रहकर गटक लेते थे। बड़े देर बाद डॉक्टर जब वार्ड से बाहर निकले तो बाबू जी ने उनसे पूँछा,

'डॉक्टर साहब अनू कैसी है? ...उसे क्या हुआ है? ...वह ठीक तो हो जाएगी न?'

एक साथ इतने सारे सवालों का कोई जबाब डॉक्टर ने नहीं दिया। 'सब्र करो और ईश्वर से प्रार्थना करो सब ठीक हो जाय।' बस इतना कहकर वे चले गए। वार्ड में कदम रखते ही बाबू जी ने देखा कि सामने के बेड पर अनू बिल्कुल शांत पड़ी हुई थी। अस्पताल के बहुतेरे तामझाम लगे हुए थे। डॉक्टर के बिना कुछ बताए ही बाबू जी अनुपमा का रोग और दर्द दोनों समझ गए थे। वे जानते थे कि जब कोई हंसता हुआ चेहरा गुमसुम रहने लगता है, तो समझ लो उसने दिल में कोई बड़ा दर्द छुपा रखा है। बेसुध बिस्तर पर पड़ी अनू को देखते ही बाबू जी रो पड़े,

'अनू यह क्या हाल बना लिया तुमने? ...अब तो मैं भी तुम्हारे साथ रहने को आ रहा था। ...बच्चों की बात को क्यों इतना दिल पर ले लिया?'

अनुपमा कुछ बोल न सकी और न ही उसने कोई प्रतिक्रिया दी। लेकिन, उसकी आंख से बहते आंसू यह बता रहे थे कि वह सब सुन और समझ रही है। अम्मा के भर्ती होने की सूचना मिली तो दोनों बेटों के साथ बहुएं भी अस्पताल आ गई। सब सेवा पानी में जुट गए। तीन दिन तक अस्पताल में भर्ती अनू का इलाज चलता रहा लेकिन उसकी हालत में कोई सुधार नहीं दिख रहा था। बाबू जी तीन दिन से अनु के बेड के पास रखी बेंच पर टस से मस न हुए थे। वे अनू से ढ़ेर सारी बातें करना चाहते थे लेकिन बेटे बहुओं ने उन्हें समय ही न दिया....अब उनके सामने कैसे अपने दिल की बात का इजहार करते। चौथे दिन भोर में जब बाबू जी ने देखा कि अनू के पास कोई नहीं है तो उनके दिल की पीड़ा ज़ुबान पर आ गयी। अनू का हाथ थाम कर वे बोले,

'अनू मुझे माफ़ कर देना। ...बच्चों को पालने-पोषने, पढ़ाने-लिखाने, लोकाचार में फंसी गृहस्थी की गाड़ी खींचते खींचते हम तेरे दिल का सूनापन नहीं देख सके। ...हम यह समझ ही न पाए कि हम दोनों को एक दूसरे के साथ की कितनी जरूरत थी। ...और तूने भी तो कभी इसकी कोई शिकायत हमसे नहीं की।'

थोड़ी देर अनू का हाथ अपने हाथों में थामे बाबू जी बिना कुछ बोले बस रोते ही रहे। अनू की आंखों से भी आंसुओं की धार अविरल बह रही थी। शायद उसका दिल बाबू जी की यह हालत देखकर रो रहा था। तभी बड़ा बेटा आ गया और उसने बाबू जी को समझाते हुए खुद को संभालने की नसीहत दी। बेटे और बहू के पास आते ही बाबू जी अनू का हाथ छोड़ कर उठ खड़े हुए। वह बिना कुछ बोले केवल सिर हिलाते हुए अनू को आंसू रोक लेने का आग्रह करने लगे। ...कुछ ही पलों में अनू के आंसुओं की धार थम गई। आंखों की पुतलियों का हिलना डुलना भी बन्द हो गया तो बाबू जी को अनहोनी की आशंका हो गयी। वे बगल के खाली बेड पर स्तब्ध हो खामोश लेट गए। डॉक्टर ने अनू के गोलोकवासी होने की घोषणा तो बाद में की लेकिन बाबू जी तो पहले ही सब जान चुके थे। सब खूब रोये धोए लेकिन बाबू जी बुत बने बिल्कुल खामोश लेटे हुए थे।

अनू का शरीर निष्प्राण होते ही सभी लोग उनके अंतिम संस्कार की तैयारी करने में जुट गए थे। कागजी औपचारिकताएं पूरी होते ही पार्थिव शरीर को गांव ले जाने के लिए शव वाहन का इंतजाम किया गया। थोड़ी ही देर में शव ले जाने की गाड़ी भी आ गई। सभी लोग गाड़ी में बैठ कर गांव निकलने ही वाले थे कि बाबू जी ने शव वाहन में बैठे लोगों के लिए नया फरमान सुना दिया,

'सब लोग गाड़ी से नीचे उतर जाओ, कुछ देर के लिए हमें अनू के साथ अकेला छोड़ दो।'

बाबू जी की भावनाओं की कद्र करते हुए शव वाहन में सवार सभी लोग चुपचाप नीचे उतर गए। सभी लोगों के नीचे उतरते ही बाबू जी का धैर्य जवाब दे गया। उन्होंने अनू के चेहरे से कफ़न को हटाया। ...पार्थिव शरीर को कुछ देर अपलक निहारते रहे। फिर अचानक उनके चेहरे का भाव बदला और निष्प्राण हो चुकी अनू के गाल को थपथपाते हुए रुआंसी आवाज में बोल पड़े,

'अरे! ...अरे! ...अरे! ...तू मुझको छोड़कर चली गई। थोड़ा सा इंतजार तो कर लिया होता। ...मैं तो अब तुम्हारे पास ही रहने के लिए आ रहा था। ...तूने यह भी नहीं सोचा कि अब मैं किसके सहारे जिऊँगा।'

इतना कहते हुए बाबू जी ने अनू का कई बार माथा चूमा और फिर बेजान होंठों पर होंठ रखकर काफी देर तक जोर जोर से रोते रहे। ...बाबू जी और अम्मा के अगाध प्रेम को देख वहां खड़े सभी लोगों की आंखें भर आईं थी। एक बार फिर सब जोर जोर से रोने लगे थे।

इतना सब कुछ सोचते सोचते बाबू जी की स्मृतियों का कारवां थम गया। सुबह जब मुन्ना उन्हें जगाने के लिए उनके कमरे में पहुंचा तो उसने देखा कि बाबू जी की आंखों से आंसू बह रहे थे लेकिन शरीर में कोई हरकत नहीं हो रही थी। उसे क्या पता कि बाबू जी तो अभी अभी अपनी प्यारी जीवनसंगिनी अनू से मिलने रामजी के घर की अनंत यात्रा पर निकल गए हैं। बेटे बहू की चीख पुकार सुनकर आस पड़ोस के लोग भी जुट गए। बाबू जी द्वारा अपनी प्रियतमा अनू को लिखी गई अंतिम चिट्ठी पास में ही पड़ी थी। जिसमें लिखा था,

'प्रिय अनू, अब मुझमें तेरे बिना जीवित रहने की हिम्मत नहीं है। तेरे बिना मुझे सारा जग सूना लगता है। ...यह सूनापन हमें अंदर ही अंदर खाये जा रहा है। ...अब मैं अकेलापन का दर्द समझ गया हूँ। ...मुझे माफ़ कर दे। ...मेरी गलती की इतनी बड़ी सजा मुझे मत दे। ...मैं अब तेरे पास ही आना चाहता हूँ। ...मुझे अपने पास ही बुला ले अनू।'

बाबू जी और अनुपमा का अगाध प्रेम देख सभी स्तब्ध थे। उनकी शव यात्रा में शामिल लोग अपने आँसुओं से उन्हें श्रद्धांजलि दे रहे थे।

3

शब्बो

स्कूल की पढ़ाई पूरी कर जब शबनूर ने कॉलेज में पहला कदम रखा तो वह कालेज के लड़कों की घूरती नजरों का सामना नहीं कर पा रही थी। कुछ दिनों तक तो वह थोड़ी सहमी और सकुचाई लेकिन बाद में खुद को सहजकर शबनूर कालेज आने जाने लगी थी।

शबनूर जवानी की दहलीज पर खड़ी थी। नाम की स्पष्ट छाप उसके व्यक्तित्व पर भी दिखाई पड़ने लगी थी। चट्टानों के बीच सिमटी हुई नदी का तेज बहाव जिस तरह हर तटबंध को तोड़ देने के लिए बेताब रहता है ठीक उसी तरह शबनूर का यौवन भी हिलोरें मार रहा था। उसकी ओर घूरती हर नजर उसके यौवन की छलकती बूंदों को ओंठो से लगाकर अपनी प्यास बुझाने के लिए बेताब दिखाई पड़ती थी।

एक दिन कालेज में न जाने क्या हुआ जो शबनूर घर लौटने पर सीधा अपने कमरे में गई और निढाल होकर औंधे मुंह पलंग पर लेट गयी। माँ ने ताड़ लिया कि कॉलेज में जरूर कुछ हुआ है। पहले सोचा थोड़ी देर बाद पूंछूँगी लेकिन माँ का दिल इतना सब्र करने को तैयार न था। वह अपने बच्चे के दर्द को तत्काल जानकर बाँट लेने को बेताब हो उठी। माँ ने आवाज लगाई,

'शब्बो! ...ओ शब्बो! ...जल्दी हाथ मुँह धुलकर आ जा। साथ में बैठकर चाय पीते हैं।'

थोड़ा रुककर माँ ने फिर से आवाज लगाई, 'शब्बो ! सुन रही है। मैं तेरे कालेज से आने का कब से इंतजार कर रही थी। ...जल्दी आ जा।'

माँ के लिए चाय तो सिर्फ बहाना था। वह चाय की चुस्की के साथ शब्बो की तकलीफ जानना और उसे हल्का करना चाहती थी। जब कोई जबाब न मिला तो वह आंगन से उठकर सीधे कमरे में दाखिल हुई। माँ को सामने देख शबनूर फफक कर रो पड़ी। उसके दिल का दर्द छलक कर बाहर आ गया। वो माँ के गले से लिपटकर बोली,

'माँ, अब मैं कालेज नहीं जाना चाहती। कालेज में लड़के अजीब तरह से घूर घूर कर देखते हैं। मुझे सुना सुनाकर धीरे धीरे बुदबुदाया करते हैं। लड़कों की रोज रोज की फब्तियों से मैं तंग आ चुकी हूं।'

माँ ने उसे समझाते हुए कहा,

'अरे ! ...तू इतनी सी बात से ही हिम्मत छोड़ बैठी। तू तो हमारी बहादुर बिटिया है। कालेज में तो ये सब चलता है। तेरे पापा से कहूं क्या तेरे साथ कालेज जाने के लिए?'

'नहीं माँ, पापा को कुछ मत बताना। पापा गुस्सा होंगे और वह कॉलेज जायेंगें तो लोग मेरा और मजाक उड़ाएंगे।'

'तो ठीक है, ...दिलशाद से कहती हूँ। वह तो तुम्हारे कालेज का ही है। उसका साथ मिलेगा तो तेरी समस्या को कोई न कोई हल निकल ही आयेगा।'

शबनूर फरीदपुर गांव में रहने वाले जाविदा और परवेज की इकलौती सन्तान थी। दोनों ने बेटे की तरह ही उसका पालन पोषण किया था। उनके लाड प्यार में कोई कमी न थी। वे प्यार से उसे शब्बो बुलाते थे। परवेज के पास भले ही सरकारी नौकरी न थी लेकिन उसके घराने में रईसी थी। खेती बाड़ी इतनी थी कि उससे न केवल घर की जरूरतें पूरी हो जाती थी बल्कि सुख सुविधा के सारे सामान भी आसानी से जुट जाते थे।

भोली सी दिखने वाली नन्हीं बच्ची शबनूर स्कूल के दिन आते आते इस कदर अल्हड़ हो गयी कि उसके चर्चे सबकी जुबान पर रहने लगे। कालेज की पढ़ाई के लिए शबनूर का दाखिला जब इलाहाबाद में हुआ तो वह भी माँ बाप के साथ इलाहाबाद आकर एक मोहल्ले में किराए

के मकान रहने लगी थी। दिलशाद भी इसी मोहल्ले का लड़का था जो शबनूर के कॉलेज में ही पढ़ता था।

कॉलेज में शबनूर को जब दिलशाद का साथ मिला तो वह न केवल सहज हुई बल्कि उसे उड़ान भरने का हौसला भी मिलने लगा। साथ आते जाते, कॉलेज में साथ साथ पढ़ते हुए दोनों को पता ही न चला कि कब वे एक दूसरे की जरूरत बन गए। गांव की अल्हड़ लड़की इस कदर उच्छृंखल हो गयी कि उसे कुछ होश ही न रहा। वह पंख लगाकर दिलशाद के साथ खुले आसमान में गोते लगाने का ख्वाब संजो बैठी।

समाज की तमाम वर्जनाओं को तोड़ कर शबनूर और दिलशाद प्रेम के परवाने बन चुके थे। दोनों आगे की जिंदगी में हमराह बनने का फैसला ले चुके थे। माँ को जब इसकी भनक लगी तो उसने शबनूर को समझाया,

'शब्बो, तू जानती है तू क्या करने जा रही है? ...तेरे अब्बू को पता चला तो वे तेरी जान ले लेंगे। ...दिलशाद और हमारे स्तर में जमीन और आसमान का फर्क है। लोग ताने मारेंगे। जमाना हमें जीने नहीं देगा। तुम्हारा निकाह दिलशाद से हरगिज नहीं हो सकता।'

शबनूर रोते हुए बोली,

'मां मैं दिलशाद के बिना न जी सकती हूँ और न ही मर सकती हूँ। ...कुछ भी हो जाए लेकिन अब हम एक दूसरे से अलग नहीं रह सकते।'

शब्बो के इस पागलपन पर जाविदा भी खूब रोई। पिता परवेज तक जब बात पहुंची तो उन्होंने उससे कहा,

'शब्बो! ...हमारे लाड प्यार में कहां कमी रह गयी? ...क्या इसी दिन को देखने के लिए तुझे पाला पोषा था। ...तुझे थोड़ी छूट क्या मिली, तेरे पंख ही निकल आये। अब तू घर की चौखट से बाहर कदम न रखेगी।'

इस दिन के बाद शब्बो का बाहर निकलना बंद हो गया। दिलशाद ने भी परवेज और जाविदा से बात की। हाथ पैर जोड़े, काफी मिन्नतें भी की लेकिन कोई टस से मस होने को तैयार न था।

नियति को तो कुछ और ही मंजूर था। यहां भी वही हुआ जिसका डर था। प्रेम के दीवाने दोनों पक्षी पिजरे को तोड़ कर फुर्र हो चुके थे। जाविदा और परवेज ने हमेशा के लिये शबनूर की खातिर अपने घर के दरवाजे बंद कर लिए लेकिन जाविदा के कलेजे में तो अभी भी आग लगी थी।

आखिर वह शब्बो की माँ थी। वह कैसे अपनी औलाद से मुंह फेर लेती। ...वह रोज घर की चौखट पर बैठकर अपनी शब्बो के लौटने का इंतजार करती रहती थी।

उधर शबनूर और दिलशाद ने इलाहाबाद से काफी दूर एक छोटे से कस्बे गोविंदनगर के एक मुहल्ले में किराए का मकान लेकर अपनी अलग ही दुनिया बसा ली थी। दिलशाद ने मार्केटिंग कम्पनी में एरिया मैनेजर की नौकरी कर ली। शबनूर भी पढ़ी लिखी थी। उसने भी दिन भर खाली रहने के बजाय स्थानीय स्कूल में बच्चों को पढ़ाने की नौकरी कर ली। दोनों मिलकर इतना कमाने लगे कि उनकी गृहस्थी अच्छी तरह चलने लगी। दोनों एक दूसरे के साथ अपनी दुनिया में खुश थे।

एक दिन शबनूर को कुछ अजीब तरह से उल्टियां आने लगी। अचानक तबीयत बिगड़ने के कारण वह स्कूल न जा सकी। दिलशाद सुबह ही नौकरी पर निकल चुका था इसलिए डॉक्टर के पास जाने के बजाय शबनूर ने पड़ोसन से देसी नुस्खा पूँछ लिया। पड़ोसन तो उसे देखते ही सारा माजरा समझ गयी। उस दिन देर शाम को जब दिलशाद घर पहुंचा तो पड़ोसन ने कहा,

'चल दिलशाद, मुंह मीठा करा। ...तेरी बीबी हमल से है। अब तू बाप बनने वाला है। ...घर से किसी को बुला ले। ...इस समय शब्बो को आराम चाहिए। वरना कुछ ऊंच नीच हो गयी तो पछतायेगा।'

दरवाजे के पीछे खड़ी शब्बो के कानों में पड़ोसन भाभी की आवाज पड़ी तो वह फूले न समाई। दिलशाद भी खुशी से उछल पड़ा था। वे पड़ोसन को कैसे समझाते की वे दोनों अपने घरों से किसी को बुला नहीं सकते। ऐसे में दिलशाद अब खुद भी घर के कामकाज में हाथ बंटाने लगा। घर पहुंचने पर बाहर के काम की थकान औलाद के आने की खुशी के आगे घुटने टेक देती थी।

अब अक्सर शब्बो को अपने बचपन की स्मृतियां ताजा हो जाया करती थी। हमल की जानकारी भर से उसे स्त्रीत्व की पूर्णता का एहसास होने लगा। उसे माँ- बाप के उन भावों का एहसास होने लगा था जिसमें वे अपनी औलाद की खुशी के आगे सब कुछ कुर्बान करने को तैयार हो जाते हैं। समय बीतता चला जा रहा था। दर्द में भी अजीब सी खुशी का संचार

होने लगा था।

जैसे बसन्त में आम की मंजरी आते ही कोकिल कूकने लगती है वैसी ही हालत अब शब्बो के दिल की भी थी। बेटा पैदा हुआ तो जैसे शब्बो और दिलशाद को सारे जहाँ की खुशी मिल गयी। घर में नई खुशी आई थी इसलिए दोनों ने बेटे का नाम नौशाद रखा। नौशाद उनका चश्मे चिराग़ था। माँ बाप का घर छोड़ने के बाद शब्बो के दिल का जो कोना खाली खाली था नौशाद के आने से वह अब भर गया।

शबनूर चाहती थी कि अपनी माँ को घर के आंगन में गूंजने वाली किलकारी से रूबरू करा दे। मगर अपने पुराने कृत्यों और माँ बाप की बेरुखी को यादकर वह सिहर जाती थी। उसे डर लगता था कि कहीं माँ बुरा न मान जाए। वह माँ बाप को याद कर अक्सर अकेले में रोया करती थी। वह अपनी खुशी बांटती भी तो किससे बांटती। जब उससे रहा न गया तो उसने एक दिन माँ को फोन मिला ही दिया। मां जाविदा के फोन उठाने पर सहमते हुए शब्बो ने अपनी बात शुरू की,

‘हेलो, मां...’

जाविदा ने झट आवाज पहचान ली। वह अपने पति परवेज को आवाज लगाते हुए चहक उठी,

‘अजी सुनते हो। ...अपनी शब्बो लाइन पर है। ...ये फोन उसी का है।’

फोन पर बेटी के मुंह से माँ शब्द सुनते ही जाविदा मोम की तरह पिघल गई। परवेज का इंतजार किए बिना वह बोलती चली गई...

‘अरे शब्बो ! तू हमें छोड़ कर कहाँ चली गयी। ...इतने दिनों तक तुझे हमारी सुधि नहीं आई क्या? ...तूने ये कौन सी जिद पकड़ ली बेटा। ...आखिर तूने मुझे अपना दुश्मन कैसे समझ लिया? ...मैं तेरी माँ हूँ। अगर तुझे इतनी ही जिद थी तो मुझसे कहती। ...मैं तेरे पापा से बात करती।’

फोन पर माँ की आवाज सुनकर शब्बो की आंखों में आंसुओं का सैलाब उमड़ पड़ा। कुछ देर तक वह रोती रही। फिर संयत होकर बोली,

‘मुझे माफ़ कर दो माँ, पापा से भी कहना मुझे गलत न समझें। ...माँ तुझे एक खुशखबरी देनी है। ...तू नानी बन गयी। ...नौशाद नाम है तेरे पोते का। ...तेरा पोता बहुत प्यारा है।’

पोते का नाम सुनकर जाविदा के पास खड़े परवेज ने झट उसके हाथ से फोन अपने हाथ में ले लिया। उनका भी दिल मोम की तरह पिघल गया था। उन्होंने कहना शुरू किया,

'बेटा शब्बो! ...अब तेरे बिन रहा नहीं जाता। ...मैंने तो तुझे कब का माफ कर दिया है। गलती मेरी है जो मैंने तुझे नहीं समझा। अगर तेरे मन की बात समझ लेता तो शायद तू यूँ घर छोड़ कर न जाती। दिलशाद कैसा है? ...मुझे पोते का मुंह नहीं दिखाएगी क्या?'

'पापा ऐसा क्यों कहते हैं? ...नौशाद की रगों में आपका भी खून दौड़ रहा है। ...हम जल्दी ही आएंगे। आपका जब जी चाहे आ जाओ। ....नौशाद भी नानी से मिलने की रट लगाए रहता है।'

नौशाद का जिक्र होते ही शब्बो, जाविदा और परवेज सभी के दिलों की मैल धुल गयी। अब उन्हें एक दूसरे से कोई मलाल न रह गया। सब एक दूसरे से मिलने जुलने भी लगे। नौशाद था ही इतना प्यारा कि उससे जो भी मिलता था वह उसे अपना बना लेता था। मुहल्ले में बच्चों का कोई भी खेल उसके बिना पूरा नहीं होता था। वह मुहल्ले में सबका लाडला था। शब्बो भी उसे देखकर खूब इतराती थी।

किसान को जो सुख और सुकून अपने खेतों में लहलहाती फसल देखने से मिलता है वही सुख और सुकून शब्बो को नौशाद को उछलते कूदते और खेलते हुए देखने से मिलता था। उसे इस बात का तनिक भी आभास न था कि जो नौशाद उसका गुरूर बन गया है वही उसकी जिंदगी को उलट पलट कर रख देगा।

होली का दिन था। हर जगह रंग और गुलाल उड़ रहे थे। बच्चों की टोली भी रंगों से सराबोर होकर इधर उधर घूम घूमकर मस्ती कर रही थी। बच्चों को जाति धर्म से क्या मतलब। होली के हुड़दंग से बचने के लिए शब्बो ने घर के दरवाजे को अंदर से बन्द रखा था। उसे डर था कि कहीं बच्चों की टोली घर में घुस कर कुछ गड़बड़ न कर दे।

नौशाद का मन भी रंग खेलने के लिए हुलारे मार रहा था। उसने शब्बो से बाहर जाने की जिद की। शब्बो कैसे अपने पांच साल के छोरे को हुड़दंगियों के साथ बाहर जाने देती। लेकिन बेटे की जिद के आगे माँ की एक न चली। दरवाजा खुलते ही नौशाद घर से फुर्र होकर बच्चों की

टोली में गुम हो गया। सबने मिलकर इतना रंग खेला कि बच्चों के चेहरे पहचानने मुश्किल हो गए थे। इधर शब्बो बेफिक्र होकर दिलशाद के साथ घर के कामकाज में जुटी थी। उधर बच्चे रंग खेलते खेलते न जाने कब नहर में नहाने चले गए। बच्चों के नहर में नहाने के लिए चले जाने का किसी को पता ही न चला।

आसमान में सूरज सिर पर चढ़ आया था। शब्बो भी घर का काम काज लगभग निपटा चुकी थी। अब उसका भी मन बच्चा हो गया। वह रंग नहीं खेली तो क्या हुआ, रंग खेलते हुए लोगों को देख तो सकती ही थी। यही सोचकर जब वह घर से बाहर निकली तो मुहल्ले में एक अजीब सा शोर सुनाई पड़ा। जिसे देखो वही नहर की तरफ भागा जा रहा था। सबको नहर पर पहुंचने की जल्दी थी। कोई कुछ बताने को तैयार न था। सभी अपने बच्चों के बारे में एक दूसरे से पूँछे जा रहे थे बस।

शब्बो का दिल भी अपने नौशाद की खैरियत जानने के लिए तड़प उठा। उसका नौशाद भी तो कहीं दिखाई नहीं पड़ रहा था। अनहोनी की आशंका से उसका भी कलेजा मानो बाहर आ जाना चाहता था। वह भी चिल्लाते हुए बदहवास नहर की ओर दौड़ी जा रही थी,

'नौशाद ...नौशाद, ...कहीं किसी ने मेरे मुन्ने को देखा है।'

उसकी किसी बात का कोई उत्तर नहीं दे रहा था। शब्बो को देखकर लोगों के बीच कानाफूसी जरूर चल रही थी। शब्बो के पीछे पीछे दिलशाद भी भागा जा रहा था। नहर की पटरी पर लोगों का मजमा लगा हुआ था। जमीन पर औंधे मुंह एक बच्चा पड़ा हुआ था। कपड़े भीगे हुए थे। पूरा शरीर रंगा हुआ था। चेहरे पर लगे रंग से बच्चे की पहचान मुश्किल हो रही थी। भीड़ को चीरते हुए शब्बो जब भीतर दाखिल हुई तो उसने देखा कि उसके कलेजे का टुकड़ा नौशाद जमीन पर पड़ा हुआ है।

सोचने समझने के लिए वक्त कहाँ था। शब्बो ने झट से उसे उठा कर कलेजे से लगा लिया। लेकिन जब बेटे के शरीर में कोई हरकत न हुई तो उसका चेहरा फक हो गया। वह जोर जोर से दहाड़ें मारकर रोने लगी। अचानक नौशाद के चेहरे को दोनों हाथों से थामकर वह चूमने लगी। फिर भी बच्चे के शरीर में जब कोई हरकत न हुई तो वह भीड़ में खड़े लोगों से पूंछने लगी,

'कोई बताए तो सही आखिर मेरे मुन्ने को हुआ क्या है? वह बोल क्यों नहीं रहा है? ...सब लोग भीड़ क्यों लगाए हुए हैं? ...आखिर पुलिस क्यों आई है? ...कोई डॉक्टर को बुलाकर मेरे मुन्ने को दिखा दे।'

सब चुपचाप उसके सवाल सुन रहे थे। सभी लोग शब्बो के सवालों के जवाब में बस एक झूठी दिलासा दे ही रहे थे,

'कुछ नहीं हुआ तेरे मुन्ने को। ...शबर रख, सब ठीक हो जाएगा'।

झूठी दिलासा देने वालों में दिलशाद भी शामिल था। किसी की हिम्मत न हुई कि वह बता दे कि शब्बो तेरा बेटा अब नहीं रहा। नहर में डूबने से अब वह परलोकवासी हो चुका है। पुलिस की गाड़ी में लादकर उसे अस्पताल लाया गया। डॉक्टर ने मुन्ने की नब्ज टटोली, उसकी आँख में झाँका और फिर सिर हिलाते हुए अपने दोनों हाथ खड़े कर दिए। जिसके बाद लिखा पढ़ी शुरू हुई।

शब्बो सन्न होकर चुपचाप सारा तमाशा देख रही थी। उसकी खामोशी इशारा कर रही थी कि वह शायद होश में नहीं है। शब्बो ने नौशाद को कफ़न में लपेटने न दिया। वह उसे उठाकर अपने कलेजे से लगाये हुए ही घर लाई। चारपाई पर लिटा कर उसके ऊपर चादर डाल दी। मातम मनाने के लिए लोग जमा हो गए थे। शब्बो ने सभी को खामोश रहने का इशारा करते हुए कहा,

'सब लोग अपने अपने घर जाओ। ...मेरा बेटा थक कर गहरी नींद में सो गया है। ...जब वह उठेगा तो मैं उससे बता दूंगी कि आप सब उसे जगाने के लिए यहाँ आये हुए थे। ...जाओ जाओ, सब लोग अपने घर जाओ, एक दूसरे से गले मिलकर होली की खुशियां मनाओ।'

लोग समझाते रहे लेकिन शब्बो कुछ भी समझने को तैयार न थी। चारपाई के पास वह किसी को फटकने नहीं दे रही थी। दिन बीता, रात भी बीत गयी। सुबह पौ फटने वाली थी। शब्बो नौशाद को थपकी देते देते जब थककर सो गई तब जाकर नौशाद के मृत शरीर का जनाजा उठ सका।

लोग जब कब्रिस्तान से लौटे तो देखा शब्बो अपने लाल को ढूंढ रही है। आस पड़ोस, मुहल्ले वालों और दिलशाद ने भी शब्बो को खूब समझाया कि नौशाद अब दुनिया में नहीं रहा। लेकिन शब्बो कतई मानने

को तैयार न थी। जाविदा और परवेज ने भी आकर समझाने की खूब कोशिश की लेकिन शब्बो को कोई समझा न सका।

अब तो लोग शब्बो को पागल करार देने लगे थे। लाख कोशिशों के बाद भी शब्बो के माँ हृदय को समझाया न जा सका। जाविदा और परवेज उसे अपने साथ ले जाना चाहते थे लेकिन वह उनके साथ जाने को कतई तैयार न हुई। दिलशाद को शब्बो का ख्याल रखने की नसीहत देते हुए दोनों इलाहाबाद वापस चले गए।

वैसे तो शब्बो सभी काम काज सामान्य रूप से करती लेकिन जब भी मौका मिलता वह अपने बेटे नौशाद को खोजने गोविंदनगर की गलियों में निकल पड़ती। अब वह अक्सर आसमान की ओर ताकती हुई खुद से ही बात करती रहती है। आज भी उसने बेटे के लौटने की आस नहीं छोड़ी है। उसकी कोई भी हरकत पागलों जैसी नहीं है बाबजूद इसके लोगों द्वारा वह पागल करार दे दी गयी है।

दिलशाद ने अपनी बदली दूसरे शहर में करा ली। उसे लगा शायद अब वह शब्बो को गोविन्दनगर से दूर ले जा सकेगा। जब वह दूसरे शहर जाएगी तो हवा और जगह बदलने से उसकी बेटे से जुड़ी पुरानी यादें धीरे धीरे धूमिल हो जाएंगी और वह अवसाद के घुप्प अंधेरे से बाहर निकल आएगी। लेकिन दिलशाद का यह जतन भी काम न आया। बहुत समझा बुझाकर दिलशाद शब्बो को रेलवे स्टेशन तक ला पाया। उसे ट्रेन में बैठा भी लिया लेकिन जब ट्रेन ने स्टेशन से सरकना शुरू किया तो शब्बो धीरे से उठी और ट्रेन से नीचे उतर गई। ट्रेन की चाल अधिक होने के कारण दिलशाद नीचे नहीं उतर सका। शब्बो ने उसको अलविदा कहते हुए कहा,

'दिलशाद! मुझे तुमसे कोई शिकायत नहीं। मैं तुम्हें जाने से नहीं रोकूंगी। ...जाना चाहते हो तो तुम भी चले जाओ लेकिन मैं अपने लल्ला को छोड़ कर कहीं नहीं जा सकती। ...मैं उसकी माँ हूँ। ...वह मुझे आवाज दे रहा है। हम अंतिम सांस तक उसे ढूंढेंगे। अगर वह मिट्टी में भी मिल गया होगा तो मेरी भी तमन्ना उसी मिट्टी में मिल जाने की है। ...मैं अगले जनम में अपने इसी लल्ला की माँ बनना चाहती हूँ।'

तब से आज तक शब्बो गोविन्द नगर की गलियों में इधर उधर घूमती है। सबसे मिलती है। अच्छा बोलती है। अच्छा व्यवहार करती है।

उसका कोई भी स्थाई मुकाम नहीं है। सारा गोविंदनगर ही उसका पता है। जहाँ आसरा मिला वहीं सोती है। जो कुछ मिला उसे खा लेती है। वह किसी से भीख नहीं मांगती क्योंकि स्वाभिमान आज भी उसमें जिंदा है।

वह पगली सी दिखने वाली शब्बो किसी दूसरी बात पर नहीं सिर्फ गोविंदनगर छोड़कर जाने की बात पर भड़कती है। वह कहती है 'मैं भी तो माँ हूँ। आखिर अपने बच्चों को छोड़कर कोई जाता है क्या ?'

उसके ऐसा कहने पर लोग उसे पगली नहीं, बल्कि ममता की मारी कहते हैं। भगवान ने शब्बो को न जाने किस बात की सजा दी है? वह तो ममता की प्रतिमूर्ति है। उसका मातृत्व भाव वंदनीय है।

4

विश्वासघातिनी

शाम का वक्त था। लोग अपने घरों से बाहर निकलकर पेड़ों की छाँव में चारपाई डाले गुफ्तगू कर रहे थे। बच्चे आस पास ही खेल कूद में मगन कुलाचें भर रहे थे। गाँव में अच्छी खासी चहल पहल थी। जगह जगह मर्दों और औरतों की जमातें लगी हुई थी। जहाँ मर्दों की जमात जुटी थी वहाँ तो खेती बाड़ी, आस पड़ोस, देश दुनिया और राजनीति पर बहस चल रही थी। वहीं दूसरी ओर महिलाओं की जमात में परपंच बाजी चल रही थी। हर कोई अपने आपको सबसे बड़ा जासूस साबित करने पर आमादा था।

रामधन की बैठक में भी सुखिया चार लोगों को इकट्ठा कर हँसी ठहाके में मशगूल था। मालकिन घर के भीतर से उसे आवाज लगा रही थी,

'सुखिया काका! ...अब बस भी करो। ...तेरे मालिक आज घर आने वाले हैं। चल जल्दी से चारे पानी का काम निपटा ले। ...दालान से चल्हे के लिए लकड़ी लाकर रसोईं के पास रख दे। साफ सफाई भी अच्छे से कर लेना वरना मालिक की डाट खाने को तैयार रहना।'

'जी मालकिन!'

इतना कहकर सुखिया फिर हँसी ठहाके में मशगूल हो गया। तभी मुन्नी दौड़ती हुई सुखिया के पास आकर बोली,

'काका, गाँव में मोटर गाड़ी आ रही है। ...सब लोग कह रहे हैं कि बापू उसी गाड़ी से आ रहे हैं।'

यह सुनते ही सुखिया ने सभा विसर्जित कर दी और झट चौखट पर आकर आवाज देने लगे,

'मालकिन सुन रही हो। ...मुन्नी कह रही है कि मालिक आज मोटर गाड़ी से आ रहे हैं।

मालिक के आने की प्रतीक्षा तो सभी लोग बेसब्री से कर ही रहे थे। मोटर गाड़ी आने की बात सुन सबके मन में मालिक को जल्दी देखने की अभिलाषा जग गई। मालिक की अगवानी में सुखिया और मुन्नी चौखट के बाहर आकर खड़े हो गए। उनकी एक झलक पा जाने को आतुर मालकिन भी चौखट के भीतर पर्दे की ओट में आकर खड़ी हो गई।

थोड़ी ही देर में एक मोटर गाड़ी दरवाजे पर आकर रूकती है। गाड़ी कोई साधारण गाड़ी न थी। वह तो यमदूतिनी थी यमदूतिनि, जिसने अपनी आहट मात्र से ही सबके होश उड़ा दिए। सुखिया को तो मानो साँप ही सूँघ गया। उसकी आँखों से आँसुओं का सैलाब उमड़ पड़ा। पर्दे के पीछे खड़ी मालकिन को अनहोनी की आशंका हो गई। उनका शक पूरी तरह यकीन में तब बदल गया जब लोगों ने गाड़ी से सफेद कपड़े में लिपटे रामधन को उतारते हुए राम राम कहा। यह मंजर देखने की ताकत मालकिन में न थी उनके मुँह से एक दबी सी चीख निकली और वह चौखट पर ही गश खाकर गिर गई।

मुन्नी उम्र में छोटी थी। वह यह सब देखकर सहम गई। उसने सुखिया से सवाल किया,

'काका! बापू सोते हुए क्यों आए हैं? ...सब लोग गाड़ी से उतार कर उन्हें जमीन पर क्यों लिटा दिए? ...बापू कब जगेंगे?'

सुखिया स्तब्ध था। उसमें नादान मुन्नी के किसी सवाल का जबाब देने की हिम्मत नहीं रह गई थी। 'हे भगवान तूने यह क्या कर दिया' बस इतना कह वह मुन्नी को अपनी बाँहों में समेटकर हिचकियाँ लेने लगा। वह बस एक ही रट लगाए था,

'मालिक हम सबसे क्या गलती हो गई जो हमसे इतने दूर चले गए'।

रामधन के बेजान शरीर को पकड़कर सभी खूब रोए। मालकिन जब जब होश में आती थी तब तब वह सफेद कपड़े में लिपटे बेजान शरीर से उठने का आग्रह करती रही। 'हमें छोड़कर न जाओ' की रट लगाते लगाते उनका गला बैठ गया। रोते रोते उनकी आँखें सूज गई। कफन दफन की तैयारी के साथ नाते रिश्तेदारों को भी सड़क दुर्घटना में रामधन के परलोक सिधारने की खबर दी गई। अन्तिम दर्शन के लिए सबके साथ रामधन की बड़ी बेटी दुलारी भी ससुराल से आ गई थी।

शव यात्रा निकली तो सभी की आँखे नम हो गई। मालकिन संज्ञा शून्य बनी दीवार के सहारे चुपचाप बैठी थी लेकिन उनकी आँखों से आँसुओं की धार नहीं रुक रही थी। महिलाएं उन्हें समझा रही थी कि अब दुलारी आ गई है। वह सब संभाल लेगी। शव का अन्तिम संस्कार करके लौटने के बाद सभी रिश्तेदार, गांव गिरांव व आस पड़ोस के लोग अपने अपने घरों को लौट गए। घर के अंदर बाहर हर जगह मातमी सन्नाटा पसरा हुआ था।

दरवाजे की बैठक में बैठे सुखिया काका चिलम पर चिलम पीते जा रहे थे। आज उन्हें न मालकिन ने टोका और न ही दुलारी और मुन्नी ने। सुखिया के आँसू थमने का नाम नहीं ले रहे थे। वह जी भर कर रोना चाहता था। उसने दादा के जमाने से इस घर की चाकरी की। उसे एक बात खूब कचोट रही थी कि जिसे उसने गोदी में खिलाया उसे ही आज शमशान छोड़कर आया है। नींद उसकी आँखों से कोसों दूर थी। वह अतीत के पन्ने दर पन्ने पलटने में मशगूल हो गया।

रामधन गांव के जमींदार गजाधर की इकलौती औलाद थे। खेती बाड़ी के कामकाज के लिए उनके घर पर भले ही नौकरों की फौज थी लेकिन उन सबमें सबसे विश्वास पात्र सेवक सुखिया ही था। उसे अंदर बाहर हर जगह आने जाने का अधिकार मिला हुआ था। वह अपने सेवा भाव से घर का सदस्य बन गया था। बिना उसके सहयोग के घर बाहर का कोई भी काम पूरा नहीं हो सकता था। गजाधर के बाद सारी जिम्मेदारी सुखिया ही संभालता था।

सुखिया की आँखें रामधन की हर अवस्था की गवाह थी। रामधन का विवाह कंचन से हुआ था। गजाधर चाहते थे कि रामधन भी उसकी तरह

घर पर ही रहकर जमींदारी के ठाट भोगे। लेकिन विवाह होते ही रामधन को नौकरी की धुन लग गई थी। रामधन की शादी के दो साल बाद जिस समय घर में किलकारी गूँजने की उम्मीद जगी उसी समय उसे पुलिस महकमे में मुंशी की नौकरी भी मिल गयी। कंचन ने जब चाँद के टुकड़े को जन्म दिया तब दुलार दुलार में उसका नाम भी दुलारी ही पड़ गया। रामधन ने दुलारी बिटिया के जन्म पर सुखिया से चहकते हुए कहा था,

'काका! देखो न, ...घर में लक्ष्मी आई है।'

गजाधर ने अंतिम सांस लेते समय सुखिया से वायदा लिया था कि व कभी रामधन का साथ न छोड़ेगा। सुखिया उसी वचन से आज भी बंधा हुआ था। गजाधर के बाद उसके लिए रामधन मालिक और कंचन मालकिन बन गई। पुलिस की नौकरी होने के कारण रामधन अक्सर घर से बाहर ही रहते थे। वे कभी कभार ही घर आया करते थे। कहने को तो सुखिया इस घर का सेवक था लेकिन कभी किसी ने उसे नाम लेकर नहीं पुकारा। मालिक हों या मालकिन, दुलारी हो या मुन्नी, सब उसे काका ही कहकर बुलाते थे।

'काका' शब्द सुनते सुनते सुखिया को यह मुग़ालता होना कतई गलत न था कि रामधन की गैरमौजूदगी में वही घर का मालिक है। घर की देखरेख का सबसे बड़ा जिम्मा उसी का तो था। मालकिन के बाद वही तो था जिसने दुलारी को पाल पोष कर बड़ा किया। दुलारी भले ही ब्याह कर वकील बाबू मोहन के घर चली गई लेकिन आज भी दुलारी उसके लिए बच्ची ही थी।

दुलारी के जन्म के कई वर्षों बाद मुन्नी पैदा हुई। लेकिन वह कभी भी सुखिया काका के दिल मे दुलारी से अधिक जगह न बना पाई। कहने को तो सुखिया के लिए दोनों ही बेटियां एक जैसी थी लेकिन वह बखूबी जानता था कि उसका कलेजा मुन्नी की तुलना में दुलारी के लिए कुछ ज्यादा ही कचोटता है। और हो भी क्यों न?, दुलारी ही तो थी जो मालिक की गैरमौजूदगी में उसके साथ कंधे से कंधा मिलाकर चलती थी।

टिमटिमाते चिराग की रोशनी में खुली आँखों से सुखिया को भले ही कुछ साफ दिखाई नहीं पड़ रहा था लेकिन बन्द आंखों से वह अतीत का एक एक दृश्य स्पष्ट देख रहा था। आज नींद उससे कोसों दूर थी। वह

चारपाई पर बैठा चिलम को बार बार सुलगाकर कश पर कश लिए जा रहा था। आँखों में आँसुओं का सैलाब उमड़ा हुआ था। पलकें बंद करते ही आँखों में भरे आँसू धार बनकर गालों पर लुढ़कते हुए अनायास ही ठुड्डी से टपक जाते थे। उसमें कुछ कहने और सुनने की हिम्मत न रह गई थी। बीच बीच में अनायास ही उसके मुँह से बस एक ही रट निकलती थी,

'हे राम! ये क्या हो गया? ...यह घटना हमारे मालिक के साथ ही क्यों हो गई? ...अगर उठाना ही था तो मालिक की जगह मुझे क्यों नहीं उठा लिया? ....अब मुन्नी और मालकिन का क्या होगा?'

मुन्नी ने आज सोने से पहले कहानी की जिद नहीं की थी। उसने पास आकर बड़ी मासूमियत से पूँछा,

'काका! सब कहते हैं कि बापू अब न आएंगें। ...वे हमसे इतना दूर क्यों चले गए?'

सुखिया ने कोई जबाब देने के बजाय उसे सीने से लगा लिया। वह भी हिचकियाँ लेते लेते कब सो गई इसका पता ही न चला। सुखिया जब आश्वस्त हो गया कि मुन्नी सो गई है तो वह धीरे से उठा और घर की चौखट पर बैठी दुलारी के पास आ गया।

दुलारी अब भी सुबक रही थी। मालकिन का भी रोना बंद नहीं हुआ था। वह थोड़ी थोड़ी देर में बेहोश हो जा रही थी। सिसकियों की गूँज से घर की ईंट ईंट विलाप करती हुई लग रही थी। मालकिन के रूदन का स्वर भले ही कमजोर पड़ रहा था लेकिन उसकी कुहुक से सुखिया का कलेजा फटा जा रहा था।

सुखिया ने हिम्मत जुटाते हुए दुलारी के कंधे पर हाथ रखकर ढ़ाढस बंधाना शुरू किया तो वह फूट फूटकर राने लगी। उसने रोते हुए कहा,

'काका! यह क्या हो गया? ...कैसे जिएंगे सब?'

ये शब्द तीर की तरह कलेजे में चुभकर सुखिया को भीतर तक झकझोर गए। एक पल के लिए वह भावुक हो किंकर्तव्यविमूढ़ हो गया लेकिन फिर हिम्मत जुटाते हुए बोला,

'बिटिया तू तो मालिक का गुरूर थी। जब तू ही ऐसा कहेगी तो कैसे चलेगा? ...मालिक ने तुझे कभी बिटिया नहीं माना। वह तुझे हमेशा बेटा कहकर ही बुलाते थे। ...मालिक हमेशा कहते थे कि काका! दुलारी खूब

समझदार है। मेरे न रहने पर वही इस घर को संभालेगी।'

'न काका! हम कुछ न संभाल पाएंगे। ...अब तो बस राम ही मालिक हैं। ...और उन्हीं का सहारा है।'

'अरे! पगली, ऐसा काहे कहती है? ...तुझे ही सब संभालना होगा। ...और तू ही जब ऐसे रोएगी तो मालकिन को हिम्मत कौन देगा? ...मुन्नी और मालकिन का ख्याल तो अब हमें ही रखना होगा। ...आँसू के घूंट पी ले। ...भगवान इस घर की परीक्षा ले रहा है। ...जा अंदर जा और मालकिन को संभाल।'

रात जैसे तैसे बीती। सुबह हुई तो सभी अंतिम संस्कार के बाद होने वाले कर्मकाण्डों में लग गए। श्राद्ध व तेरहवीं संस्कार निपटा तो कागजी लिखा पढ़ी शुरू हुई। रामधन की मौत के बाद पेंशन, फंड व बीमा के कागजों की कवायद शुरू की जानी थी।

ले दे कर एक सुखिया ही अब इस घर का मुखिया रह गया था। अंगूठा टेक होने के कारण उसके लिए लिखावट काला अक्षर भैंस बराबर ही थी। ऐसे में एक सवाल था कि स्मृति शेष मालिक के सभी पावनों के लिए कागजी लिखापढ़ी की जिम्मेदारी किसे दी जाए? सुखिया ने मालकिन के सामने प्रस्ताव रखा कि यह जिम्मेदारी जंवाई बाबू को दे दी जाए।

रामधन नौकरी के सिलसिले में बाहर ही रहते थे। पहले घर के खर्चे के लिए या तो कभी कभार खुद ही आ जाया करते थे या फिर सुखिया के नाम से ही मनीआर्डर भेजा करते थे। कंचन घर की मर्यादाओं में जकड़ी रहने के कारण चौखट के बाहर कदम न रखती थी। जब दुलारी बिटिया बड़ी हुई तो रामधन ने अपने बैंक के खाते में दुलारी को सहखातेदार बना दिया। अब पुराने सारे झंझट खत्म हो गए। दुलारी सीधे बैंक जाकर पैसों का सारा बंदोबस्त कर लेती थी।

जंवाई बाबू यानि दुलारी के पति मोहन पेशे से वकील थे। वे हर वक्त कानून की पोथी लिए चलते थे। कानून में कोई उन्हें मात नहीं दे सकता था। कभी कभार तो रामधन और जंवाई बाबू में कानूनी दांवपेंच को लेकर झटापट भी हो जाया करती थी। कंचन को जंवाई बाबू का रामधन से तर्क वितर्क करना पसंद न था। शायद इसीलिए वे जंवाई बाबू पर उतना विश्वास भी नहीं करती थी। चूँकि मोहन के साथ दुलारी ने सब कुछ ठीक

ठाक निपटा लेने का भरोसा जताया इसलिए कंचन ने सुखिया काका के प्रस्ताव पर हामी भर ली।

रामधन के कागजों का पिटारा खोला गया। जरूरी कागजों की तह बनाकर उसकी फाइल बन गई। कंचन पास में ही गुमसुम बैठी चुपचाप सारा तमाशा देख रही थी। लेकिन मुन्नी बापू के पिटारे का खंगाला जाना कतई हजम नहीं कर पा रही थी। उसने खूब विरोध किया। न जाने कौन सी असुरक्षा उसके अंदर घर कर गयी थी। वह इस तरह व्यवहार कर रही थी जैसे उसे किसी आफत की पदचाप सुनाई पड़ रही हो।

कंचन ने उसे समझाते हुए कहा,

'मुनिया तेरे बापू के बाद अब मोहन और दुलारी का ही सहारा है। वह जो कुछ भी करेंगे हमारे भले के लिए ही करेंगे।'

मुन्नी तो चुप होकर वहां से चली गई। लेकिन वहां मौजूद कोई भी सदस्य कागजों को समेट रहे मोहन और दुलारी के उस मन्तव्य को न पढ़ सका जिसे शायद मुन्नी ने पढ़ लिया था। कागजों का बंडल समेटने के बाद मोहन और दुलारी अपने घर जाने को तैयार हो गए। जाते समय कंचन की आंखों में आंसू देख दुलारी ने कहा,

'अम्मा! तू घबराती क्यों है? ...मैं हूँ न, सब संभाल लूंगी। बिल्कुल चिंता मत करना।'

कंचन बाहर से भले ही खामोश दिख रही थी लेकिन वह अंदर ही अंदर फूट फूट कर रो रही थी। कलेजा फट रहा था। चीत्कार की गूँज से वह जार जार हो रही थी। कंचन दुलारी को अभी रोकना चाहती थी लेकिन मोहन बाबू के आगे उसकी एक न चली। वह दरवाजे के छोर पर खड़े होकर दुलारी को आवाज दे रहे थे,

'चलो भई, जल्दी चलो। अरे! ...ये माया मोह अब छोड़ भी दो। ...देखो गाड़ी आ गई है।'

'हाँ, ..आ रही हूँ' कह दुलारी गाड़ी की ओर बढ़ने लगी।

'अम्मा! कलेजा पत्थर का करो। ...जो गया सो गया। ...अब आगे देखो..... जब तुम ही अधीर हो जाओगी तो मुनिया को कौन संभालेगा?'

दुलारी के मुँह से यह सुनते ही कंचन की पलकों का बाँध टूट गया। जुबान खामोश रही लेकिन आँखों से आँसू गालों पर लुढ़कते हुए अंदर का

दर्द बयाँ करने लगे।

'तुम चिंता मत करना। ...हम बाबू जी के दफ्तर जाएंगे। ...कोई जरूरत पड़ी तो मोहन को भेजूँगी। ...वह जैसा कहेंगे वैसा कर देना बस।'

यह अंतिम वाक्य दुलारी ने अपने मंसूबों पर विश्वास की मुहर लगाने के लिए माँ से अंकवार भेंटते हुए कही और झट गाड़ी में बैठकर जंवाई बाबू के साथ चली गई। कंचन, मुन्नी और सुखिया तब तक दोनों को जाते हुए निहारते रहे जब तक गाड़ी से उड़ती धूल का गुबार छँट नहीं गया।

जैसे बरसात में नदी की हाहाकारी लहरें किनारों पर बसे लोगों को डराने के साथ ही उनका बहुत कुछ निगल जाती हैं। लेकिन वे अधीर न होकर इस उम्मीद में विपदा का डट कर मुकाबला करते हैं कि कभी न कभी तो नदी अपनी लहरों को शांत करेगी। बाढ़ का पानी जब वापस जाएगा तो इसी नदी के तट पर हरी भरी फसल फिर से लहलहाएगी। कुछ ऐसा ही हाल कंचन का भी था। रोशनी की तलाश में जिंदगी का कारवां आगे बढ़ने लगा जिसके पीछे उठने वाले धूल के गुबार में पुरानी स्मृतियों पर धूल जमने लगी।

दिन-घड़ी-महीने गुजरते चले जा रहे थे लेकिन न तो जंवाई बाबू ने कोई खोज खबर ली और न ही दुलारी ने। सुखिया और कंचन दिन भर दरवाजे पर टकटकी लगाए बैठे रहते थे। घर में रखी जमा पूँजी धीरे धीरे खर्च होती जा रही थी। बरसात का मौसम सिर पर आ रहा था। घर की मरम्मत से लेकर खेती बाड़ी तक की चिंता कंचन को सताने लगी थी। अब घर पर पहले जैसी रौनक न थी। पहले शौक में घर के दरवाजों पर जो पर्दा लटकता था अब वह जरूरत बनता चला जा रहा था। यह पर्दा ही तो था जो घर की इज्जत और बाहरी दुनिया के बीच दीवार बना हुआ था।

सुबह सुबह ड्योढ़ी पर बैठी कंचन को लोग अपशकुन मानकर उधर से गुजरने से कतराने लगे थे। सगे सम्बन्धियों और पास पड़ोस के लोग भी अब घर आने से बचने लगे थे कि कहीं कंचन मुँह खोलकर हाथ न फैला दे। शायद उन्हें कंचन की खुद्दारी का इल्म नहीं था।

एक दिन सुबह सुबह कंचन ने सुखिया को आंगन में बुलाकर कहा,

'काका! कई महीने बीत गए। दुलारी का न तो कोई संदेश आया और न ही जंवाई बाबू आए। ...तुम दुलारी के यहाँ चले जाओ। ...उसका हालचाल भी लाना और मालिक के पावनों के बारे में जंवाई बाबू से बात भी कर लेना। ...तीन महीने बीत गए। ...पेंशन, फंड, बोनस का कुछ अता पता नहीं है।'

'जी, मैं आज ही चला जाता हूँ, दुलारी से मिलने का मेरा भी बहुत मन है।'

सुखिया को एक थैला और कुछ रूपये थमाते हुए कंचन ने ताकीद करते हुए कहा,

'काका, बिटिया के घर का पानी भी पीना गुनाह है। इस थैले में तुम्हारे खाने पीने का सामान है। ...वहां टिक न जाना। ...हाल खबर लेकर जल्दी लौट आना।'

'जी मालकिन' कहकर सुखिया ने दुलारी के घर का रास्ता पकड़ लिया।

घर में रोकड़े की तंगी होने के बावजूद भी उसे खर्च के लिए कुछ रूपये मिले हुए थे। वह मन ही मन सोच रहा था। ...वह इसे खर्च न करेगा। ...वापस लाकर मालकिन को लौटा देगा। गाड़ी पर तो बिल्कुल न बैठेगा। ...बस आठ कोस की ही तो बात है। ...पैदल ही कट जाएगा।

तेज कदमों से रास्ता नापते सुखिया के मन में एक अन्तर्दव्न्द चल रहा था। वह सोच रहा था कि दुलारी के घर पहुँचते ही उससे पूँछेगा कि आखिर उसने तीन महीने तक मालकिन और मुन्नी की सुधि क्यों नहीं ली? ...भला ऐसे कोई चुप कैसे बैठ सकता है? ...मुसीबत में वह साथ नहीं दे सकती थी तो न सही लेकिन दो मीठे बोल तो आकर बोल ही सकती थी। ...इसी बहाने मालकिन और मुन्नी दिलखोल कर हँस बोल तो लेती। ...दुलारी इतना खुदगर्ज कैसे हो गई? वह पुरानी यादों को परत दर परत खोले जा रहा था।

सुखिया को आठ कोस का रास्ता नापते नापते लगभग शाम हो गई। दलान में बैठे दुलारी और मोहन की हंसी ठिठोली में खलल तब पड़ा जब सुखिया राम राम कहते हुए वहाँ आ धमका। उसकी आवाज सुन दुलारी उठ खड़ी हुई,

'काका, अपने आने की खबर तो दे दी होती। ...बता देते तो हम स्टेशन पर लेने आ जाते। ...घर पर सब खैरियत तो है।'

सुखिया कैसे बताता कि वह मोटर गाड़ी से नहीं बल्कि पैदल ही चलकर आया है। उसे पर्दे की अहमियत का अंदाजा था इसीलिए वह मन की पीड़ा पर धीरज की चादर डाले रखना चाहता था।

आगे बढ़ कर दुलारी के सिर पर हाथ रखते हुए उसने कहा,

'बिटिया वहाँ सब खैरियत है। ...(ताना मारते हुए) जब तूने हमारी कोई सुधि न ली तो सोचा मैं ही चलूँ। मन की बात मालकिन से कही तो उन्होंने तेरा हालचाल लेने के लिए भेज दिया।' इतना कहते कहते सुखिया का गला भर आया।

एक बार तो सुखिया के मन में आया कि मालकिन की सारी तकलीफों को तफ्सील से सुनाकर अपना मन हल्का कर ले लेकिन उसने अपने मन की व्यथा कथा को दिल में छुपाकर ही रखना उचित समझा। दुलारी और जंवाई बाबू के साथ सुखिया ने इधर उधर की खूब बातें की। सुखिया के भीतर भले ही दर्द की दरिया उफान पर थी लेकिन मालकिन के घर का हाल उसकी ज़ुबान पर आकर बेपर्दा न हुआ।

सुबह दुलारी से विदा लेते समय सुखिया रुँधे गले से बस इतना ही कह पाया,

'मालकिन तुम दोनों को बहुत याद करती हैं। अब तुम्हीं दोनों तो उनका सहारा हो।'

'अम्मा से कहना परेशान न हों। हम दौड़ धूप कर रहे हैं। अभी कागजों का कोरम पूरा करना है। अम्मा की दस्तखत और अंगूठे के निशान की जरूरत पड़ेगी। कागज तैयार होते ही हम आएंगे।' इतना कहकर दुलारी ने सुखिया को विदा कर दिया।

घर वापसी की राह पकड़ कर पैदल चलता हुआ सुखिया मन ही मन फूला नहीं समा रहा था। उसे इस बात का भान हो गया था कि दुलारी बिना कुछ कहे ही सब समझ गई। दो चार दिन में ही वह मालकिन से मिलने आएगी और जल्दी ही सब ठीक हो जाएगा। बेपटरी हो चुकी गृहस्थी की गाड़ी जल्द ही सरपट दौड़ने लगेगी। उसने घर पहुँचते ही कंचन के सामने हालचाल की पोटरी खोलते हुए दुलारी का संदेश भी एक

ही साँस में सुना दिया।

सुखिया का अनुमान भी सही निकला। ठीक दो दिन बाद सुबह सुबह जंवाई बाबू की गाड़ी चौखट पर आकर रुकी। जंवाई बाबू गाड़ी में ही बैठे रहे। गाड़ी का दरवाजा खुला तो दुलारी उतरी। जब तक कोई कुछ समझ पाता तब तक वह गाड़ी से उतर कर सीधे घर में दाखिल हुई और आँगन में पहुँच गई। न परछन्न, न धार, न अंकवार का इंतजार और न ही कोई हालचाल, बस सीधे आवाज लगाई,

'अम्मा! अम्मा! वो अम्मा! ...कहाँ हो? जल्दी तैयार हो जाओ। ...आज बाबू जी के दफ्तर चलना है।'

इधर कंचन और उधर सुखिया बेटी और दामाद से थोड़ी देर बैठने की टेर लगा रहे थे लेकिन दोनों कुछ और सुनने को तैयार न थे। आज दोनों को बहुत जल्दी थी। जैसे किसी विशेष कार्य का शुभ मुहूर्त निकला जा रहा हो। कंचन भी जल्दी से तैयार हो गई। मुन्नी को सुखिया को सहेजते हुए बेटी और दामाद के साथ गाड़ी में बैठकर चली गई। पहले बैंक जाकर कुछ कागजी औपचारिकताएं पूरी की गई फिर रामधन के दफ्तर में।

दफ्तर पहुँचने पर बड़े हाकिम ने जब कंचन से पूँछा था तो उसने साफ कह दिया कि अब उनके बाद बिटिया और दामाद ही सब कुछ हैं। उनकी हां में हमारी हां समझिएगा साहब। हम बार-बार न आ पाएंगे। हमारे दस्तखत और अंगूठे की जहाँ जहाँ जरूरत हो, आज ही ले लीजिए। कुछ ही घंटों में सारी औपचारिकताएं पूरी हो गई तो जंवाई बाबू ने कंचन को वापस लाकर घर छोड़ दिया। आज वह बहुत खुश थी। घर पहुँचते ही सुखिया से कहा,

'काका, बिटिया और जंवाई बाबू ने आज सारा काम करा दिया। जल्दी ही तेरे मालिक के पावने मिल जाएंगे और हमें पेंशन भी मिलने लगेगी। जल्दी ही तंगहाली खत्म हो जाएगी।'

मालकिन के खुश होने के बावजूद आज पहली बार सुखिया के मन में कुछ खटक गया। वह इन सवालों के जबाब नहीं खोज पा रहा था कि दुलारी मालकिन के साथ वापस क्यों नहीं लौटी? ...मालिक के स्वर्गवासी होने के बाद वह कुछ बदली बदली सी क्यों नजर आने लगी है? ...मालिक के घर के मामलों में दुलारी से ज्यादा जंवाई बाबू की दिलचस्पी क्यों

दिखने लगी है?

इंतजार में दो महीने का वक्त और बीत गया। न तो रामधन के दफ्तर से ही कोई खबर आई और न ही जंवाई बाबू का ही कोई संदेशा आया। सभी के खेतों में हरियाली दिखने लगी लेकिन कंचन के खेतों की जुताई तक न हो पाई थी। घर में जमा पूँजी पेट की आग बुझाने में ही स्वाहा होती जा रही थी। अब तो रसोई में रखे राशन के बर्तन भी खनकने लगे थे। कंचन और सुखिया दोनों के चेहरे पर बेचैनी साफ झलकने लगी। एक पर्दा अभी भी दरवाजे पर लटक रहा था जिसकी आड़ में घर की सजी धजी इज्जत जैसे तैसे छुपी हुई बैठी थी।

कंचन आज चौखट पर गुमसुम बैठी सूने आकाश को निहार रही थी। वह कभी अपनी तो कभी मुन्नी की किस्मत को कोस रही थी। सुखिया से मालकिन की यह हालत देखी न गई तो वह दबे पांव नजदीक आकर हिम्मत जुटाते हुए बोला,

'मालकिन मैं तो ठहरा अंगूठा टेक, गंवार। ...लेकिन जंवाई बाबू की बात मुझे समझ में नहीं आ रही है।'

कंचन ने सुखिया की बात का कोई जवाब न दिया। सुखिया ने विनती करते हुए बात को आगे बढ़ाया,

'कहो तो मैं खुद ही कल दफ्तर जाकर बड़े हाकिम से मिल आऊँ।'

कंचन ने उम्मीद भरी नजरों से सुखिया को ताका और सहमति में सिर हिला दिया। सुखिया अगली सुबह ही मालिक के दफ्तर रवाना हो गया। उसने मन में ठान लिया था कि वह बड़े हाकिम से पूँछेगा कि बिना मर्द के घर की दुष्वारियों का आखिर उसे अंदाजा क्यों नहीं है? वह खुद तो ऐश से मलाई काट रहे हैं और उनके मुलाजिम का परिवार उनकी कर्तव्यहीनता के कारण फांकाकशी में जी रहा है ...क्या हमारे मालिक ने इतनी भी सेवा न की थी कि उनका कागज बन सकता। ...वह साफ कह देगा कि उसे मालकिन और मुन्नी की बद्दुआ लगेगी।

दफ्तर में घुसते समय सुखिया ने दुलारी और मोहन बाबू को दफ्तर से बाहर निकलते देखा। आमना सामना भी हुआ लेकिन ऐसे, जैसे वे एक दूसरे को पहचानते तक नहीं। सुखिया के हाथ जोड़कर अभिवादन करने का भी कोई जबाब न मिलने पर उसका माथा ठनक गया। कुछ गड़बड़

होने की आंशका पैदा हो गई। अंदर जाकर जब सुखिया बड़े हाकिम से मिला तो उन्होंने सवालिया अंदाज में कहा,

'कहो सुखिया, सब खैरियत तो है। अभी अभी दुलारी यहाँ से जा ही रही है। कंचन के पेंशन का कागज लेने आई थी। ...बीमा और फंड के कागज वह महीने भर पहले ही ले जा चुकी है।'

सुखिया के पैरों तले जमीन खिसक गई। वह कैसे कहे कि दुलारी ने इन सबकी कोई जानकारी अभी तक मालकिन को न दी है। वह भी तो इसी का पता लगाने यहाँ आया है। जुबान खुली तो घर की इज्जत की भद्द पिट जाएगी। बात को संभालते हुए सुखिया ने कहा कि मालकिन ने उसे धन्यवाद देने के लिए भेजा है।

'कंचन जी से कहना कि फंड, बोनस, बीमा की रकम उनके खाते में पहुँच चुकी है। उनकी पेंशन भी बन गई है। अगले महीने से मिलने लगेगी... एक दो दिन में पेंशन का कागज आते ही हम घर भिजवा देंगे। उसके लिए यहाँ किसी को आने का कष्ट न उठाना पड़ेगा।'

हाकिम की बात सुनकर सुखिया को सब समझ में आने लगा था। दुलारी के बदले मिजाज पर उसका शक सही साबित होना चाहता था। लेकिन बिटिया की ममता से भरा दिल दुलारी पर अविश्वास करने को तैयार ही न था। फिर भी उसके मन में एक ऐसा तूफान उठ खड़ा हुआ जो शान्त नहीं हो रहा था। सुखिया अपने मन की बात मालकिन से भी नहीं कह सकता था। उसे डर था कि मालकिन उसे ही कहीं गलत न समझ लें।

घर पहुँचने पर सुखिया ने कंचन को मालिक के पावनों और पेंशन की बात तो बताई लेकिन दुलारी व मोहन बाबू के बारे में कुछ भी बताने से परहेज किया। वह न तो मालकिन का दिल दुखाना चाहता था और न ही माँ-बेटी के रिश्तों में आशंका के बीज रोपना चाहता था। हाकिम का संदेश सुनकर कंचन के चेहरे पर प्रसन्नता और संतोष के भाव नजर आ गए। कंचन को जीवन की गाड़ी पटरी पर लौटती नजर आ गई। उसने दिल खोल कर दुलारी और जंवाई बाबू को आशीष दिया। यह सब देख पास खड़े सुखिया की आँखें डबडबा गई।

अगली सुबह कंचन ने बैठक में बैठे सुखिया को आवाज दी,

'काका! जल्दी तैयार हो जाओ, आज बैंक चलना है। घर गृहस्थी का सामान भी लेना है। ...चलने के लिए कोई साधन बुला लो।'

कंचन और सुखिया के साथ मुन्नी भी तैयार हो गई। साधन बुलाया गया। तीनों उसी पर बैठकर बैंक पहुंच गए। पैसा निकालने की पर्ची भरी गई। ...लेकिन यह क्या? पैसा निकालने वाले काउंटर पर बैठे कर्मी ने कहा कि उनके खाते में पैसा ही नहीं है।

सुखिया ने हाथ जोड़कर कहा- 'बाबूजी एक बार फिर देखो। ...तुम्हें कोई गलतफहमी हुई है। मालिक के दफ्तर वाले बड़े हाकिम ने कहा था कि पैसा महीने भर पहले ही खाते में पहुँच गया है। आखिर पैसा कहाँ चला गया।'

'हाकिम ने बिल्कुल सही कहा था। पैसा आया था लेकिन वह निकल चुका है।' कर्मी की यह बात सुन कंचन ने नाराजगी जताते हुए कहा,

'जब मैं बैंक आई ही नहीं तो पैसा किसने और कब निकाल लिया?। ...जरा ठीक ठीक देखो।'

'किसी और ने नहीं बल्कि आपकी बेटी दुलारी ने सारा पैसा निकाला है। ...वह इस खाते में आपके साथ सहखातेदार है। ...और आपने ही उसे भी पैसा निकालने का अधिकार दे रखा है।'

बैंक कर्मी के मुंह से यह बात निकलते ही कंचन का दिमाग चकरा गया। उसके पैर लड़खड़ा गए। पास की बेंच पर धप्प से बैठ गई।

उसकी आँखों के सामने अंधेरा हो गया। वह सोच रही थी कि दुलारी धोखे पर धोखा करती रही और हम सब समझ न सके। सुखिया भी हक्का बक्का था। उसकी आशंका पर तो मुहर लग गई थी। मालकिन के साथ उसका भी कलेजा छलनी हो गया। वह अचंभित था कि जिस पर परिवार को सबसे ज्यादा विश्वास था वह कैसे विश्वासघात कर गई। कैसे कुछ पैसों के लोभ के आगे दुलारी का लाख टके का विश्वास घुटने टेक गया।

थोड़ी देर सभी हतप्रभ हो बुत बने बैठे रहे फिर कंचन ने खुद को संयत कर सुखिया से कहा,

'काका, चलो घर चलें। अब यह दिन भी देखना था। ...दुलारी को पैसा ही चाहिए था तो मुझसे बोल देती। ...क्या मैं मना करती? उसने तो

हमारा भरोसा ही तोड़ दिया।'

सुखिया चाहता था कि मालकिन दुलारी से पूँछे कि आखिर उसने ऐसा क्यों किया? वह कुछ कहना चाहता था लेकिन कंचन ने चुप रहने का इशारा करते हुए कहा,

'काका, भूलकर भी इसका जिक्र किसी से न करना वरना लोगों का रिश्तों पर से भरोसा उठ जाएगा। ...हम अब भी दुलारी की खुशहाली की दुआ करेंगे लेकिन ईश्वर से विनती भी करेंगे कि वह भले ही बेऔलाद रखे लेकिन किसी को भी ऐसी विश्वासघातिनी औलाद न दे।'

कंचन ने मुन्नी का हाथ थामा और घर वापसी की राह पकड़ ली। पीछे पीछे सुखिया भी चल रहा था। आज कोई आपस में बात नहीं कर रहा था। कंचन के लिए पति के जाने के गम पर बेटी के विश्वासघात का गम भारी पड़ रहा था। उसकी जिन्दगी में अंधेरा हो गया था। लेकिन मुन्नी के लिए उसे इस अंधेरे से भी लड़ना था।

5

कलुआ

जेठ की तपती दुपहरी अपने पूरे शबाब पर थी। गर्म लू के थपेड़ों ने लोगों का बाहर निकलना मुश्किल कर रखा था। लोग अपने घरों में दुबक कर दुपहरिया बिता रहे थे। कस्बा हो या शहर या फिर गांव, हर जगह अघोषित कर्फ्यू जैसे हालात दिखाई पड़ रहे थे। बावजूद इसके बागों में बच्चे मस्ती करने में मगन थे और मंगलपुर के मुखिया जी की बैठक गांव की जनता जनार्दन से गुलजार थी।

जनप्रतिनिधि होने के नाते मुखिया को जेठ की खड़ी दोपहर में भी घर में दुबक कर आराम करने की इजाजत राजनीति नहीं देती है इसीलिए तो उनका दरबार सुबह से ही बदस्तूर जारी था। चुनाव के वक्त जो जनता जनार्दन थी आज उसी जनता के बीच बैठे मुखिया जी खुद जनार्दन की भूमिका में नजर आ रहे थे। इस दरबार में पीड़ित जनता के सामने मुखिया जी थानेदार, सलाहकार और न्यायाधीश सभी चरित्र बखूबी निभा रहे थे।

इसी बीच कुछ शरारती बच्चे धड़धड़ाते हुए मुखिया की बैठक में बेरोकटोक दाखिल होते हैं। वास्तव में यही शरारती बच्चे तो मुखिया जी के सबसे बड़े मुखबिर थे। आज बच्चे कुछ भयाक्रांत नजर आ रहे थे। मुखिया कुछ पूँछते कि इससे पहले ही बच्चों ने सम्वेत स्वर में चीखते हुए कहा-

'मुखिया जी! दरिया पार के गांव में आग लग गई है।'

'क्या बकते हो? ....यह सब तुम्हें किसने बताया?' यह कहते हुए मुखिया ने बात की पुष्टि करनी चाही।

'अरे दूर से ही आग की लपट और उठता धुंए का गुबार दिख रहा है। जल्दी चलिए, बड़ी चीख पुकार मची हुई है।' बच्चों के मुंह से यह सुनते ही बैठक में मौजूद सुक्खी ने कहा,

'मुखिया जी, सुना है कलुआ के यहां बारात आने वाली है। उसने सारी तैयारी भी कर ली है। अगर आग उसके घर तक पहुंच गई तो राम जाने क्या होगा?'

मुखिया ने तुरंत बैठक विसर्जित कर सुक्खी से कहा, 'सुक्खी भगवान इतना निर्दयी नहीं है, कुछ नहीं होगा। बस मदद के लिए हम सबको वहाँ जल्दी चलना होगा।' मुखिया ने अपने कुछ खास सिपहसालारों को आवाज दी।

'धनी ! जगेसर ! मुसद्दी ! जल्दी गांव वालों को घटना की सूचना देकर सबको मदद के लिए दरिया पार सुजानपुर आने के लिए कहो। सुक्खी तू घाट पर नाव का इंतजाम कर।'

सबको अच्छी तरह समझाते हुए मुखिया जी अपने शागिर्दों के साथ घाट की ओर चल दिए। उन्हें मालूम था कि पुल के बजाय घाट वाले रास्ते से सुजानपुर जल्दी पहुंचा जा सकता है।

इसी बीच मंगलपुर से होकर सुजानपुर को जाने वाली सड़क पर सायरन बजाती गाड़ियां भी दौड़ने लगी। सायरन की आवाज सुनकर लोग घरों से बाहर निकले तो उन्हें सारा माजरा समझ में आ गया। दमकल की गाड़ी भी दरिया पार सुजानपुर गांव ही जा रही थी। गांव के लोग यह भलीभांति जानते थे कि दमकल की बड़ी गाड़ी का मौके तक पहुंच पाना संभव न हो सकेगा। हर कोई मदद के लिए दमकल से पहले वहां पहुंचना चाहता था।

नदी के मंगलपुर घाट से ही सुजानपुर यज्ञ कुंड सा दहकता हुआ दिखाई पड़ गया। आग की ऊँची उठती लपटों को देखकर ही लोग समझ गए कि मदद पहुंचने से पहले ही बहुत कुछ आग के तिलस्म में भस्म हो जाएगा। गांव में फूस व छप्पर के मकानों की अधिकता और तेज हवा के कारण आग ने विकराल रूप धारण कर रखा था। चारों तरफ हाहाकार

मची हुई थी।

कलुआ का घर भी आग की आगोश में आ चुका था। उसके घर में जीवन भर की कमाई बिटिया की शादी के साजोसामान के रूप में जमा थी। वह सबसे मदद की गुहार लगाता रहा लेकिन उसकी मदद के लिए कोई आगे नहीं आया। हर कोई अपनी गृहस्थी बचाने की कोशिश में जुटा था। लोग निहायत ही स्वार्थी दिख रहे थे। कोई एक दूसरे की मदद को तैयार न था। सबको अपनी अपनी पड़ी थी। जब तक दमकल और बाहरी लोग मदद के लिए पहुंचते तब तक पूरा गांव आग में जलकर खाक हो गया।

गांव वालों की सारी गृहस्थी आग में जलकर राख के ढ़ेर में तब्दील हो चुकी थी। जब दमकल कर्मी राख बुझाने की कवायद में जुटे तो आग में तपकर दरक चुकी कच्ची दीवारों पर पानी की बौछार पड़ते ही वे भी भरभराकर गिरने लगीं।

मंगलपुर एक बड़ी पंचायत थी जिसका फैलाव नदी के दोनों तरफ था। नदी के इस पार मुखिया का गांव मंगलपुर तो उस पार की तिराई में सुजानपुर गांव बसा हुआ था। मंगलपुर जमींदारों का गांव था। यहां का हर व्यक्ति छोटी या बड़ी जोत का मालिक था। मंगलपुर की अधिकांश कृषि योग्य जमीनें नदी पार सुजानपुर गांव के सिवान में ही पड़ती थी। नाव के सहारे नदी पार आना जाना इस गांव के लोगों के लिए सामान्य दिनचर्या थी।

सुजानपुर मल्लाहों का गांव था। जहाँ मंगलपुर में विकास की गंगा बहती थी वहीं सुजानपुर विकास से कोसों दूर था। अपवाद और एक सरकारी स्कूल को छोड़ सभी मकान फूस व छप्पर के ही थे। गरीबी और अभाव हर घर की तकदीर बनी हुई थी। खेती बाड़ी, मेहनत मजदूरी और नदी पार उतराई के अलावा गांव में जीविका का कोई अन्य साधन किसी के पास न था। खाली समय में घर की महिलाएं बाध बनाने का काम कर घर चलाने में मर्दों का हाथ जरूर बंटा लेती थी।

तिनका तिनका सहेजकर दो जून की रोटी के लिए गांव वालों ने अपने घरों में जो अनाज का दाना जुटाया था वह सब आग में स्वाहा हो राख के ढेर में तब्दील हो चुका था। बदन पर पड़े कपड़े को छोड़कर किसी

के पास तन ढकने के लिए न तो दूसरा कपड़ा बचा था और न ही पेट की आग बुझाने के लिए अनाज का एक दाना। ऐसे में गांव वालों के पास दूसरों के सामने हाथ फैलाने के अलावा कोई अन्य विकल्प न था।

राजनीति के खिलाड़ियों को तो आपदा में अवसर मिल गया था। उनके द्वारा मदद से ज्यादा अग्निपीड़ितों का तमाशा फोटो खिंचवाकर बनाया गया। सरकारी मुलाजिमों का पहुंचना महज औपचारिकता भर रहा। सांझ ढलते ढलते सारे तमाशे बंद हो गए। रात को मुखिया ने सामूहिक रसोईं तैयार कराकर सबको खाना खिलाया। जब अंधेरा बढ़ने के साथ गांव धीरे धीरे सन्नाटे के आगोश में जाने लगा तो मुखिया ने रसोईं का काम देख रहे जगेसर को बुलाकर पूँछा,

'जगेसर ! सबने खाना खा लिया कि नहीं। कोई बचा हो तो उसे बुलाकर खाना खिलाओ। ...कोई छूटने न पाए।'

'मालिक, रसोईं में सब लोग पहुंचे लेकिन कलुआ और उसका परिवार खाना खाने नहीं पहुंचा।.... कई बार बुलावा भेजा पर वो आने को तैयार ही नहीं हुआ।' जगेसर के ऐसा कहने पर मुखिया जी ने सवाल किया,

'क्यों नहीं आया? ...एक बार फिर जाओ। ...और पता करो आखिर बात क्या है?'

'मालिक, मैं खुद गया था। ...कहता है आज किसी को भूख नहीं है।'

जगेसर की बात सुन मुखिया जी खुद कलुआ के घर की ओर चल दिए। अधिकांश गांव वाले खाना खाने के बाद अपने घरों के आस पास सो गए थे। गांव में मातमी सन्नाटा पसर चुका था। समूचा गांव श्मसान सरीखा लग रहा था जिसकी राख में मासूम गांव वालों के चेहरों की मुस्कान तक दफन हो चुकी थी।

जब मुखिया जी कलुआ के दरवाजे पर पहुंचे तो वहाँ का मंजर देख उनका कलेजा हिल गया। वे कुछ देर यूँ ही बिना बोले चुप चाप ढिबरी के उजाले में घर की राख छानते कलुआ और उसकी पत्नी पारबतिया को ताकते रहे। राख छानते हुए पारबतिया लगातार कुहुक रही थी। कलुआ की आँखों से लगातार आँसू बह रहे थे। कुछ पल के लिए तो मुखिया जी भी किंकर्तव्यविमूढ़ हो गए फिर खुद को संभालते हुए खंखारकर अपनी मौजूदगी का पैगाम पारबतिया तक भेजा।

पारबतिया ने जब सर पर पल्लू डालकर दीवार की ओट ले ली तो मुखिया ने आवाज दी,

‘कलुआ! ये क्या तमाशा कर रहा है? ...अब बस भी कर। ...रोने धोने से कुछ हासिल हो जाएगा क्या?’

‘मालिक हम तो खाक में मिल गए। ...क्या सोचा था और क्या हो गया?’

‘अरे पगले, होनी को कौन टाल सकता है? ...जो कुछ लिखा भरा है वह तो होकर ही रहेगा। ...ऊपर वाले के आगे किसी का जोर चला है क्या?’

‘ऊपर वाले ने हमें न जाने किस बात की इतनी बड़ी सजा दी है। ...चार दिन बाद बिट्टो की बारात आनी थी। उसके विवाह के लिए हमने जो भी सामान जुटाया था सब खाक हो गया मालिक।’

‘धीरज रख कलुआ! ...यह कालचक्र है। इसका पहिया घूमता है। हर रात के बाद दिन होता है। ...सब ठीक हो जाएगा।’

‘क्या ठीक हो जाएगा मालिक? ...हमारी तो जनम भर की कमाई स्वाहा हो गई। ...हमारी आँखों के आगे अंधेरा हो गया है। ...हमारे लिए तो पूनम की रात अमावस हो गई।’

‘नियति को जब यही मंजूर था तो तुम कर ही क्या सकते थे?’

‘जब आग लगी तो हम और पारबतिया घाट पर थे मालिक। हमारी बदकिस्मती थी जो घर पर बिट्टो व मुन्ना ही थे। कोई इनकी मदद को न आया। हम घर पर होते तो कुछ तो बचा ही लेते। ...अब कैसे होगी बिटिया की शादी? ...अब तो खाने के ही लाले पड़ गए।’

इतना कहते कहते कलुआ फूट फूट कर रोने लगा। दीवार की ओट में खड़ी पारबतिया के भी सब्र का बाँध टूट पड़ा। उसकी भी हिचकियाँ सुनाई पड़ने लगी। मुखिया जी का भी गला भर आया। उन्होंने कलुआ को एक बार फिर समझाने की कोशिश शुरू की,

‘कलुआ! तू केवट है, केवट। धार के विपरीत नाव खेने की क्षमता रखने वाला केवट। तू तो तूफान में भी नाव खे कर पार लगा देता है। ....आज जब तेरी जिंदगी में एक तूफान आया तो तू टूट गया। ...अपना नहीं तो बहुरिया और बच्चों का ख्याल कर। तुझे इन सबकी जीवन नौका को इस तूफान से निकाल कर आगे बढ़ाना है। ...चल उठ। आँसू पोंछ ले।

सबको लेकर रसोईं में आ।'

मुखिया इस बार समझाने में सफल हो गए। वे उठकर चलने को हुए तो कलुआ हाथ जोड़कर बोला,

'मालिक! ...इतना सब हो जाने के बाद भूख कहाँ लगती है?'

'अपना नहीं तो बच्चों का सोच। ...उन्हें भूखा सुलाने का इरादा है क्या? बहुरिया संग ढिबरी की रोशनी में राख छानना छोड़ कर जल्दी आ जा। ...हम सब तेरी राह देख रहे हैं।'

जब दिल में पीर का सागर उमड़ रहा हो तो भला कहीं खाने का मन करता है फिर भी दरवाजे पर आए मुखिया जी का मान तो रखना ही था। कलुआ ने भी परिवार के साथ सामूहिक रसोईं में पहुंचकर जैसे तैसे भोजन के कुछ निवाले हलक के नीचे उतार लिए। मुखिया ने यहां भी खूब समझाया बुझाया। नुकसान की भरपाई सरकार द्वारा किए जाने का दिलासा भी दिया।

घर वापस आकर कलुआ अपनी बर्बादी का मंजर देख फफक कर रो पड़ा। बिट्टो, मुन्ना और पारबतिया भी अपने आँसू नहीं रोक पा रहे थे। सबकी आँखे आँसुओं के सैलाब से बोझिल हो चुकी थी। बदन टूट रहा था। चारपाई और बिस्तर सब तो खाक हो चुके थे। अब तो आसमान ही छत और धरती ही बिछौना थी। खंडहर बन चुके ओसारे की जमीन साफ कर चारों वहीं लेट गए। मुन्ना तो अभी छोटा था इसलिए उसे अभी दुनियादारी, नफा नुकसान की कोई समझ न थी। वह जमीन पर लेटते ही पारबतिया के आंचल में दुबककर सो गया। इसके अलावा सभी जन आँख बंद कर लेटे जरूर थे लेकिन नींद उनकी आँखों से कोसों दूर थी। सबके मन मस्तिष्क में भले ही अलग अलग विचार चल रहे थे लेकिन सभी में कल की चिंता थी।

बिट्टो गुमसुम थी। उसके दिल में भी दर्द का दरिया उफान पर था जिसकी लहरों का आघात उसे भीतर ही भीतर बेजार कर रहा था। लहरें किनारों से टकरा कर लौट जा रही थी। बिट्टो इस दरिया की हाहाकारी लहरों को किनारों की मर्यादा लांघने की इजाजत कैसे दे सकती थी? वह किसी के सामने दर्द की दरिया का एक बूँद भी पलकों से लुढ़कने नहीं देना चाहती थी। उसे डर था कि कहीं लोग यह न समझ बैठें कि बिट्टो

अपने बियाह के लिए रो रही है। यह सच जरूर था कि इस अग्निकांड में उसके सारे सपने चकनाचूर हो गए लेकिन वह यह भी जानती थी कि उसके जीवन की राह का यह आखिरी मोड़ नहीं हो सकता है। सफर जारी रखने के लिए आगे भी रास्ता है। उसने तय कर लिया था कि वह अपने पिता को टूटने न देगी। वह भी परिवार की गाड़ी खींचने के लिए बाप के साथ कंधा से कंधा मिलाकर जोर लगाएगी।

जमीन पर पड़े पड़े करवट बदलती पारबतिया की तो रोते रोते आँख सूज गई थी। नींद उसकी आँखों से कोसों दूर थी। जैसे रेगिस्तान में दूर दूर तक हरितमा का नामोनिशान नहीं होता, ठीक वैसे ही पारबतिया को भी अपनी ज़िंदगी अब रेगिस्तान सरीखी नजर आ रही थी। उसे लगने लगा था कि उसके हरे भरे जीवन में आया पतझड़ अब जाने वाला नहीं है। उसे अपने पति कलुआ की मेहनत पर भरोसा था। मुखिया जी ने भी सरकारी मदद मिलने की उम्मीद जताई थी। फिर भी, न जाने क्यों उसे परिवार का भविष्य अंधकारमय लगने लगा था। उसे भविष्य में रोशनी की कोई किरण नजर नहीं आ रही थी। मन में तरह तरह के ख्याल आ रहे थे। उसकी तमाम उम्मीदों की लहरें साहिल के जालिम पत्थरों से टकराकर चकनाचूर हो जा रही थी। वह भीतर से टूट चुकी थी लेकिन उसका स्वाभिमान अभी भी बरकरार था। उसने मन में निश्चय कर लिया कि परिवार की गाड़ी खींचने के लिए वह भी कलुआ के साथ चार हाथ पैर करते हुए वक्त से दो दो हाथ जरूर करेगी।

कलुआ की भी हालत बिट्टो और पारबतिया जैसी ही थी। वह आँख बंद किए हुए लेटा जरूर था लेकिन उसके मन में बड़ी उधेड़बुन चल रही थी। इस दुःख की घड़ी में दिलासा देने हर कोई आया लेकिन समधी जी न आये। उनका घर इतना भी दूर न था कि उन्हें इस दैवीय आपदा की खबर न लगी हो। समधी जी का दरवाजे तक न आना कलुआ के मन को खटक गया था। वह सोच रहा था कि बिट्टो की शादी की रस्म भले ही अभी पूरी न हुई हो लेकिन समधी जी के घर से रिश्ता तो लग ही गया था। शादी विवाह की रस्म अभी न सही तो बाद में हो ही जाएगी। उसे समधी जी के न आने का मलाल जरूर था लेकिन रिश्ते की आखिरी उम्मीद अभी भी बाकी थी। उसे घर का चूल्हा जलने से ज्यादा बिट्टो के हाथ पीले करने

की चिंता हो रही थी। वह मन ही मन सोच रहा था कि समधी जी से एक बार बात जरूर करेगा। यह आपदा तो भगवान का प्रकोप है जो किसी पर कभी भी आ सकती है। उसे उम्मीद थी कि समधी जी उसका दर्द जरूर समझेंगे। आखिर वह भी तो इंसान ही हैं।

इसी उधेड़बुन में कब कलुआ की आँख लग गई और कब सुबह हो गई इसका पता ही न चला। जब उसकी आँख खुली तो पारबतिया, बिट्टो और मुन्ना तीनों मिलकर राख की खाक छान रहे थे। वे राख में अपनी गृहस्थी के बचने की आखिरी उम्मीद तलाश रहे थे। उसका भी मन हुआ कि वह भी उनके साथ लग जाए। कलुआ जानता था कि यह सब कुछ बेमतलब और बेमानी है इसलिए वह चुपचाप बैठा रहा। टेट से बीड़ी का बंडल निकालकर एक बीड़ी सुलगाते हुए उसने आवाज लगाई,

'पारबतिया! सुन, कुछ खाने पीने का इंतजाम करने के लिए मैं घाट की ओर जा रहा हूँ। जब गृहस्थी की कोई चीज बचने की तुम्हारी सारी उम्मीद खत्म हो जाए तो मनहूस राख को ठिकाने लगा देना।'

'सुनो! घाट से जल्दी आ जाना। मुखिया जी ने सबको संदेशा भेजवाया है कि पटवारी नुकसान का जायजा लेने आएगा। ...सबको मौजूद रहना है।'

'नुकसान हमारा हुआ है तो इसमें पटवारी क्या करेगा? वो हमारा अल्ला मिंया है क्या? जो ...कोई नियामत लुटाने आ रहा है। ...जायजा लेकर आखिर वो करेगा क्या?'

'मुखिया जी कह रहे थे कि सरकार नुकसान का आंकलन करा रही है। ...नुकसान के हिसाब से अग्नि पीड़ितों को कुछ राहत देना चाहती है सरकार।'

'हुं, सरकार, सरकार चाहती तो आग से यह तबाही न होती। दरिया पार घर घर पक्के मकान बनवा दिया। ...और ...हमारे फूस की झोपड़ियों पर आज तक उसकी नजर न पड़ी।'

'ऐसा काहे कह रहे हो जी, ...हमारा गांव भी तो तिराई में है। ...यहाँ तो आस पास के लोगों का पहुंचना मुश्किल है। ...तो सरकार की नजर कैसे पड़ती। ...लगता है अब सरकार की नजर पड़ने वाली है। ...हो सकता है कि इस बार राहत में हमारे मकान ही बन जाएं।'

‘अरे तू बड़ी भोली है पारबतिया। तू नहीं समझेगी, क्या राजनीति चल रही है। यही सरकार और सरकार के नुमाइंदे ही तो नहीं चाहते कि हमारी भी तरक्की हो। ...जब तक हम फटेहाल रहेंगे तब तक हम हाथ फैलाते रहेंगे और ये सब मालिक, हम इनके गुलाम बने रहेंगे।’

जबाब में कुछ सुने बिना कलुआ ने चप्पू उठाया और नदी की ओर जाने वाली राह पकड़ ली।

दरिया के आर पार जाने के लिए घाट वाला रास्ता सबसे छोटा रास्ता था इसलिए आम जन दरिया पार आने जाने के लिए इसी रास्ते का प्रयोग करते थे। कलुआ जानता था कि सुबह पार उतरने वाले लोग घाट पर आएंगे। जब तक गांव वाले अपनी फूटी किस्मत का मातम मना रहे हैं तब तक वह घाट पर नाव लगाकर लोगों को पार उतार देगा और साथ ही दरिया में मछली भी पकड़ लेगा। इस तरह वह गंगा नहाने और पैसा टटोलने वाली कहावत चरितार्थ करने के मकसद से ही घाट पर चला आया था। दिन चढ़ने के साथ जब लोगों की दरिया पार आवाजाही थमी तो उसने भी नाव को किनारे खूँटे से बाँध दिया। दरिया से पकड़ी गई मछलियों को थैले में रखा और गांव वापसी की राह पकड़ ली।

गांव पहुंचने पर उसे मालूम हुआ कि पटवारी गांव आ चुका है और नुकसान का आंकलन करने लगा है। मुखिया जी और पटवारी आगे आगे चल रहे थे तो गांव के बच्चे पीछे पीछे दौड़ लगा रहे थे। हर घर पर पहुंचते ही पीड़ित परिवारों से पटवारी पूंछ रहा था,

‘किसका मकान है? ...कितने कमरे हैं? ...क्या क्या नुकसान हुआ है? ...मवेशी कितने जले कितने मरे हैं? ...कोई जनहानि? ...कोई झुलसा तो नहीं है।’

लोग सवालों का जबाब दे रहे थे और पटवारी बाकायदा रजिस्टर पर फ़र्द तैयार कर रहा था। सवालों का जबाब देने के बाद कुछ लोग पटवारी के शागिर्द से भी मिल रहे थे। मुखिया जी सबको समुचित राहत मिलने की सांत्वना दे रहे थे। घटना के बाद पहली बार सबके चेहरे पर मुस्कान बिखरती दिख रही थी। कलुआ भी पारबतिया के साथ दरवाजे पर बैठकर पटवारी का इंतजार कर रहा था। कहने के लिए तो उसकी झोपड़ी गाँव में सबसे छोटी थी लेकिन आग में हुए नुकसान के लिहाज से गाँव में सबसे

ज्यादा नुकसान उसी का हुआ था। सभी गाँव वालों की तरह कलुआ ने भी हाकिम से राहत की बड़ी उम्मीद लगा रखी थी।

पटवारी के दरवाजे पर आते ही कलुआ की आँखें डबडबा आईं। उसकी आँखों में उम्मीद तैरती दिखाई पड़ी। वह यह मान बैठा था कि उसके नुकसान की भरपाई अब निश्चित रूप से हो ही जाएगी। पटवारी के दरवाजे पर पहुँचते ही मुखिया ने कहा,

'कलुआ! उठ, ...पटवारी को ले जाकर अपना घर दिखा।'

'मालिक! ...अब दिखाने के लिए बचा ही क्या है? ...हमारा कितना नुकसान हुआ है यह किसी से छुपा थोड़े है।'

कलुआ की इस बात को सुनकर मुखिया ने कहा कि भले ही सबको पता है लेकिन पटवारी सरकारी मुलाजिम हैं। रिपोर्ट तैयार करने आए हैं सो उन्हें तो बताना ही पड़ेगा। पटवारी की तरफ देखते हुए मुखिया ने कहा,

'सुनो पटवारी, ...इस घर में बिटिया का बियाह होना था। ...जिसका सारा इंतजाम अग्निकुंड में स्वाहा हो गया है। ...कलुआ की हर बात तफ्सील से सुनना और लिखना।'

'मुखिया जी, आप चिंता न करें। ...कोई पक्षपात न होगा। ...सबको अपना हक मिलेगा।'

यह कहते हुए पटवारी घर के भीतर दाखिल हुआ। घर के नाम पर केवल खंडहर की शक्ल में कालिमा से रंगी दीवारें ही खड़ी थी। चारों तरफ एक नजर दौड़ाने के बाद पटवारी ने सवाल जबाब का सिलसिला शुरू किया।

'यह मकान था या झोपड़ी।'

'सरकार, आप चाहे जो कहें किंतु हमारे लिए तो यह महल ही था।'

'वह सब तो ठीक है लेकिन छाजन तो छप्पर की ही थी।'

'जी हुजूर।'

'छप्पर और गृहस्थी के अलावा भी कोई नुकसान हुआ है।'

'हमारी तो जनम भर की कमाई खाक हो गई सरकार। ....बिटिया का बियाह था। ...सब कुछ ठीक होता तो परसों बारात आती। ....सारा इंतजाम हो गया था और दहेज का सारा सामान भी जुटा कर रख लिया

था। ....सूई से लेकर फार तक, सब सामान आग में स्वाहा हो गया।' यह कहते कहते कलुआ फफक कर रो पड़ा।

'झूठ क्यों बोलते हो? ...मड़ही को देखकर तो नहीं लगता है। ...अगर सही भी मान लें तो इतना सब कुछ करने के लिए रकम कहाँ से आई?' इस बार पटवारी की आवाज में तल्खी थी।

कलुआ ने जब खाक हुए सामानों की फेहरिस्त सुनानी शुरू की तो पटवारी के रंग बदलने लगे। वह गुर्रा तो रहा था लेकिन उसकी आँखों में लोभ भी तैरता दिख रहा था। उसके लिए आपदा भी अवसर लेकर आई थी। पटवारी अपना और शागिर्द अपना काम कर रहा था। कलुआ हाथ जोड़कर बोला,

'साहब, हर नुकसान का हाल लिखकर हमारी गुहार सरकार तक पहुँचा देना। हमारे सामने तो अब अंधेरा है। आपकी दया मया मिली तो शायद कुछ राहत मिल जाए।'

दीवार की ओट मिलते ही पटवारी ने रिपोर्ट बनाने के लिए कलम में स्याही भराने की बात कलुआ से कहते हुए उसे समझाया कि कलम में स्याही भरी जाएगी तभी तो वह चलेगी, स्याही जितनी ज्यादा भरोगे कलम भी उतनी ही ज्यादा चलेगी। इतना कहकर पटवारी ने अपनी राह पकड़ ली। बेचारा कलुआ कलम में स्याही भराने की बात का मतलब न समझ सका। अगर वह शागिर्द से मिलता तो उसे इसका मतलब जरूर समझ में आ जाता।

दुखियारे के सिर पर हाथ फेरना ही उसे बड़ा सुकून दे जाता है। कलुआ भी आज सरकारी नुमाइंदे के आ जाने से थोड़ा इत्मिनान में दिख रहा था। उसे यह भरोसा हो गया था कि अब उसकी पीड़ा सरकार तक पहुँच जाएगी और उसके नुकसान की भरपाई जरूर हो जाएगी। वह मन ही मन सोचने लगा कि अगर सरकारी इमदाद मिल गई तो उसकी बिट्टो का बियाह जैसे तैसे हो ही जाएगा। उसने अगली सुबह समधी जी के घर जाकर विवाह का मुहूर्त बदलवाने का पक्का इरादा कर लिया।

अगली सुबह पौ फटने से पहले ही कलुआ ने दरिया पार कर समधी के गांव रहमतपुर की राह पकड़ ली। इस त्रासदी के बाद समधी ने भले ही उसका हालचाल तक लेना जरूरी न समझा लेकिन कलुआ बिट्टो

के रिश्ते को लेकर आज भी पूरा आश्वस्त था। वह रास्ते भर सरकारी इमदाद मिलने के बाद बिटिया के बियाह को निपटाने की योजना बनाता रहा। उसे अंधेरे में एक रास्ता दिखाई पड़ने लगा था। आज उसके होंठों पर उम्मीद की मुस्कान साफ दिखाई पड़ रही थी।

रहमतपुर पहुँचने पर कलुआ को वहाँ की फ़िजा उम्मीद के विपरीत लगी। जिस गाँव से अगले दिन बारात निकलनी हो वहाँ चारों ओर पसरा सन्नाटा इस बात की चुगली कर रहा था कि सुजानपुर के अग्निकांड की त्रासदी की खबर रहमतपुर पहुँच चुकी है। एक बार फिर उसका मन झनक गया कि आखिर सब कुछ जानते हुए भी समधी जी उसकी सुधि लेने क्यों नहीं आए? अगर तय तिथि पर बारात न लाने का निश्चय उन्होंने कर ही लिया था तब भी तो उन्हें यह खबर भिजवानी ही थी। यह बात कलुआ को ठीक न लग रही थी फिर भी उसने मन ही मन निश्चय किया कि वह समधी से इसकी काई शिकायत न करेगा।

वह जब समधी के दरवाजे पर पहुँचा तो कुंए की जगत पर बैठे समधी जी सिर झुकाए दातून कर रहे थे। कलुआ के राम राम कहने पर उन्होंने सिर उठाया और अभिवादन के जवाब में राम राम कहते हुए चारपाई पर बैठने का इशारा किया। हाथ मुँह धुलकर वे पास आकर सामने की चारपाई पर बैठते हुए बोले,

'कहो भाई! इतने सबेरे कैसे आना हुआ? ...सब ख़ैरियत तो है।'

'हमें लगा था कि शायद आप सुजानपुर की हालत से वाक़िफ़ न हुए हों लेकिन यहाँ आने पर हमारा भ्रम टूट गया।' यह कहते हुए कलुआ की आँखें डबडबा आई।

'सही कह रहे हो। ...इसीलिए तो बारात की तैयारी नहीं की।'

'लेकिन अपने इस निर्णय की खबर तो दे दी होती। ...हमारे मुखिया जी तो तय समय पर ही बियाह कराने की बात कर रहे थे। ...अगर हमने हामी भर ली होती तो हम किसको मुँह दिखाते।'

'अरे नहीं हमें भी समाज में मुँह दिखाना है। ...आज शाम तक तुम्हारे घर संदेशा पहुँचाते। ...अब तुम आ ही गए तो खुद ही पता चल गया। ...कहो तुम्हारी हम किस तरह मदद कर सकते हैं?'

कलुआ ने दोनों हाथ जोड़ कर कहा,

'समधी जी, हम विपरीत धार में नाव के खेवैइया हैं। हमारे ऊपर तकदीर की जो मार पड़ी है उससे हम जैसे तैसे निपट ही लेंगे। हम चाहते हैं कि इसी महीने कोई दूसरा मुहूर्त देख कर विवाह कार्यक्रम को निपटा ही लिया जाए।'

इस बात का कोई जवाब देने के बजाय समधी ने दरवाजे की ओट में खड़ी लुगाई की ओर मुख़ातिब होकर कहा,

'अजी सुनती हो... न टेंट में फूटी कौड़ी है, न घर में मुट्ठी पर फांका और विवाह का दूसरा मुहूर्त रखने की बात कर रहे हैं। ...सेंत में ही बियाह निपटा लेना चाहते हैं।'

'हाँ हाँ, बिल्कुल सुन रही हूँ। ... साफ कह क्यों नहीं देते कि अब यह रिश्ता नहीं होगा।' जो बात समधी अपने मुँह से नहीं कह पा रहे थे उसे दरवाजे के ओट में खड़ी समधिन ने कह दी।

यह बात सुन कलुआ सन्न रह गया। वह फफकते हुए बोला,

'ऐसा न कहो समधन जी, आखिर हमारा कुसूर क्या है?'

'हमें तुम्हारी बिट्टो के ग्रह नक्षत्र ठीक नहीं लगते। ...विवाह की घड़ी नजदीक आते ही उसके पीहर पर आफत आ गई। ...यहाँ आ गई तो हम पर भी आफत आ सकती है।'

'इसमें उसका क्या कुसूर है? ...यह तो होनी थी जो हो गई। ...इस पर तो हम सबका कोई जोर नहीं चलता।'

'वह तो ठीक है लेकिन इस आग में बिट्टो के सुहाग के सारे सामान भी जलकर खाक हो गए। ...यह शुभ संकेत थोड़े है।'

'समधन जी, हम सब ईश्वर के हाथों की कठपुतली हैं। जो हमारे साथ हुआ वह तो तकदीर का तमाशा है। आज हमारे साथ हुआ तो कल किसी और के साथ भी हो सकता है।'

'कुछ भी हो, लेकिन मन छनक गया तो अब हम यह रिश्ता बिल्कुल न करेंगे।' समधी ने बीच में ही बात को काटते हुए अपना फैसला सुना दिया और चारपाई से उठ खड़े हुए।

कलुआ की आँखों के सामने अंधेरा छा गया। उसे कुछ सुझाई न पड़ा तो समधी के पैर पकड़ कर अनुनय विनय करने लगा।

'समधी जी... हम सब नाव के खेवैइया केवट हैं। हम तो दूसरों को पार उतार देते हैं और आपने तो हमें ही मझधार में छोड़ देने का फैसला कर लिया। ...इस घर को लेकर बिट्टो ने भी तो अब तक कुछ सपने बुन लिए होंगे उन सपनों को मत तोड़िए। ...रिश्ता टूटने का आघात बिट्टो न सह पाएगी। ...एक बार फिर विचार कर लीजिए। ...जितना चाहे समय ले लीजिए लेकिन रिश्ता न तोड़िए।'

कलुआ का सारा प्रयास निरर्थक सिद्ध हुआ। समधी ने झिड़कते हुए कहा,

'जब फैसला हो चुका है तो ये नाटक करने से क्या फायदा। ...और हाँ, ...यह बार बार समधी समधन कहना बंद करो। अब हमारी नातेदारी नहीं हो सकती है। अगर घर का चूल्हा जलाने के लिए कुछ मदद चाहते हो तो बताओ, नहीं तो अपना रस्ता नापो।'

कलुआ समझ गया कि अब कोई दुहाई देना व्यर्थ है। दहेज का लोभ मानवीय मूल्यों पर हावी हो चुका है। यहाँ सिर पटकने से अच्छा कलेजे पर पत्थर रखना है। उसने घर वापसी का निश्चय कर मदद के प्रस्ताव को ठुकराते हुए कहा,

'अगर भगवान ने पेट दिया है तो उसे भरने के लिए दो हाथ भी दिए हैं। अपने घर का चूल्हा जलाने का प्रबन्ध मैं कर लूँगा। इसके लिए मुझे किसी दया की जरूरत नहीं है। और हाँ, ...अपने लोभ पर पर्दा डालने के लिए किसी की बेटी के ग्रह नक्षत्र में खोट बताने की बेशर्मी मत करो। ...ऊपर वाला सब देख रहा है। हम तो तुम्हारी नियत जान चुके हैं। अब अगर तुम रिश्ता करना भी चाहो तो हमारी तरफ से इंकार है।'

कलुआ ने इतना कह कर घर वापसी की राह पकड़ ली। उसके मन में हर्ष और विषाद दोनों था। विषाद इस बात का कि बिट्टो के रिश्ते की बात बिगड़ गई थी लेकिन हर्ष इस बात का था कि उसकी बिटिया मानवीय संवेदनाओं से शून्य दहेज लोभियों के चंगुल में फँसने से बच गई। आफत में भी ईश्वर का कोई संदेश होने का भाव आज उसे संतुष्टि प्रदान कर रहा था। उसने दरिया पार करते समय नदी के जल को अंजुलि में भरकर इस रिश्ते को तिलांजलि दे दी। सूरज सिर पर चढ़ आया था। बच्चों के पेट को भरने के लिए उसने नदी से कुछ मछलियां पकड़ी और घर पहुँच गया।

पानी लेकर पास आई पारबतिया कुछ पूँछती इससे पहले ही कलुआ ने पूँछ लिया,

'तुम लोगों ने कुछ खाया पिया या नहीं।'

'कल की मछलियां रखी थी जिसे भून कर हमने बच्चों को खिला दिया था। ...आज भी शाम की सामूहिक रसोईं बनने की बात मुखिया ने गांव वालों को बताई है। ...रहमतपुर में क्या तय हुआ?'

'अभी वहाँ की बात छोड़ो। ...मुझे बहुत भूख लगी है। जल्दी कुछ खाने का इंतजाम करो। ...और हाँ, पिघले बर्तनों की गठरी बना दो हम अभी हाट जाकर ठठेर से कुछ बर्तन लाएंगे।'

पारबतिया ने आग में भुनी हुई मछलियां लाकर कलुआ को परोसते हुए एक बार फिर रहमतपुर का हाल जानने की कोशिश की।

'बताते क्यों नहीं? ...वहां का हालचाल तो ठीक है कि नहीं। समधी और समधन कैसे हैं?'

'अब काहे के समधी और समधन? ...उन्होंने हमसे रिश्ता जोड़ने से इंकार कर दिया। अब उनके घर बिट्टो के बियाह वाली बात भूल जाओ।'

'ऐसे कैसे इंकार कर दिये। ...नाते रिश्तेदारी, गांव जेंवार, हर जगह रिश्ते का हल्ला हो चुका है। ...बता देते कि हम बिरादरी की पंचायत बुलाएंगे। ...या तो वे अपना फैसला बदलते या फिर उन्हें वादे से मुकरने की सजा मिलती।'

'अरे, वे सेंत मेंत बियाह नहीं करना चाहते हैं। उनके भीतर दहेज के राक्षस की पैठारी है। लालच अपनी और दोष हमारी बिटिया में निकाल रहे हैं।'

इतना सुन पारबतिया का माथा चकरा गया। वह बिट्टो के करम को कोसने लगी। कलुआ ने समझाया,

'बिट्टो का करम खराब नहीं बल्कि सही है जो दहेज लोभियों के घर रिश्ता होने से बच गया। रहमतपुर में तो बिट्टो की हालत कसाई के बाड़े में बंधी गाय सरीखी हो जाती। हमने अपनी पगड़ी उनके पैरों में रख दी थी लेकिन वे टस से मस न हुए। कहते हैं हमारी बिट्टो के ग्रह नक्षत्र ठीक नहीं है। हमने दान दहेज बाद में देने का वायदा भी किया लेकिन उन्हें किसी बात पर भरोसा ही नहीं है। पंचायत वंचायत की बात सब बेकार

है। बिटिया है। ..कोई सामान नहीं। ..जो जबरदस्ती उनके घर रख आएं। ऐसे में उनके मना करने पर हमने भी अपनी सहमति की मुहर लगा दी है। शायद भगवान की यही मर्जी हो।'

यह सब सुनकर पारबतिया का अंतस्ताप बढ़ गया। उसने अपने दिल पर गमों की एक और चादर चढ़ा ली थी। वह उठकर चुपचाप आग में पिघल चुके बर्तनों की गठरी बनाने लगी। उसकी नजर जब जब बिट्टो से मिल रही थी तब तब दोनों की आँखें डबडबा जा रही थी। कलुआ ने गठरी थामते वक्त पारबतिया से जब गाँठ में दाम न होने के बावजूद लौटते वक्त सेठ से उधारी में कुछ राशन लेते आने की बात कही तो उसने कोने में रखी राशन की उस गठरी की ओर इशारा कर दिया जिसे मुखिया जी ने सबके घर भिजवाया था।

पारबतिया के हाथ से गठरी थामकर कलुआ सीधा ठठेर के यहां पहुंच गया। ठठेर की दूकान पर गठरी पटकते हुए बोला,

'देखो काका, आज मेरी कुल जमा पूँजी यही गठरी है। इसके बदले में जो हो सके वह दे दो। खाना पकाने के लिए हमें बर्तन की जरूरत है।'

'हाँ हाँ, ...क्यों नहीं अभी देता हूँ। ...(गठरी तौलने के बाद) इसके बदले में एक बर्तन ही मिल पाएगा। ...चाहे पतीली ले लो या फिर कड़ाही। ...बोलो क्या दे दूँ।'

'क्या दोनों नहीं मिल पाएगा? ...रसोई में राशन पकाने के लिए तो दोनों की जरूरत पड़ेगी।'

'नहीं, गठरी के बदले में यह संभव नहीं है। एक का दाम तो देना पड़ेगा।'

'आज तो मेरे पास फूटी कौड़ी नहीं है काका। ...उधारी लिख लो। ...बाद में दे देंगे।'

'हम उधारी न दे पाएंगे। ...बिटिया के बियाह के लिए भी तो बर्तन ले गए थे। ...पहले उसकी उधारी चुकाओ फिर नई उधारी करने के बारे में सोचना। हमें तुम्हारी हालत का अंदाजा है। ...तुम्हारे दुःख से हम भी दुःखी हैं लेकिन हम कर ही क्या सकते हैं? ...चिमटा, कल्छुल और चमचा में से कोई एक मैं अपनी तरफ से दे दूँगा। उसका पैसा भी न लूँगा। ...अब इतना तो मैं कर ही सकता हूँ।'

ठठेर की इस बात का जबाब कलुआ न दे सका। उसे भगोने और तवे की भी खूबी कड़ाही में नजर आ रही थी इसलिए उसने कड़ाही-कल्छुल उठाई और चलता बना। उसे घाट पर पहुंचने की जल्दी थी। उसने यह सोचकर घाट पर कुछ देर रूकने का निश्चय किया था कि शायद उसे कोई पार उतराई मिल लाए। उसे ठठेर की बात से यह अहसास हो गया था कि बिना दमड़ी के नमक-रोटी का जुगाड़ करना अब मुश्किल होगा। वह उधारी के लिए जहाँ भी जाएगा उसे इसी तरह की बात सुननी पड़ेगी।

वह घाट की ओर जाने वाले रास्ते पर मुड़ा ही था कि कुछ गाड़ियों का काफिला दरिया पार जाने वाले रास्ते पर बढ़ता हुआ दिखाई पड़ा। कौतूहल वश उसने आते जाते लोगों से जानकारी की तो पता चला कि आज सुजानपुर में अग्निपीड़ितों को राहत राशि बांटी जाएगी इसीलिए कलेक्टर और विधायक दोनों गांव जा रहे हैं।

इतना सुनते ही कलुआ ने अपने कदमों की चाल तेज कर दी। वह घाट पर रुकने का इरादा छोड़ जल्दी से जल्दी गाँव पहुंचना चाहता था। उसे डर था कि कहीं उसके पहुंचने से पहले ही सब चले न जाएं। तेज चलने के कारण वह हाँफ रहा था बावजूद इसके वह रुककर सुस्ताने में समय गंवाना नहीं चाहता था। उसे अंधेरे में उजाला नजर आने लगा था। उसने राहत राशि से घर दुरुस्त कराने और सबकी उधारी चुकाने को पक्का इरादा कर लिया था।

गाँव पहुँचने पर उसने देखा कि सरकारी स्कूल पर लोगों की जमात जुट गई थी। साहब लोगों के बैठने के लिए कुर्सी का इंतजाम किया गया था। मुखिया तो यूँ तन कर चल रहा था जैसे उसने कोई किला फतह कर लिया हो। हर कोई उसके सामने हाथ जोड़े खड़ा दिख रहा था। वह सबको कुछ देर और सब्र रखने की बात समझाते हुए कहे जा रहा था कि साहब आ रहे हैं। आज सबको राहत राशि मिल जाएगी। गाँव के बड़े, बूढ़े, बुजुर्ग सब जमा थे। भीड़ में अपने संगी बच्चों के साथ आइस पाइस खेलते मुन्ना पर नजर पड़ते ही कलुआ ने उसे पास बुलाया। उसे बर्तन थमाते हुए घर पहुँचाने का निर्देश दिया और खुद भीड़ में घुसकर साहब की मेज के ठीक सामने पालथी मारकर बैठ गया।

कलुआ के सब्र पर अधीरता हावी हो रही थी। उसे अब और इंतजार करना भारी लग रहा था। आज सारी समस्याओं का हल निकल आने का भान उसे होने लगा था। कौड़ी का मोल क्या होता है, इसका आभास उसे बीते दो दिनों में ही हो चुका था। वह जान चुका था कि कौड़ी पास हो तो कैसे सबकी औकात दो कौड़ी की नजर आती है और कौड़ी पास न हो तो अपनी औकात दो कौड़ी की भी नहीं रह जाती है।

गाड़ियों का काफिला आकर रूकते ही लोगों में खुशी की लहर दौड़ गई। स्वागत सत्कार के बाद बारी बारी से अग्निपीड़ितों का नाम पुकारा जाने लगा। कलुआ के दिल की धड़कन बढ़ने लगी थी। वह यह नहीं जानना चाहता था कि किसे क्या मिला, उसे तो बस अपनी बारी का इंतजार था। आज सारे हाकिम उसे देवदूत नजर आ रहे थे। अपनी पुकार सुनते ही वह हाकिम के सामने हाजिर हुआ। उसे जब चेक के रूप में कागज का एक टुकड़ा थमाया गया तो उसका कलेजा सूख गया। उसने तो राहत राशि मिलने के बारे में सुना था लेकिन कागज का टुकड़ा देख वह खुद को ठगा महसूस करने लगा। वह जब तक कुछ समझता तब तक उसकी फोटो भी खींची जा चुकी थी। वह यह जानना चाहता था कि उसे इस तमाशे में आखिर क्या मिला? इसी उत्सुकता में कलुआ ने चेक देने वाले हाकिम से सवालिया लहजे में पूँछा,

‘हुजूर, ...इस कागज के टुकड़े का हम क्या करें?’

‘बैंक जाना और इसे अपने खाते में लगाना, रकम सरकारी खजाने से तुम्हारे खाते में आ जाएगी।’

‘मेरा तो खाता ही नहीं है हुजूर।’

‘तो पहले बैंक में खाता खुलवाओ। ...फिर चेक लगाना। ...रकम तुम्हें मिल जाएगी।’

‘कितनी रकम आएगी?’

‘पूरे बत्तीस सौ रूपये।’

‘इससे क्या होगा सरकार? ...इससे तो घर का छप्पर भी न रखा जा सकेगा।’

‘हम इसमें कुछ नहीं कर सकते। ...जितना नियम है उतना ही मिलेगा।’

'सबको इतना ही मिलेगा क्या?'

'नहीं। ...कुछ लोगों को ज्यादा भी मिला है। जिसका जितना नुकसान हुआ है उसको उसी हिसाब से मिला है।'

'लेकिन हमारा तो सबसे ज्यादा नुकसान हुआ था हुजूर। ...फिर हमारे साथ यह नाइंसाफी क्यों की गई?'

कलुआ की पीड़ा कई लोगों को बहस लगने लगी थी। हाकिम का इशारा पाते ही पटवारी और मुखिया उसके पास आ धमके और सामने से हटाते हुए कहा,

'साहब से बहस बंद कर और चल यहाँ से। ...नहीं तो यह भी हाथ से चला जाएगा।'

'क्यों? ...हम अपनी बात भी नहीं कह सकते क्या?'

किनारे ले जाकर पटवारी ने समझाते हुए कहा,

'रिपोर्ट के अनुसार ही राहत राशि बनी है। ...अगर तुम्हें कोई आपत्ति है तो लिखा पढ़ी करो। ...साहब जाँच करवा देंगे।' मुखिया ने भी पटवारी की हां में हां मिलाते हुए इस समय चुप रहने की सलाह दे डाली।

उस दिन पटवारी की कलम में स्याही भराने वाली बात का मतलब कलुआ को आज समझ में आया था। उसने हाकिम, पटवारी और मुखिया को एक बार हिकारत भरी नजर से देखा और फिर घर की राह पकड़ ली। घर पहुँचने पर जब पारबतिया ने यह जानना चाहा कि उसे कितने की मदद मिली है, तब चेक का पन्ना दिखाते हुए उसने कहा,

'आज सरकार ने भी हमारे गाल पर जोरदार चाटा मारा है। ...कहते हैं, पहले खाता खुलवाओ फिर इसे बैंक में लगाओ तो पूरे बत्तीस सौ मिलेंगे। ...उन्हें लगता है इससे हमारा महल खड़ा हो जाएगा। ...कुछ कहो तो लिखा पढ़ी और जाँच की बात करते हैं। ...जैसे हम जानते ही नहीं, कौन किसकी जाँच करेगा? ...दमड़ी के लालच में सबका दीन ईमान मर गया है। हमाम में सब नंगे हैं। अब किसी और से मदद की आस छोड़ ही दो अच्छा है।' कलुआ झल्लाहट में बोले जा रहा था और पारबतिया के साथ बिट्टो भी चौखट पर बैठे बैठे चुपचाप सब सुन रही थी।

तभी मुन्ना दौड़ता हुआ आता है और पारबतिया से लिपटकर कहता है कि अम्मा! देख सामने पेड़ पर चिड़िया ने फिर से अपना घोंसला

बना लिया। सब घोंसले को टकटकी लगाकर देखने लगते हैं। पारबतिया कहती है कि हम इस परिंदे से भी गैताल नहीं हैं। देखो उसका भी घोंसला आग में जल गया था और हमारा भी। हम मदद की आस में बैठे हैं और उसने तिनका तिनका जोड़कर अपना घर फिर से बना लिया। पारबतिया के इस बात का मतलब सब समझ गए।

परिंदे को देखकर सबका खोया आत्मविश्वास जाग गया। आज वे सब सामूहिक रसोंईं में खाना खाने नहीं गए। रात को सबने घर में रखी मछली ही खाकर तृप्ति महसूस की। कई दिनों बाद आज सबने चैन की नींद सोई। सुबह सबकी आँखों में अलग ही चमक थी। सब अपने उजड़े घरौंदे को अपने पौरुष से बसा लेने को आतुर दिख रहे थे। यही बेताबी लिए मुन्ना, बिट्टो और पारबतिया नदी की तिराई में फूस इकट्ठा करने के लिए निकल गए। कलुआ भी अपनी जिंदगी का खेवनहार खुद बनने का मजबूत इरादा लेकर दरिया की लहरों से दो दो हाथ करने के लिए निकल गया।

6

कजरी

रमा और रवीन्द्र रोज की तरह ड्यूटी पर निकलने के लिए तैयार हो रहे थे लेकिन बेटा तन्मय स्कूल चलने की रट लगाये हुए था। आज उसका रिपोर्ट कार्ड मिलना था। बच्चों के साथ अभिभावकों को भी स्कूल में बुलाया गया था इसीलिए वह मम्मी-पापा से जिद कर रहा था। रवीन्द्र जब अपने आफिस जाने के लिए निकलने ही वाले थे तो तन्मय ने अन्तिम दरख़्वास्त की,

'पापा! ...आज सभी बच्चों के मम्मी पापा आएँगे। ...आपको भी मेरे साथ स्कूल चलना चाहिए।'

'सॉरी बेटे, ...आज नहीं, फिर कभी चलूँगा।'

'क्या आप दोनों के पास अपने बेटे के लिए एक दिन का भी समय नहीं है?'

'बेटा फुरसत होती तो जरूर चलता। ...आखिर मुझे भी तो ड्यूटी जाना है।'

'न माँ को फुरसत है और न आपको। ...तो मुझे बताओ मैं क्या करूँ पापा? ...अभिभावक के बिना तो रिपोर्ट कार्ड भी न मिलेगा।'

'घबराओ नहीं, ...तुम स्कूल जाओ, मैं तुम्हारी मैम से फोन पर बात कर लूँगा। ...तुम्हें रिपोर्ट कार्ड मिल जाएगा।'

पिता का जवाब सुन तन्मय फुसफुसाया, 'मुझे आज फिर शर्मिन्दा होना पड़ेगा। ....मुझे तो लगता है कि माँ-बाप के रहते हुए भी मैं अनाथ

जैसा हूँ। ....मेरी फिक्र किसी को नहीं है।'

बेटे के मुख से निकले अन्तिम शब्द की चोट से रमा का हृदय आर्तनाद कर उठा। उसे लगा कि बेटा गलत ही क्या कह रहा है। वह जब से पैदा हुआ तभी से दूसरों के सहारे है। दादा-दादी, नाना-नानी, धाय और नौकर चाकर के भरोसे ही तो वह पाला पोषा गया। बेटे के भीतर के इस सूनेपन को कभी किसी ने नहीं देखा था। रमा ने तन्मय से कहा,

'बेटा! पापा को जाने दो। मैं आज खुद तेरे साथ चलूँगी ....रिपोर्ट कार्ड भी दिलाऊँगी और तुम्हारी मैम से शिकायत भी करूँगी ....तू बहुत जिद्दी हो गया है।'

तन्मय समझ गया कि झिड़की दिखाकर माँ प्यार की चपत लगा रही है। आज वह बहुत खुश था। शायद उसके लिए यह पहला अवसर था जब वह अपने दोस्तों और मैम से अपनी माँ को मिलवाएगा। रमा भी बेटे की खुशी देख फूले नहीं समा रही थी।

रमा जब तन्मय के साथ स्कूल पहुँची तो उसे पता चला कि रिपोर्ट कार्ड बँटने से पहले मेधावी बच्चों का सम्मान समारोह होगा। तन्मय अपने दोस्तों को माँ से मिलवाते हुए बहुत खुश नजर आ रहा था। बेटे की खिलखिलाती हँसी उमड़ घुमड़कर बरसते श्रावणी मेघ की भाँति रमा को तर बतर कर रही थी। कुछ ही पलों में सम्मान समारोह शुरू हो गया। रमा की आँखें उस समय खुशी से छलक आईं जब मंच से बेटे का नाम पुकारा गया। उसे कक्षा में प्रथम स्थान हासिल करने के पुरस्कार के साथ ही 'बेस्ट स्टूडेन्ट ऑफ द ईयर' का भी पुरस्कार दिया जा रहा था। तन्मय तो अपना नाम सुनते ही बल्लियों उछल गया। जब बेटे ने पुरस्कार मिलने का सारा श्रेय अपनी माँ को दिया तो रमा की छाती फूल कर गरगज हो गई।

रमा उस समय स्तब्ध हो गई जब मंच पर अपनी माँ को बुलाकर सभी से मिलवाने का वायदा करने वाला बेटा उनके बजाय अपनी काजल मैम को बुला रहा था। वह मंच पर ऐलान कर रहा था कि उसे जन्म भले ही किसी और माँ ने दिया हो लेकिन उसे ममता की छाँव व सही राह पर चलने की सीख मैम से ही मिली। जन्म देने वाली माँ जो न दे सकी वह सब उसे उसकी मैम से मिला। मंच पर आते ही वह अपनी मैम से

लिपटकर ऐसे रोया जैसे कोई बच्चा हर्ष व विषाद दोनों ही क्षणों में अपनी माँ से लिपटकर रोता है। मैम का हृदय भी तन्मय के निश्छल प्रेम की तपिश से मोम की तरह पिघल रहा था जिसकी गवाही उसकी आँखों से बहती आँसुओं की धारा बेबाकी से दे रही थी।

लोग अपनी जगह पर खड़े होकर तालियाँ बजा रहे थे और रमा स्तब्ध भाव अपनी जगह पर बैठी इस क्षण की गवाह बन रही थी। न जाने क्यों उन्हें अपना बेटा हाथ से रेत सरीखा फिसलता हुआ नजर आ रहा था। मंच का दृश्य देख पुरानी कुछ स्मृतियां उनके मानस पटल पर सागर में उठती लहर सरीखी आ जा रही थी। बेटे ने उसे मैम से मिलवाया। आमना सामना होने पर रमा ने हाथ जोड़कर अभिवादन किया तो मैम ने उनके पैर छुए। दोनों की आँखों के बीच होती बातचीत देख उनके होंठों ने हिलने तक की गुस्ताख़ी न की। दोनों की याचक नजरें इस बात की चुगली कर रही थी कि उनके दिलों में कोई गहरा विषाद पैबस्त है। घर लौटते समय रमा की आँखों में एक अलग चमक थी। स्कूल जाने से कुछ स्मृतियाँ तरोताजा होने को बेताब हो गई थी।

घर लौटने पर तन्मय तो खेलने के लिए चला गया लेकिन रमा बालकनी में कुर्सी डाल मुख्य गेट को निहारने लगी। वह कुर्सी पर बैठे बैठे पुरानी स्मृतियों के सागर में गोता लगाने लगी । आज उसे बारह-तेरह साल की वह अबोध बच्ची कजरी याद रही थी जो अक्सर मुख्य गेट के अधखुले कपाट से सड़क पर बाहर निहारती हुई उसका इंतजार करती रहती थी। तन्मय के पैदा होने पर उसकी देखभाल के लिए ही वह घर लाई गई थी। पन्द्रह साल पहले की एक एक घटना वह अतीत के आईने में साफ साफ देख पा रही थी।

दीपावली का त्यौहार नजदीक था। दीपोत्सव की खुमारी बच्चों के सिर चढ़कर बोल रही थी। बच्चों के अरमान को तो जैसे पंख लग गए थे। वे बाजार की हर चीज खरीद लेना चाहते थे। पिता के हमसाया रहते बच्चों को सारा बाजार अपना लग रहा था। उस दिन बच्चों को माँ की उंगलियों की अपेक्षा पिता की उंगलियाँ पकड़ना अधिक भा रहा था। किसी बात पर पिता की असहमति होने पर ही बच्चे माँ के साथ लिपटकर सिफारिश की मनुहार कर रहे थे। कजरी घर के मुख्य द्वार का

कपाट अधखुला रखकर बाहर टकटकी लगाए सड़क पर आने जाने वाले बच्चों को निहार रही थी।

कजरी भी अन्य बच्चों की तरह ही दीपोत्सव को लेकर उत्साहित थी लेकिन पिता की उंगलियाँ पकड़कर बाजार जाना उसके नसीब में न था। सारे बच्चे अपने पिता से जिद कर रहे थे लेकिन वह किससे जिद करती? उसका पिता तो उसकी सुधि भी लेना मुनासिब न समझता था। रमा का हाथ पकड़ाने के बाद तो जैसे उसने कजरी से मुक्ति पा ली हो। वह सोच रही थी कि माँ ज़िंदा होती तो शायद ऐसा न होता। माँ को याद कर आज वह कई बार रोई थी। रोते रोते उसकी आँखें सूज गई थी। वह पराधीनता की बेड़ी में जकड़ी हुई थी इसलिए अपने हृदय का विषाद किसी से कह भी नहीं सकती थी। उसकी आँखें बरसाती नाले के समान यादों की जरा सी बरसात होते ही डबडबा जा रही थी। ड्यूटी से घर लौटने पर रमा ने दरवाजे से बाहर ताकती उसकी आँखों के भाव पढ़ते हुए जब उसके सिर पर हाथ फेर बाजार ले चलने की बात सुनाई तो वह खुशी के मारे उससे लिपटकर ठीक वैसे ही रोई थी जैसे तन्मय आज स्कूल में काजल मैम से लिपटकर रोया था।

कजरी का सम्बन्ध सुदूर ग्राम्यांचल के कमालपुर गाँव से था। कमालपुर की भौगोलिक स्थिति भी कमाल की थी। इसके एक ओर सदानीरा नदी तो दूसरी ओर एक नाला बहता था। बरसात के दिनों में नाले का प्रवाह नदी से कमतर नहीं रहता था। बस्ती की हालत देखकर ऐसा लगता था जैसे गाँव का विकास नदी और नालों के बीच पिस गया हो। गाँव से नजदीकी हाट की दूरी भी तीन कोस से कम न थी। हाट आने जाने के लिए ऊँची नीची सर्पाकार एक पगडंडी ही थी। यहाँ स्थानीय स्तर पर खेती बाड़ी और पशुपालन ही मुख्य रोजगार था। गाँव का जीवन स्तर सामान्य से कम था। कुछ परिवार थोड़ा सम्पन्न जरूर दिखते थे लेकिन अधिकांश परिवारों की हालत एक जैसी थी। गाँव प्राकृतिक सम्पदा और सौन्दर्य से समृद्ध होते हुए भी आधुनिकता की दौड़ में बहुत पीछे था। तमाम विषमताओं के बावजूद यहाँ के बासिन्दों का अपनी मिट्टी से प्रेम कतई कम न था। अपनी जन्मभूमि से मुंह मोड़कर शहर जाने की बात सुनना उन्हें गंवारा न था।

धनी सेठ का नाम गाँव के उन चंद लोगों में शुमार था जो साधन सम्पन्न थे। पीठ पर नमक ढोने वाला धनिया अपनी मेहनत और माँ लक्ष्मी की कृपा से धनी सेठ बनकर गाँव की लाइफ लाइन बन गया। व्यापार की गणित में पाई पाई जोड़ कर वह लक्ष्मीपति बना था। उसे भी कमालपुर छोड़ने की बात बिल्कुल न सुहाती थी। वह अपनी जन्मभूमि की प्राकृतिक सुरम्यता पर बहुत गर्व करता था। सेठ को अपने इकलौते बेटे पर बड़ा गुरूर था। जिसका नाम 'रमापति' रखते समय पहली बार धन का घमंड सेठ के सिर चढ़कर बोला था। वे कहते फिरते थे कि लखपति और करोड़पति बनने में क्या रखा है? उनका बेटा तो रमा पति है। लक्ष्मी स्वयं उसकी सेवा करेंगी।

पत्नी जब प्यार से बेटे को 'रमैइया' बुलाती तो वे टोकते हुए कहते थे कि दुलार दुलार में नाम बिगड़ जाता है। उन्होंने बेटे को सोने के पालने में झुलाने में कोई कसर न छोड़ा था। धन के नशे में चूर धनी सेठ बेटे को सोने का कौर खिलाते खिलाते उद्यमिता सिखाना भूल गए। बेटे के मोह में शायद वह यह भूल गए कि जिस बेटे को वे धनवान के बजाय श्रीमान् बनते देखना चाहते हैं, उसे उद्यमिता के बिना श्री का अनुग्रह न मिल सकेगा।

धनी सेठ के लाड प्यार और दुलार में रमापति को बढ़ती उम्र के साथ घर, परिवार और समाज के प्रति अपनी किसी जिम्मेदारी का एहसास नहीं हो रहा था। पौधे को रोपित करने वाला माली बढ़ते पौधे पर हर वक्त नजर रखता है। वह उसकी परवरिश को लेकर चिंतित रहता है। उसमें रोग व्याधि की संभावना भर से माली का मन बेचैन हो जाता है। ठीक ऐसी ही हालत माँ की भी थी। पुत्र मोह में भले ही पिता को बेटे में प्रविष्ट होती बुराइयाँ नहीं दिख रही थी लेकिन माँ इससे अन्जान न थी। वह सब देख और समझ रही थी।

जब घर पर उलाहने आने शुरू हो गए तो एक दिन माँ ने धनी सेठ से कहा,

'सुन रहे हो अपने बेटे की करतूत।'

'कौन सी करतूत? ...और ...क्या कर दिया हमारे बेटे ने?'

धनी के इतना कहने पर माँ का मिजाज बिगड़ गया। दोनों में वाद विवाद शुरू हो गया।

'तुम्हें न तो कुछ दिखाई पड़ता है। ...और ...न ही कुछ सुनाई पड़ता है।'

'चलो, तुम्हें तो दिखाई पड़ रहा है। ...क्या कर दिया? ...और ...कौन सी आफत आ गई है?'

'एक कांड किया हो तब तो बताऊँ। ...पहले सुनती ही थी अब तो उलाहने भी घर आने लगे हैं।'

'अच्छा, तो ये बात है। ...किसी ने तुम्हारे कान भरे हैं। ...तुम्हारी यही तो खराबी है। ...तुम देखती कम और सुनती ज्यादा हो। ...अरे तू समझती क्यों नहीं? ...लोग अपने बेटे की शानो शौकत से ईर्ष्या करते हैं।'

'ठीक कहते हो। ...सारी खराबी मुझमें ही है। ...तुम और तुम्हारा बेटा, दोनों ही दूध के धुले हैं। चलो मान लेती हूँ। ...उसने एक भी अच्छा काम किया हो तो तुम्हीं बता दो।'

'अभी वह कौन सा तीर मार दे जिससे तुम्हारी छाती का डाह बुझ जाए। ...अभी तो उसके खेलने खाने की उम्र है।'

'बिगाड़ो जितना बिगाड़ना हो। ...तुम्हारे आँख पर तो मोह की पट्टी बंधी हुई है। ...बता देती हूँ। ...एक दिन पछताना पड़ेगा।'

बेटे के मामलों में सेठ पत्नी की एक भी नहीं सुनते थे। उनके लिए तो बेटे की हर करतूत अल्हड़ता मात्र थी जिसे देख और सुनकर वे आनन्दित हुआ करते थे। जब तक धनी सेठ जिंदा थे तब तक रमापति खेलने खाने की उम्र ही जीता रहा। पिता ने बेटे की बिगड़ती चाल को अल्हड़ता समझकर जितना नजरअंदाज किया चाल उतनी ही बिगड़ती चली गई। जब पानी सिर से ऊपर गुजरने लगा तो माँ ने धनी सेठ से कहा,

'सुनिए जी, अगर बेटे का भला चाहते हो तो उसे उसकी जिम्मेदारी का एहसास कराओ।'

सेठ ने नजरें तरेरते हुए गुस्से में कहा,

'तुम्हें तो बस एक ही रट रहती है। ...अब तुम ही बता दो, बच्चे को कौन सा पहाड़ ढ़केलने का काम बता दूँ। ...समय आने पर वह खुद अपनी

जिम्मेदारियाँ समझ जाएगा।'

'बेटे की उम्र विवाह की हो गई और तुम्हें वह बच्चा ही दिखाई पड़ रहा है। ...मैं तो कहती हूँ उसका विवाह करा दो। ...बहू के आने पर जिम्मेदारी का बोझ बढ़ेगा तो वह खुद-ब-खुद रस्ते पर आ जाएगा।'

बेटे के विवाह की बात धनी सेठ को जँच गई। उन्हें लगा कि उनकी पत्नी ने पहली बार समझदारी की बात की है। बेटे के विवाह के ख़्याल भर से उनके मन में पोते पोतियों को देखने की इच्छा जग गई। अच्छा रिश्ता मिलते ही रमापति का विवाह कर दिया गया। लक्ष्मी पुत्र बहू बनकर धनी सेठ के घर आ गई। ससुराल में पहले ही दिन पति का संस्कार देख लक्ष्मी का हृदय विषाद से भर गया। उसने अधरों पर छद्म मुस्कान की चादर फैला कर हृदय के विषाद को ढंक रखा था।

लक्ष्मी ने सदैव रमापति को रमापति माना लेकिन रमापति ने लक्ष्मी को कभी लक्ष्मी न समझा। वह भले ही किसी से कोई शिकायत नहीं कर रही थी लेकिन सेठानी सास किसी बात से अंजान भी न थी। माँ का हृदय बहू के अनकहे दर्द से व्यथित था। उसने जो सोचा था वैसा नहीं हो रहा था। वह खुद को बहू का अपराधी मानने लगी थी। अब तो धनी सेठ को भी सब कुछ साफ दिखाई पड़ने लगा था। वे बखूबी समझ गए थे कि रमापति को कुसंग के भुजंग ने डस लिया है जिसका जहर अपना असर दिखा रहा है और वे सब किंकर्तव्यविमूढ़ तमाशाई बने बैठे हैं।

विवाह के कुछ दिनों बाद जब लक्ष्मी की कोख से बेटी सुशीला और बेटे उमापति का जन्म हुआ तो धनी सेठ की पोता पोती देखने की मुराद पूरी हो गई। वे चाहते थे कि बाप की परछाँईं उनके पोते पर न पड़े लेकिन यह न हो सका। पानी पनवट की धार बहने लगा। सेठ को इतिहास वर्तमान के अखाड़े में दोहराता दिखाई पड़ा। जैसा बाप वैसा बेटा वाली कहावत चरितार्थ हो रही थी। जिस बेटे पर वे कभी इतराते थे वही अब उनके दुःख का सबब बन गया था। उन्हें रातों को नींद न आती थी। पोते-पोती और बहू की चिन्ता उन्हें दीमक की तरह चाट गई।

धनी सेठ के गोलोकवासी होते ही रमापति के बंधे हाथ खुल गए। उसे कुबेर का खजाना मिल गया। माँ की वह कभी सुनता न था और बाप का साया उठने के बाद उसका हाथ पकड़ने वाला अब कोई न था। उद्यमिता

तो उसमें थी नहीं और परिश्रम से धन कमाना उसने सीखा न था। बाप की गद्दी संभाल कर व्यवसाय करने वाली माँ की बात उसे बेमतलब की लगती। वह तो हमेशा बिना मेहनत से मिली रकम ही खर्च करने का आदी था। उसे लगता था कि सेठ उसके लिए अकूत दौलत छोड़ गए हैं। वह घर में जमा दौलत में एक पाई भी न जोड़ सका। अमिष खान पान, बुरी संगत और सोहबत पर वह दोनों हाथों से दौलत लुटाने लगा। जब उसके अक्षय पात्र में अधेला भी न बचा तो जमीन जायदाद बेचनी शुरू कर दी। माँ अपना लुटता निजाम न देख सकी और वह भी परलोक सिधार गयी।

पति और बेटे के रवैये से दुःखी लक्ष्मी को किसी अंजान बीमारी ने जकड़ लिया। उसे सुशीला के परवरिश की चिंता सताने लगी। पेट की आग बुझाने के लिए उसे घर की चौखट लांघनी पड़ी। लोगों के काम काज में हाथ बंटाने पर मिलने वाले सहयोग से वह जैसे तैसे गृहस्थी की गाड़ी खींचने लगी। इसी बीच वह गर्भवती भी हो गई। बीमारी की वजह से शरीर कमजोर हो गया था जिसके कारण डिलीवरी का समय नजदीक आते-आते उसने बिस्तर पकड़ लिया। लक्ष्मी के बिस्तर पकड़ते ही घर का चूल्हा बुझ गया। घर का चूल्हा जलाने के लिए रमापति ने खुद मेहनत करने के बजाय बेटी सुशीला को श्रम की चाकी में पीसने का निर्णय कर लिया।

जिस उम्र में माँ-बाप बेटियों को अपनी छाँव में रखते हैं उस उम्र में सुशीला को उसका ही बाप चंद पैसों की खातिर किसी दूसरे के सुपुर्द कर रहा था। वह तैयार न थी लेकिन माँ की हालत देख प्रतिरोध भी न कर सकी। सुशीला के जाने पर लक्ष्मी की अंतरात्मा कराह उठी। उसकी आँखों से आँसुओं की धार थमने का नाम नहीं ले रही थी। पति के इस फैसले के बाद लक्ष्मी ने जिंदगी की जंग में आत्मसमर्पण कर दिया। अब वह रमापति को देखना तक नहीं चाहती थी। सामने आने पर वह अपनी आँखें बंद कर लेती थी।

डिलिवरी का समय आने पर लक्ष्मी एक बेटी को जन्म देकर चिर निद्रा में सो गई। रमापति पत्नी के स्वर्गवासी होने से ज्यादा नवजात के रूप में बेटी के आने से दुःखी था। लोगों ने लाख समझाया कि लक्ष्मीP

जाते जाते उसे लक्ष्मी दे गई है जिसे उसे अब संभाल कर रखना चाहिए लेकिन उसे तो नवजात पैर की बेड़ी और जिम्मेदारियों का बोझ लगने लगी थी। नवजात बच्ची का काला रंग देख लोग उसे 'कजरी' बुलाने लगे। जन्म के समय ही कजरी के साथ अपशकुन हो गया था। वह ऐसी अभागिन थी जिसे माँ का दूध तक नसीब न हुआ। रमापति का रवैया देख लोगों को कजरी पर तरस आता था।

कजरी क्रूर नियति के हाथों का खिलौना बन गई थी। जिस पिता पर लालन पालन की जिम्मेदारी थी वह पुरुषार्थ करने के बजाय उसे दूसरों के पल्लू बाँधने की फ़िराक में अधिक रहता था। जिसने दया मया दिखाई वह उसी की गोदी में डाल दी गई। उसे जिसकी भी गोद में धकेल दिया गया वहीं उसके बचपन के कुछ दिन कट गए। वह अपने पिता के निकम्मेपन का जीता जागता प्रमाण बन गई। पिता के निकम्मेपन के कारण ही उसे न तो कोई स्थाई गोद मिली और न ही कोई स्थाई घर। उसकी किस्मत में माँ-बाप का प्यार न लिखा था।

सनाथ होते हुए भी कजरी अनाथ थी। वह दुनिया की भीड़ में अपना हमदर्द तलाशने के फेर में हर किसी से आत्मीय रिश्ता जोड़ने का प्रयास करती थी। लहरों के थपेड़ों को सहती हुई माँझी विहीन नौका की भाँति उसकी भी जिंदगी आगे बढ़ रही थी। मतलबी दुनिया ने उसे काम के बदले बचा खुचा खाना और झिड़क ही दिया था। पेट भरने की मजबूरी में बार बार उसका ठिकाना बदला गया। ठहराव न होने से भले ही वह संस्कारित नहीं दिखाई पड़ती थी लेकिन वह कुसंस्कारित बिल्कुल न थी। कम उम्र में भी वह रिश्तों के मोल और दूसरों की खुशी का हरदम ख्याल रखती थी।

तन्मय के जन्म होने के कुछ माह बाद रमा को ड्यूटी ज्वाइन करनी थी। वह तन्मय की देखभाल के लिए किसी को तलाश रही थी। रमा की तलाश कजरी पर जाकर समाप्त हुई थी। उस समय कजरी अपने दूर के एक रिश्तेदार के यहाँ रह रही थी। वहाँ भी उसे रोटी के बदले घर का काम काज ही करना पड़ता था।

जब कजरी अपने रिश्ते की बूढ़ी अम्मा के साथ रमा के सामने आई तो रमा ने चौंकते हुए कहा,

'अरे! यह तो बहुत छोटी है। ...यह बच्चे का कैसे संभालेगी?'

'नहीं बहन जी, छोटी है तो क्या हुआ। ...यह सब संभाल लेगी।'

अम्मा ने रमा को भरोसा दिया। कजरी मैले कुचैले कपड़े पहने अम्मा के पल्लू को पकड़े सहमी हुई कातर नजरों से रमा का निहार रही थी। रमा ने स्वाभाविक सा सवाल किया, 'यह तुम्हारी बेटी है।'

'नहीं, इसकी माँ तो जन्म के समय ही मर गई थी।'

'और इसका बाप।'

'वह तो है।'

'तो वह क्यों नहीं आया? ...उसे तो आना चाहिए था।'

'कहीं पड़ा होगा पी कर। ...बाप को तो बच्ची बोझ लगती है। ...अगर इतना जिम्मेदार होता तो इस बच्ची को काम के लिए क्यों भेजता? बहन जी! ...यूँ समझिए कि बाप के रहते हुए भी कजरी अनाथ है।'

रमा अचम्भित थी कि जिस उम्र में बच्चों को माँ-बाप की छत्र छाया में सुकून मिलता है उस उम्र में कजरी रोटी के लिए इधर उधर भटक रही थी। कजरी किसके साथ और कहाँ जा रही है? इस बात की खबर रखना भी उसका बाप मुनासिब नहीं समझ रहा था। कुछ देर सोचने के बाद रमा ने पूँछा,

'तो फिर इसकी जिम्मेदारी कौन लेगा?'

'माँ है नहीं, बाप शारीरिक और मानसिक रूप से बीमार है। ऐसे में हम इसे भगवान के भरोसे तो नहीं छोड़ सकते। ...इसकी जिम्मेदारी आज तक हमारी थी तो कल से आपकी होगी।' बुढ़िया के इस जवाब पर निःशब्द होकर रमा ने कजरी से पूँछा,

'मेरे साथ चलोगी।'

'कहाँ?'

सवाल के जवाब में सवाल दागते हुए कजरी अम्मा का हाथ पकड़े एकटक रमा को ताक रही थी। अम्मा उसे फुसलाने की गरज से समझा रही थी कि बहनजी उसे अपने शहर ले जाएंगी। खूब घूमने को मिलेगा।

'सच दीदी! ...वहाँ घूमने और खेलने को मिलेगा न।'

'हाँ, हाँ मिलेगा, ...तुम बाबू के साथ दिनभर खेलना। ...लेकिन कुछ काम भी करना पड़ेगा।'

'तब तो मैं जरूर चलूँगी। ....आप चिंता न करो। ....मैं सारे काम कर लेती हूँ।'

यह कहते हुए कजरी झट रमा की गाड़ी में चढ़ गई और खिड़की से सिर बाहर निकाल तब तक हाथ हिलाती रही जब तक अम्मा उसकी आँखों से ओझल न हो गई। घर पहुंचने पर रवीन्द्र ने रमा को ताकीद करते हुए कहा,

'कजरी अभी बहुत छोटी और अबोध है। रमा इसका ख्याल रखना। ...इसके साथ कोई ज्यादती हुई तो भगवान हमें माफ नहीं करेगा।'

कुछ ही दिनों में रमा ने कजरी को अपने अनुसार ढाल लिया। कजरी पूरे घर में उछल कूद करती रहती थी। उसकी बाल सुलभ चंचलता घर के सभी लोगों को भाने लगी और सब उसे प्यार करने लगे थे। वह तन्मय की देखरेख के साथ ही बड़े बुजुर्गों की सेवा भी करती थी। रमा के लिए वह मुखबिरी भी करती थी। शाम को ड्यूटी से घर लौटने पर वह जब तक दिन भर का सारा वृतांत एक सांस में सुना न देती तब तक उसके पेट का पानी न पचता था।

कजरी के बिना किसी का कोई काम न होता था। वह सबका काम बड़ी फुर्ती से करती थी लेकिन हर पुकार पर वह सबसे कहती फिरती थी कि उसका नाम कजरी नहीं बल्कि काजल है। वह खुद को भले ही रमा के परिवार का हिस्सा समझने लगी थी लेकिन सच यही था कि वह वहाँ चाकरी के लिए लाई गई थी। वह जब तक वहाँ रही तब तक अपनी असली पहचान के लिए जूझती रही। वह निश्छल भाव से रमा के घर में सबकी सेवा कर रही थी।

कजरी के साथ तन्मय का न जाने कौन सा रिश्ता बन गया कि उसे माँ की गोद से अधिक सुकून उसकी गोद में मिलता था। कभी कभी दोनों का प्रेम देख रमा को भी दर्प हो जाता था। तीन साल तो सब कुछ ठीक चला रहा लेकिन चौथे साल अचानक कजरी विदा कर दी गई। रमा ने यह विदाई एक ऐसे गुनाह के इल्जाम के साथ की जिसे कजरी ने किया ही न था। एक क्षण की विवेक शून्यता रमा के लिए ऐसी टीस बन गई कि कजरी का ख्याल आते ही वह आत्मग्लानि से भर जाती थी।

तन्मय की शिक्षिका के रूप में मंच पर खड़ी काजल को देख रमा स्तब्ध थी। काजल को देख उसे कजरी की याद आ गई। उसका अपराध बोध हर्ष पर हावी हो गया। काजल के रूप में कजरी सामने खड़ी थी फिर भी वह कुछ बोल न सकी। हाथ जोड़े अभिवादन की मुद्रा में खड़ी रमा एक अपराधी की भाँति लग रही थी। उसे आज लगता था कि वह कजरी को ऐसा कुछ भी न दे सकी जिसकी वह हकदार थी। जो निःश्छल भाव से सबकी सेवा करती रही उसने उसी को संदेह की नजर से देख इल्जाम जड़ दिया था। रमा को अतीत की एक एक बात याद आ रही थी।

आज काजल भी स्कूल से घर लौटने के बाद बेचैन थी। अतीत के आइने में उसकी पुरानी स्मृतियां ताजा होने लगी थी। वह रमा के घर तन्मय की देखरेख के लिए आई थी लेकिन कामकाज सारे करती थी। उसके लिए घर के किसी हिस्से में लक्ष्मण रेखा न थी। उसे परिवार का सदस्य होने का मुगालता हो गया था शायद इसीलिए वह डाट फटकार का बुरा न मानती थी। आज उसे वह घटना याद आने लगी जिसने उसकी गलतफहमी को दूर कर दिया था।

उस दिन अवकाश था। सभी लोग घर में मौजूद थे। कजरी रसोईं का कामकाज निपटा रही थी। अन्य लोग टीवी देखने में मशगूल थे। न जाने कब?, और कैसे?, तन्मय छत पर चला गया। नीचे न उतर पाने से भयभीत हो जब वह रोने लगा तो कजरी का ध्यान उधर गया। कजरी दौड़ते हुए छत पर पहुंची और उसे गोदी में उठा कर प्यार की थपकी देते हुए सीढ़ियाँ उतरने लगी। न जाने कैसे उसका पैर फिसल गया और दोनों सीढ़ियों पर लुढ़कते हुए नीचे आ गिरे। चीखने की आवाज सुन सभी लोग दौड़े। तन्मय के माथे से बहता खून देख सबने उसे खूब खरी खोटी सुनाई। बाबू को बचाने के चक्कर में कजरी ज्यादा चोटिल हुई लेकिन उसे किसी ने देखा तक नहीं। सब तन्मय को अस्पताल लेकर चले गए और कजरी वहीं पड़ी कराहती रह गई।

इस दिन कजरी अपने करम को कोसते हुए खूब रोई थी। अगर उसकी माँ होती तो भले ही वह दवा दारू न करा पाती लेकिन उसके सिर पर ममता का हाथ तो फेरती ही। बदन पर लगी चोटों से ज्यादा दर्द कटु वचनों ने दिया था। सबने अपनी जबान से भरपूर विष वमन किया। रमा

और रवीन्द्र ने भी उसकी चोटों पर मरहम लगाने के बजाय खरी खोटी ही सुनाई। सबके द्वारा सुनाए गए कटु वचन यह सवाल उठाने लगे कि वे जिस प्रेम का प्रदर्शन अब तक करते रहे, कहीं वह स्वार्थ जनित दिखावा तो न था। आज उसका बहुत बड़ा भ्रम टूट गया। इस घटना ने तन्मय के माथे पर और कजरी के दिलो दिमाग पर एक ऐसी मुहर लगा दी जिसकी टीस दोनों को अब जिंदगी भर रहने वाली थी। कजरी हमेशा तन्मय के माथे पर बने निशान के लिए खुद को जिम्मेदार मानती रही।

कजरी की आँखों से नींद कोसों दूर थी। उसकी आँखें आज भी रमा के घर से विदाई के क्षणों को याद कर डबडबा जा रही थी। उस पर ऐसे गुनाह का इल्जाम लगा कर हमेशा के लिए रुख़सत किया गया जिसे उसने किया ही न था। रमा दीदी ने सफाई देने का मौका दिये बिना ही फैसला कर लिया था। रवीन्द्र ने ठंडे दिमाग से सोचने की बात कही तो उन्हें झिड़क और चुप रहने की सलाह मिली। कजरी को न जाने देने की जिद पर अड़े तन्मय को भी झन्नाटे दार चाटे रसीद किए गए थे। रमा ने न केवल कजरी को गुनहगार ठहरा दिया बल्कि उसके पूरे खानदान की शान में कसीदे भी पढ़े।

रमा के मिजाज में कोई नरमी न थी। कजरी जहाँ से लाई गई थी वहीं पहुंचा दी गई। इतना होने के बावजूद भी कजरी का सिर रमा के लिए हमेशा श्रद्धावनत ही रहा। वह उनमें मां का अक्श देखने लगी थी। वह उनसे एक बार मिलकर झूठे इल्जाम के बोझ से मुक्त करने की याचना करना चाहती थी। वह उम्मीद लगाए थी कि सच्चाई का पता चलने पर रमा उसे बरी जरूर कर देगी। आज स्कूल में आमना सामना होने पर उसने याचना भरी नजरों से रमा को निहारा तो लेकिन कुछ बोल न सकी।

उधर रमा के मानस पटल पर भी कजरी की रुख़सती का ही चलचित्र चल रहा था। उस दिन देर शाम रमा एक पार्टी से घर लौटी तो कजरी और तन्मय उसका बेसब्री से इंतजार कर रहे थे। कजरी उससे लिपटकर साथ न ले जाने का उलाहना देने लगी तो साड़ी की सिलवटें खराब होने के डर से रमा ने उसे डाँटकर दूर हटाया था। बावजूद इसके जब वह बाबू के साथ रमा के चारों तरफ घूम घूम कर खिलवाड़ करने लगी तो वह

भी उनकी मस्ती में शरीक हो गयी। इस खेल में रमा के कानों का एक झुमका टूटकर कहीं गिर गया।

सुबह मुंह धुलते समय दर्पण के सामने खड़े होने पर रमा को झुमके के गुम होने का पता चला। हर जगह झुमके की तलाश हुई पर वह न मिला। कजरी को भी सवाल जवाब के साथ डाँट फटकार मिली। उसके कमरे व बैग की तलाशी भी हुई, पर झुमके का कोई सुराग न मिल सका। रमा को लगता था कि झुमका साफ सफाई करते समय कजरी को जरूर मिला होगा जिसे उसने ही चुरा लिया है। शंका ने रमा के दिलो दिमाग पर अपना डेरा जमा लिया था। शंका और आशंका का समर्थन मिलते ही छोटी सी बात तिल का ताड़ बन गई। घर में तमाशा चल रहा था और कजरी रोए जा रही थी लेकिन उसके रोने का कोई असर रमा पर न था।

रवीन्द्र ने रमा को समझाया कि वह अपना गुस्सा शांत कर ले। छोटी सी बात का बतंगड़ न बनाए। लेकिन उस पर तो जैसे भूत सवार था। वह इस मामले में किसी की कोई सलाह सुनने को तैयार न थी। रमा का तर्क था कि कजरी को साफ सफाई करते समय जरूर मिला होगा और फिर उसके सिवा कोई दूसरा बाहरी घर में आता जाता भी नहीं है। आज झुमका तो कल कुछ और गुल यह खिला सकती है। अब हम इसे नहीं रख सकते। कजरी कुछ कहती इससे पहले ही रमा ने उसकी रूख़सती का फरमान सुना दिया था। चोरी के इल्जाम का बोझ डाल कजरी को हमेशा के लिए विदा कर दिया गया। कजरी रोती रही लेकिन उसकी एक न सुनी गई।

विदाई के वक्त कजरी के आँसू रमा को घड़ियाली लग रहे थे। इस बात का उसे तनिक भी आभास न था कि एक दिन यही आँसू उसके हृदय में विषाद का सागर बन कर छलकेंगे। रमा को अपने किए पर पछतावा उस समय हुआ जब उसे खोया हुआ झुमका उसी साड़ी में फंसा हुआ मिला जिसे उसने पार्टी वाली रात पहनी थी। अब उसे यह बात कचोटने लगी कि उसने कजरी पर उस गुनाह का बोझ लाद दिया जिसे उसने किया ही न था। कजरी का गुनहगार होने का अपराध बोध उसे धिक्कारने लगा। साल भर का वक्त भी बीत चुका था। अब वह कजरी से मिलने के लिए छटपटाने लगी। उसने कजरी के घर वालों और

रिश्तेदारों से सम्पर्क करना चाहा लेकिन किसी ने उससे बात करने में भी दिलचस्पी न दिखाई। तब से आज तक वह कजरी से मिलने की तड़प और आत्मग्लानि के विषाद के साथ ही जी रही थी।

आज स्कूल में काजल से मिलने के बाद रमा के भीतर कजरी से मिलने की तड़प बढ़ गई। उसके सब्र का बांध टूटने लगा। वह अतीत की यादों से तब बाहर आई जब उसकी डबडबाई आँखों को देख तन्मय ने पूँछा,

'माँ, आखिर बात क्या है? ऐसे गुमसुम क्यों बैठी हो।'

'बेटा! क्या तू अपनी काजल मैम को जानता है?'

'अरे माँ! क्या कह रही हो? ...वो मेरी सबसे बेस्ट टीचर हैं।'

'आज मंच पर तूने सच कहा था। ...वह तेरी माँ भी है। उसने तुझे तीन साल तक अपनी गोदी में संभाला है।'

'लेकिन, ...आप तो कहती हैं कि बचपन में मुझे कजरी संभालती थी।'

'तेरी काजल मैम ही तुझे बचपन में संभालने वाली कजरी है बेटा।' यह कहते हुए रमा फफक पड़ी। 'आज उसे देखते ही मैं पहचान गई। शायद, मेरा पैर छूकर उसने भी मुझे पहचानने का इशारा किया है।'

रमा ने तन्मय को निर्देशित करते हुए कहा,

'बेटे! तू पता कर, काजल रहती कहाँ है? ...मैं उससे मिलना चाहती हूँ। मैं उसकी गुनहगार हूँ। जब तक वह मुझे माफ न करेगी तब तक मेरा अपराधबोध मुझे व्यथित करता रहेगा। आज भले ही वह कुछ न बोल सकी लेकिन उसकी आँखों में उसकी व्यथा कथा मैंने पढ़ ली है। वह इस भीड़ में कहीं गुम हो जाए इससे पहले हमें उसके पास चलना होगा।'

'कुछ पता नहीं करना है माँ, ...मुझे पढ़ाई में जब भी कोई समस्या आती है, मैं मैम के घर ही जाता हूँ। मेरी समस्याओं का समाधान वही करती चली आ रही हैं।'

दोनों के बीच गुफ़्तगू जारी थी। इसी बीच दरवाजे की घंटी बजती है। रमा उठकर दरवाजा खोलती है तो सामने काजल याचना भाव लिए हाथ जोड़े खड़ी थी। रमा काजल को छाती से लगा लेने को उद्दत हो गई लेकिन सब्र का बांध टूटने न दिया। वह भी कजरी के सामने हाथ जोड़कर

कर खड़ी हो गई। फिर नजरें झुकाकर बोली,

'बेटी! मुझे माफ़ कर दे। ...बेगुनाह होने पर भी तुझे गुनहगार ठहराकर मैंने सजा सुना दी थी। मैं तेरी गुनहगार हूँ। ...तू जो चाहे सजा दे दे।'

'ऐसा मत कहो दीदी! ...मैंने अपनी माँ का चेहरा नहीं देखा लेकिन आपमें हमेशा माँ का अक्श देखा है। ...मैं आपको गुनहगार ठहराने का ख्याल तक नहीं ला सकती। आप का मुझ पर बड़ा उपकार है। आपने मुझे सहारा न दिया होता तो शायद मैं पढ़ने लिखने का मोल न समझ पाती। अगर वह घटना न हुई होती तो शायद मेरा स्वाभिमान और आत्मविश्वास न जगता और मैं कजरी से काजल न बन पाती। माफी तो मुझे आपसे माँगनी है।'

काजल के इतना कहते ही रमा ने दोनों हाथ फैला दिए। रमा से लिपटने को बेताब कजरी उसकी बांहों में ढ़ेर हो गई। रमा ने उसके सिर पर हाथ फेरते हुए पूँछा,

'किस बात की माफी माँगना चाहती है तू?'

'जिस बाबू को मैंने अपनी गोदी में खिलाया उसी को चाटा मारने का गुनाह भी मैंने किया है।'

'तू बाबू को पहचानती थी फिर भी मुझसे मिलने न आई। ...तूने ऐसा क्यों किया?'

'बाबू के माथे पर लगी चोट मैं कैसे भूल सकती थी। ...उसे देखते ही मैं समझ गयी थी कि तन्मय ही मेरा बाबू है। लेकिन मुझे डर लगता था कि मेरी कजरी की पहचान उजागर होने पर कहीं वह मुझसे नफरत न करने लगे।'

'तेरा बाबू को चाटा मारना गुनाह कैसे हो सकता है? तू उसकी माँ भी है और शिक्षिका भी। तूने ही तो उसे नई दिशा दी। जो मैं न कर सकी उसे तूने किया था।'

कजरी कहने लगी, 'अगर धनी सेठ ने रमापति की पहली गलती पर चाटा मार कर सही राह पर चलना सिखाया होता तो शायद काजल की जिंदगी में कजरी का अध्याय न होता। ...बच्चे बिगड़ते हैं तो पीढ़ियाँ बिगड़ जाती हैं। ...और मैं ऐसा बाबू के साथ होता नहीं देख सकती थी।

...इसीलिए मैंने उस दिन उसकी पहली गलती पर चाटा रसीद कर दिया था। ...मुझे माफ कर दीजिएगा।'

रमा निःशब्द हो कजरी को निहार रही थी। वह सोच रही थी कि समय के थपेड़ों और जिंदगी की जद्दोजहद ने कजरी को कितना समझदार बना दिया। आज कजरी का कद उसे बहुत ऊँचा नजर आ रहा था। वह और उस जैसे लोग उसके आस पास भी खड़े दिखाई नहीं पड़ रहे थे। कजरी काजल बन बच्चों को भविष्य संवार रही थी। इसी बीच घर लौटे रवीन्द्र ने बताया कि उसने तो तन्मय के दाखिले के समय ही कजरी को पहचान लिया था। लेकिन वह चाहता था कि कजरी अपनी नई पहचान के साथ ही जीवन में आगे बढ़े।

कजरी एक मधुर स्मित के साथ विदा मांग रही थी। रमा और तन्मय कजरी को जाने नहीं देना चाहते थे लेकिन रवीन्द्र की बात सबको समझ में आ गई थी। आज सबने प्रण ले लिया कि उनके दिलों में कजरी की यादें तो जिंदा रहेंगी लेकिन उसकी असल पहचान अब काजल ही होगी। आज कजरी को विदा करते समय सभी खुश थे।

7

बहादुर

रामगढ़ और उसके आस पास के इलाकों में दो भाइयों की जोड़ी मशहूर थी। वे एक चने की दो दाल थे। लोग उनके प्रेम और आदर्शों की दुहाई दिया करते थे। जैसे चन्द्रमा का सारा प्रभास सूरज से होता है वैसे छोटे भाई चन्द्र प्रताप का सारा तेज बड़े भाई सूर्य प्रताप से ही था।जिस प्रकार फूल से उसकी खुश्बू को अलग नहीं किया जा सकता ठीक उसी प्रकार दोनों भाइयों को भी अलग नहीं किया जा सकता था। एक का हुकुम और दूसरे की इल्तज़ा एक दूसरे को हमेशा सिरोधार्य रहती थी। सूर्य प्रताप अपने छोटे भाई को प्यार से चंदू कहते थे।

सूर्य प्रताप अपने बेटे रुद्र प्रताप व पत्नी कांती के साथ शहर में रहकर नौकरी करते थे। बड़ी सीर होने के कारण चन्द्र प्रताप अपनी पत्नी प्रभा के साथ गांव में ही रहकर खेती बाड़ी संभालते थे। दोनों भाइयों की ठसक में कोई कमी न थी। इसी ठसक की बदौलत ही तो वे आस पास के इलाकों में रामगढ़ के नवाब के रूप में मशहूर थे। प्रभा अपने जेठ-जेठानी पर हमेशा इतराती रहती थी तो कांती को भी अपने देवर और देवरानी पर नाज था। रुद्र अपने काका की आँख की पुतली था।

एक दिन चन्द्र प्रताप दरवाजे पर आराम कुर्सी डालकर धूप सेंकते हुए वर्तमान के धरातल पर भविष्य की ख्याली इमारत तामीर कर रहे थे। वे ख्याली पुलाव पकाने में इस कदर लीन थे कि उन्हें पास रखे फोन की बजती घंटी भी सुनाई नहीं पड़ रही थी। प्रभा ने फोन उठाने के लिए

जब आवाज दी तब कहीं जाकर उनका ध्यान भंग हुआ। फोन का चोंगा उठाया तो दूसरी तरफ से भाभी की आवाज सुनाई पड़ी। हमेशा पहले भइया हालचाल लेते थे उसके बाद ही भाभी फोन पर आती थी। चन्द्र प्रताप का माथा ठनका लेकिन खुद को संयत कर शालीनता से बातचीत शुरू की,

'पाँव छूते हैं भाभी। ...कैसी हैं आप?'

'खुश रहो, मैं ठीक हूँ। ...तुम लोगों के क्या हालचाल हैं?'

'आपके आशीर्वाद से सब कुशलता है। ...भैया कैसे हैं?'

भैया के बारे में पूँछते ही भाभी की सुबक सुनाई पड़ने लगी जिसने चन्द्र प्रताप की व्याकुलता को बढ़ा दिया।

'भाभी, सब ख़ैरियत तो है। ...बताती क्यों नहीं?'

'क्या बताऊँ? ...कुछ समझ में नहीं आ रहा है। तेरे भैया की तबियत खराब है। उन्हें आज ही अस्पताल में दाखिल कराया है। ...चंदू, मेरा मन बहुत घबरा रहा है।'

'डॉक्टर क्या कहते हैं?'

'डॉक्टर ठीक से कुछ भी नहीं बता रहे। ...बस धीरज रखने की बात कहते हैं। ...तू प्रभा को साथ लेकर जल्दी आ जा। उन्होंने तुम लोगों से मिलने की रट लगा रखी है। ...मुझे कुछ ठीक होता नहीं लग रहा है।' इतना कहकर भाभी फफक पड़ी और फोन रख दिया।

चन्द्र प्रताप का चेहरा फ़क हो गया। उनका पाँव लड़खड़या और फोन का चोंगा हाथ से छूटकर नीचे गिर गया। यह सब देख प्रभा को किसी अनहोनी की आशंका हुई। उसने पास आकर पूँछा कि आखिर बात क्या है? चन्द्र प्रताप ने भैया की तबियत खराब होने की बात बताते हुए तुरंत चलने का फरमान सुनाया।

खेत खलिहान घर बार की जिम्मेदारी अपने सबसे भरोसेमंद सेवक जुम्मन को सौंप चन्द्र प्रताप और प्रभा दोपहर की गाड़ी पकड़कर भैया के घर आ गए। घर पर सल्लन और सुशीला के साथ रूद्र को बेफिक्र होकर खेलता देख दोनों का गला भर आया। रूद्र अभी बहुत छोटा था वह इतना समझदार न था कि पिता की बीमारी और उनके अस्पताल में दाखिल होने का कोई भाव समझ सकता। चौखट पर चाचा चाची की

आहट पाते ही वह शोर मचाता हुआ दौड़ा और उनसे लिपटकर खूब दुलार दिखाया। सल्लन और सुशीला रामगढ़ के ही थे। दोनों सूर्य प्रताप के घर चाकरी करते थे। चाचा की गोद से रूद्र को लेते हुए सुशीला ने बताया कि मालकिन अस्पताल में ही हैं। आप दोनों को वहीं बुलाया है। अभी थोड़ी देर में टिफिन लेकर सल्लन रूद्र के साथ अस्पताल जाएगा। आप दोनों भी साथ ही निकल जाइये।

थोड़ी ही देर में दोनों सल्लन के साथ अस्पताल पहुँच गए। भाभी के माथे पर चिंता की लकीरें साफ दिख रही थी। गले लगकर कांती के दिलों की बढ़ी हुई धड़कनों को प्रभा ने महसूस कर लिया। भाभी बाहर से शान्त जरूर दिख रही थी लेकिन उनका अन्तर्मन अनहोनी की आशंका से घबराया हुआ था। पैर छूते ही भाभी ने कहा,

'अच्छा हुआ चंदू तू आ गया। ...तेरे भैया तेरी ही रट लगाए हुए हैं।'

'आखिर हुआ क्या है? ...डॉक्टर क्या बताते हैं?'

'डॉक्टर, हमसे तो यही कहते हैं कि दिल का दौरा पड़ा है।घबराने की कोई बात नहीं है? लेकिन यह भी कहते हैं कि दुबारा दौरा पड़ा तो संभालना मुश्किल होगा।' यह कहते हुए भाभी रो पड़ी। उन्होंने आवाज दी,

'अजी देखो तो अपना चंदू आया है। ...उसके साथ प्रभा भी आई है।'

चंदू को सामने देख सूर्य प्रताप की आँखें डबडबा गईं। आँखों से पलकों का पट उघरते ही चंदू को उनमें निराशा के घोर बादल छाए हुए दिख गये। वह समझ गया कि आँखों से बह रही आँसुओं की धार इन्हीं बादलों के कारण है। उसने भाई का हाथ थाम उसे आशा की किरण दिखानी चाही लेकिन भाई ने कुछ न कहने का इशारा कर दिया। उन्होंने चंदू का हाथ पकड़कर कहा,

'चंदू मेरा कोई भरोसा न करना। ...मेरे साँसों की डोर कब तक संभलेगी यह समझना मुश्किल है। मेरे बाद अपनी भाभी और रुद्र का ख्याल रखना। रुद्रा को कभी अपने से दूर न करना। उसे अपनी तरह ही बहादुर... बहादुर...।'

इतना कहते कहते सूर्य प्रताप का स्वर धीमा पड़ने लगा और शरीर कुछेक झटकों के बाद शांत हो गया। सबने मिलकर उन्हें आवाज दी,

हिलाया, डुलाया और खूब थपथपाया। डाक्टरों की टीम भी दौड़ी। लेकिन सारे प्रयास निष्फल हो गया। सूर्य प्रताप अपने चंदू को जिम्मेदारी देकर कभी न समाप्त होने वाली अनन्त यात्रा पर निकल चुके थे। कांती का सिंदूर मिट चुका था। रुद्रा और कांती बहुत देर तक बेजान देह को पकड़ कर रोते रहे। देह के पंचतत्व में विलीन होने के बाद अंतिम संस्कार की अन्य रस्मों को पूरा कर चंद्र प्रताप, भाभी और भतीजे को लेकर वापस रामगढ़ आ गए।

रुद्र अभी दो साल का ही तो था। वह तो केवल इतना ही जानता था कि उसके पिता लम्बी यात्रा पर कहीं गए हुए हैं। रामगढ़ के बच्चों की सुन सुनकर वह भी अब चाचा-चाची को काका-काकी कहने लगा था। चंदू भी उसे रुद्रा के बजाय 'बहादुर' कहकर पुकारता था। काका की संगत में उसे कभी पिता की कमी का एहसास न होता था। चंदू और प्रभा उसे खेलते कूदते देख फूले न समाते थे। काका काकी के साये में बहादुर को दिन दूना रात चौगुना बढ़ते देख कांती बेटे की परवरिश को लेकर निश्चिंत थी।

समय पंख लगाकर उड़ने लगा। जब बेटे के मुस्कान की चादर फैलने लगी तो कांती के दिल में पति के बिछड़ने का ग़म समाधिस्थ होता चला गया लेकिन भाव शून्यता ने चेहरे से अपना डेरा न उठाया। तीन साल के लंबे अंतराल बाद कांती के विषाद के सागर में उठी खुशियों की लहर अधरों पर खिलखिलाहट के रूप में उस समय परिलक्षित हुई जब प्रभा ने बच्चे को जन्म दिया।

कांती नवजात बच्चे को देखने के लिए आतुर हो उठी। वह सौर की कोठरी में कदम रखने ही वाली थी कि प्रभा ने उन्हें अंदर आने से मना कर दिया। वह कुछ फुसफुसाई भी। यह फुसफुसाहट कांती को खटकी लेकिन उसे अनसुना कर कांती ने दूर से ही नवजात का दर्शन कर लिया। नवजात का दिव्य स्वरूप देख कांती ने उसका नाम दिव्य प्रताप रखा जो आगे चलकर बोलचाल में दिविक हो गया। बहादुर तो टोकाटाकी, डाँट फटकार के बावजूद धड़धड़ाते हुए सौर की कोठरी में प्रवेश कर दिविक को दुलार-पुचकार आता था। यह क्रिया वह दिन में कई बार दोहराता था।

सौर निष्कासन के दिन दिविक अपनी माँ के साथ बाहर निकलने वाला था। घर में पारम्परिक कार्यक्रम का आयोजन था। बड़ी संख्या में

गाँव की महिलाएँ भी जुटी थी। पूजा पाठ के साथ गीत संगीत भी चल रहा था। खुश तो सभी थे लेकिन कांती और बहादुर की खुशी समुद्र में ज्वार की लहर सरीखी प्रतीत हो रही थी। दिविक को सबसे पहले गोद में लेने को आतुर कांती इस बात से बेख़बर थी कि उनका कार्यक्रम स्थल पर आना जाना किसी को अच्छा नहीं लग रहा था। जब वह आगे बढ़ी तो प्रभा ने बच्चा कांती के बजाय दूसरी सुहागन महिला की गोद में डाल दिया। दिविक एक गोद से दूसरी गोद जाता रहा और कांती प्रतीक्षारत ही रह गई। सारा तमाशा देखने के बावजूद चंदू कुछ नहीं कर सका।

कांती अवाक थी। प्रभा के साथ साथ अन्य महिलाओं का मुँह बिचकाना, आपस में खुसफुसाना, सौर में प्रवेश न मिलना और दिविक का उसकी गोदी में न डाला जाना... सब उसे नजर आने लगा। वह समझ चुकी थी कि वह अपने ही घर में किस तरह तिरस्कृत हुई। अगर पहले ही समझ जाती तो आज उसे सबके सामने अपमानित न होना पड़ता। बहादुर उनका पल्लू पकड़कर उलाहना दे रहा था कि उन्होंने दिविक को प्रभा से लेकर उसे क्यों न दिया? कांती उसे कैसे समझाती कि अपने वैधव्य के कारण अब वह श्रापित हो चुकी है। बाहर वालों के साथ साथ उसके अपने घर के लोग भी उसे अशुभ मानने लगे हैं।

जब सभी अपने अपने घरों को वापस चले गए तो चंदू दिविक को लेकर कांती के पास पहुँचे। चंदू को याची मुद्रा में देख कांती ने दिविक को अपनी गोद में थाम होंठो पर मुस्कान बिखेरते हुए किसी प्रकार की नाराजगी न होने के प्रति चंदू को आश्वस्त कर दिया। सूर्य प्रताप के जाने के बाद बंजर हो चुकी दिल की जो जमीन कुछ दिनों पूर्व खुशियों के छीटों से हरी भरी हुई थी वह आज फिर से रेगिस्तान बन गई। जिसमें उठने वाले तूफान से तैयार होने वाले रेतीले टीलों में कांती की एक एक साँसे दफन होने लगी। वह तिरस्कार का बोझ ज्यादा दिन न उठा सकी। दिल की जमीन पर बन रहे रेत के टीलों का आकार कुछ ही महीनों में इतना बढ़ गया कि उनके नीचे कांती की सारी साँसे दफन हो गई। वह बहादुर को चंदू के भरोसे छोड़ सूर्य प्रताप से मिलन की आस लिए अनंत यात्रा पर निकल गई।

अनाथ होते हुए भी काका की छत्र छाया में बहादुर खुद को सनाथ ही समझता था। दिविक के आने के बाद काकी का व्यवहार उसके प्रति बदल गया था। काकी की नजरों में दिविक का पलड़ा भारी हो गया है। इसका एहसास बहादुर को भी था लेकिन उसने कभी कोई शिकायत न की। काकी बात बात में उसे दिविक से बड़े होने का एहसास कराती रहती थी। अब वह काकी की पाठशाला में अधिकार से ज्यादा सेवा और त्याग का पाठ सीखने लगा था।

बहादुर पढ़ाई लिखाई से ज्यादा काका का काम काज संभालने पर ध्यान देता था। काका उसे पढ़ाई पर ध्यान देने को कहते तो वह साफ साफ कह देता था कि पढ़ लिखकर नौकरी करने का उसका कोई इरादा नहीं है। उसके लिए दिविक का पढ़ना ही काफी है। वह उन्हें छोड़कर कहीं जाने वाला नहीं है। बहादुर की इसी बात पर तो चंदू इतराते थे। समय बीतने के साथ चंदू अपनी सारी बागडोर बहादुर को सौंपकर निश्चिंत हो गए। अब दरवाजे पर रोज दरबार लगाना और बहादुर की बात शुरू होते ही मूँछों पर ताव देना उनकी दिनचर्या बन गई थी। दिविक अपनी हर जरूरत के लिए बहादुर के पीछे भाग भाग कर मनुहार करता था। दोनों के बीच नोकझोंक, आरोप प्रत्यारोप, रूठना, मनाना, मनुहार करना... उनके अटूट प्रेम का पर्याय बन चुका था। चंदू को तो दोनों अभी भी बच्चे नजर आते थे।

चंदू को बच्चों के बड़े होने का एहसास तब हुआ जब दिविक ने कालेज की पढ़ाई विदेश में करने का प्रस्ताव उनके सामने रखा। बेटे के प्रस्ताव को उन्होंने यह कहते हुए खारिज कर दिया कि अभी उसकी उम्र विदेश जाने की नहीं है और न ही वे विदेश में पढ़ाई का खर्च ही उठा सकते हैं। पिता के जवाब से हताश दिविक ने माँ की शरण लेते हुए उनसे शिकायत की,

'माँ! पिता जी मेरी बात क्यों नहीं सुनना चाहते? ...वह मुझसे कहीं अधिक भइया से प्यार करते हैं। हमेशा दोनों एक दूसरे की हाँ में हाँ मिलाते रहते हैं।'

प्रभा ने दुलार दिखाते हुए बेटे से सवाल किया,

'कौन सी बात नहीं सुन रहे हैं? ...मुझे बताओ तो सही।'

'माँ, मैं विदेश जाकर पढ़ना चाहता हूँ। लेकिन पिता जी कह रहे हैं कि वे खर्च ही नहीं उठा सकते हैं।'

विदेश में पढ़ने जाने की बात पर प्रभा का कलेजा धक धक करने लगा। उसका बेटा उसकी नजरों से दूर जाने की बात कर रहा था। बेटे को समझाते हुए उन्होंने कहा,

'सही तो कह रहे हैं। ...बात खर्चे की नहीं है बेटा ...बल्कि वे तुझे अपनी आँखों के सामने रखना चाहते हैं।'

'तू समझती क्यों नहीं माँ, ...बस कुछ बरस की बात है। ...पढ़ाई पूरी होते ही तेरा बेटा रूपया नहीं डालर कमाएगा। ...जिसके बाद रामगढ़ में हमारी धाक बढ़ जाएगी।'

रूपया के बजाय डालर कमाने की बात तो प्रभा न समझ सकी लेकिन बेटे के फेंके जाल में फंस जरूर गई। वे दरवाजे पर बैठे चंदू के पास पहुँची और सीधे सवाल कर बैठी,

'यह मैं क्या सुन रही हूँ? ...अब हम इतने भी गैताल नहीं कि अपने बेटे को पढ़ा न सकें।'

चंदू ने बड़ी सहजता से जवाब दिया,

'उसे पढ़ने से कौन मना कर रहा है? ...जानती हो वह पढ़ने के लिए विदेश जाने की जिद कर रहा है। हम वहाँ पढ़ाई का खर्चा नहीं उठा सकते हैं और फिर हमारे देश में सभी स्कूल कालेज बंद हो गए हैं क्या?'

'हम कुछ नहीं जानते हैं, बिगहा बेचो या कोई और जतन करो, लेकिन हमारा दिविक विदेश जाएगा बस।' पत्नी की जिद के सामने चंदू ने घुटने टेक दिए। प्रभा को समझाते हुए बोले,

'हम तो चाहते थे कि बहादुर की तरह दिविक भी हमेशा हमारी नजरों के सामने रहे और उसकी भी यही मंशा है। ...क्या तुम उसके बिना रह पाओगी?'

'बहादुर, बहादुर, बहादुर... हर बात में बहादुर... वह क्यों चाहेगा कि दिविक पढ़ लिखकर आगे बढ़े। ....हम अपने बेटे को यहां के जंजाल में नहीं फंसाना चाहते। तुम मेरी चिंता न करो, ...बेटे को विदेश में पढ़ाने का जतन करो बस।'

प्रभा की जिद से चंदू को कोई गिला न हुआ लेकिन बहादुर के लिए उसके मुख से निकले शब्द उसे चुभ जरूर गए। थोड़ी दूर खड़ा बहादुर भी प्रभा की हर बात को सुन रहा था। इस वार्ता के दौरान उसके लिए पढ़ा गया कसीदा कानों से सीधे कलेजे में उतर कर उसे साल गया। खुद को संयत कर उसने वार्ता में दखल दी,

'काका, इसमें तर्क वितर्क की क्या बात है। काकी ने कह दिया दिविक विदेश जाएगा तो जाएगा बस। खर्चे का इंतजाम भी हो जाएगा। ...काकी, बिगहा बेचने की कोई जरूरत नहीं है। जरूरत पड़ी तो दिविक के लिए बहादुर अपनी जमीन भी बेचने में संकोच न करेगा।'

दिविक के विदेश जाने की तैयारी शुरू हो गई। कुछ पैसे घर में जमा थे, कुछ प्रभा के गहने गिरवी रखकर जुटाए गए और कुछ का इंतजाम बहादुर ने किया। जैसे तैसे दिविक को पढ़ाई के लिए विदेश भेजा गया। जब तक पढ़ाई चली तब तक तो सब कुछ ठीक ठाक चला। वह जब भी पैसे की माँग करता तो बहादुर कोई न कोई जतन कर उसे पैसे भेज देता था। पढ़ाई पूरी हुई तो उसे वहीं नौकरी भी मिल गई।

नौकरी मिलने के बाद दिविक का व्यवहार पूरी तरह बदल गया। उसकी आँखें शहरों की रोशनी और सिक्कों की चमक में चौंधिया गई। उसके लिए अब सारे रिश्ते नाते बेमानी हो गए। नौकरी मिलने के बाद उसने रामगढ़ की ओर मुड़कर नहीं देखा। एकाध बार गाँव आने पर वह घर में रुकने के बजाय होटल में ठहरा। जिन फ़िज़ाओं में वह साँस लेकर जवान हुआ वहीं की हवाएं अब उसे सर्द लगने लगी थी। चंदू को समझने में देर न लगी कि दिविक उनके हाथ से फिसल चुका है। लेकिन प्रभा न तो कुछ समझ रही थी और न ही कुछ देख पा रही थी। बेटे का कद इतना बड़ा हो गया था कि उसे अब न तो पिता के साये की जरूरत थी और न ही माँ के आँचल की। ...फिर भी, प्रभा हर वक्त पुत्र मोह में पागल रहती थी। उसे दिविक में जमाने भर की अच्छाइयां और बहादुर के हर कार्य में खोट नजर आता था।

भोर की गुनगुनी धूप मे देह सेकने के लिए दरवाजे पर लोगों की जमघट लगी थी। चंदू भी सभी के साथ हंसी ठहाके में मशगूल थे। बहादुर कहीं जाने की तैयारी कर रहा था। उसने घर से निकलते समय चंदू से

कहा,

'काका, आज मुझे लौटने में देर हो सकती है। इसलिए रात के खाने पर मेरा इंतजार मत करना। समय पर खाना खा लेना।' इतना कहकर वह निकल गया।

बहादुर के जाते ही प्रभा पैर पटकते हुए आ धमकी। प्रभा का मिजाज देख हंसी ठहाके में शामिल लोगों ने वहां से खिसक लेने में ही भलाई समझी। रोज की तरह आज भी प्रभा का चेहरा तमतमाया हुआ था। चंदू तो देखते ही समझ गए कि अब उन्हें बहादुर का उलाहना सुनना पड़ेगा। उन्होंने मुस्कराते हुए कहा,

'अरी भाग्यवान! क्यों सुबह सुबह पैर पटक रही हो? ...आखिर बात क्या है?'

'कौन क्या कर रहा है? ...और कहाँ आ जा रहा है? ...कुछ खबर भी है या आँख पर पट्टी बाँधकर ही बैठे रहते हो।'

'आखिर हुआ क्या है? ...साफ साफ बताओ तो सही।'

'जरा अपने लाडले बहादुर पर लगाम लगाओ। ...आज फिर तिजोरी से पैसे लेकर निकला है।'

'तो कौन सी आफत आ गई? ...कोई जरूरत होगी। ...निकाला होगा।'

'निकाला होगा, ...यह कौन सा जवाब है? अभी तक गहने गिरवी रखे हुए हैं। उसे छुड़ाने की चिंता किसी को नहीं है। पैसे की जरूरत थी तो उसे पूँछना चाहिए। ...एक बार पूँछ लेता तो क्या मैं मना कर देती?'

'इसमें पूँछने की बात कहाँ से आ गई? ...हमें उस पर पूरा भरोसा है।'

'तुम अपने दिल और दिमाग पर विश्वास का ताला लगाए बैठे रहो। ...कहीं ऐसा न हो कि हमें पछताना पड़ जाए।'

चंदू ने समझाया कि वह अपने दिल और दिमाग से ऐसी खुराफात की बातें निकाल दे। वह जैसा सोचती है उनका बहादुर वैसा नहीं है। परंतु इन बातों का प्रभा पर कोई असर न हुआ और वह पैर पटकते हुए वापस घर के अंदर चली गई। वे हैरान थे कि प्रभा के मन में यह आशंका का बीज कैसे प्रस्फुटित हो गया? वे जानते थे कि रिश्तों की बुनियाद हिलाने के लिए आशंका का एक बीज ही काफी है। प्रभा और बहादुर के मामले में भी कुछ ऐसा ही होता जान पड़ा।

प्रभा का तमकता चेहरा देख उसके हृदय में तैयार हो चुके उस अग्नि कुंड का चंदू ने सहज ही अंदाजा लगा लिया जो बहादुर की आहुति माँग रहा था। वह बहादुर और प्रभा के रिश्ते को लेकर चिंतित थे। उन्हें डर था कि प्रभा के अंदर उठ चुके तूफान की आहट पाकर उनका बहादुर कहीं मुँह न फेर ले। अगर ऐसा हुआ तो वे अपने स्वर्गवासी भइया और भाभी को क्या जवाब देंगे? समाज भी उन पर हँसेगा कि काका काकी की सेवा और दिविक की उन्नति के लिए बहादुर द्वारा किए गये त्याग को चंदू और प्रभा ने निज स्वार्थ में भुला दिया। चंदू को हर वक्त उन शब्दों की गूंज सुनाई पड़ती थी जिसे उनके बड़े भाई ने उनसे अंतिम सांस लेते समय कहा था। वे भाई के अधूरे वाक्य को इस तरह पूरा करना चाहते थे कि उन पर कोई उंगली न उठा सके।

चंदू दरकते रिश्ते की तुरपाई करने की हर मुमकिन कोशिश कर रहा था मगर पुत्र मोह में फंस चुकी प्रभा पर उन कोशिशों का कोई असर होता नहीं दिख रहा था। प्रभा दिविक को सुघड़ और बहादुर को निकम्मा मान बैठी थी। वह तो बहादुर को खेतों में मजदूरों के साथ खुद भी काम करने की सलाह देने लगी थी। बहादुर भी काकी की मंशानुसार काम करना शुरू कर दिया था। यह तो चंदू था जिसने एक दिन उसे मजदूरों के साथ काम करता हुआ देख लिया और उसे फिर कभी ऐसा न करने के लिए खबरदार कर दिया। चंदू का कहना था कि लोग देखेंगे तो यही सोचेगें कि अपने बेटे को तो विदेश भेज दिया और भाई के बेटे से कुदाल चलवा रहा है। प्रभा ने खूब आँख तरेरी लेकिन चंदू की हाँक के आगे उसकी एक न चल सकी।

भूत भविष्य की उधेड़बुन में डूबे चंदू को यह भी अंदाजा न लग सका कि सूरज सिर पर चढ़ आया है। उसका ध्यान तब भंग हुआ जब भीतर से प्रभा ने नहा धोकर चौके पर आने की आवाज लगाई। आज न जाने क्यों उन्हें भूख न थी फिर भी उन्होंने प्रभा की चार बातें और सवाल सुनने से अच्छा चौके पर चला जाना ही बेहतर समझा। वे दोपहर का खाना खाने के बाद चारपाई पर लेटे ही थे कि डाकिया आ धमका। एक पोस्टकार्ड हाथ में थमाते हुए कहा,

'काका! ...बेटे का खत आया है।'

'क्या कह रहे हो गिरधारी? ...बेटे को खत लिखने की क्या जरूरत है? ...वह तो फोन भी कर सकता है।' पोस्टकार्ड देखकर चंदू को कुछ अच्छा न लगा। वे उठकर बैठ गए और गिरधारी से बोले,

'जब बेटे ने खुला खत भेजा ही है तो इसे पढ़कर सुना भी दे गिरधारी।'

खत में लिखा बेटे का संदेश सुनकर चंदू के चेहरे का भाव बदल गया। भाव भंगिमा देख गिरधारी ने कहा,

'काका गुस्सा क्यों होते हो। ...यह तो खुशखबरी है। बिना शहनाई बजवाए ही बहू मिल रही है। ...बेटे ने शादी में बुलाया है तो आशीर्वाद देने जरूर जाना। नई पीढ़ी है... देखो, माँ बाप का कितना ख्याल रखती है। ...टिकट भी भेजने की बात कही है।'

गिरधारी के मुख से निकले शब्द चंदू को करारे तंज लगे। उनका मूड भांप गिरधारी ने साइकिल उठाकर अपनी राह पकड़ ली। बेटे के ब्याह करने की बात प्रभा को तमाचे से कम न लगी। वह खुद को ठगा हुआ महसूस कर बेटे से बात करने की जिद करने लगी। प्रभा की जिद देख चंदू ने कहा,

'आखिर तू समझती क्यों नहीं? ...इस मसले पर वह हमारी राय नहीं लेना चाहता तभी तो फोन करने के बजाय पोस्टकार्ड भेजा है। तुम धूमधाम से बेटे का ब्याह करने का ख्याल छोड़ दो। वह शादी भी वहीं करेगा तभी तो टिकट भेजने की बात कही है।'

पति की बात बेटे के खिलाफ लगी तो प्रभा बचाव की मुद्रा में आ गई। वह तमक कर बोली,

'तुम तो चाहते ही हो कि दिविक हरदम तुम्हारे और तुम्हारे लाडले बहादुर के इशारे पर नाचता रहे। अब वह बच्चा नहीं रहा जो उंगली पकड़कर चले। वह अपने फैसले खुद ले सकता है। ...और फिर शादी ही तो कर रहा है कोई गुनाह तो नहीं। ...शादी की तारीख जानने के लिए भी हमें तुम्हारी खुशामद करनी पड़ेगी क्या?'

'काहे झक लड़ा रही हो? ...जब होगी तो टिकट भेज ही देगा। सुनो ...अगर तुम्हारी उससे बात हो तो उसे बता देना। ...पहले बहादुर के सिर पर सेहरा बँधेगा उसके बाद ही वह अपने विवाह की बात सोचे।'

पति की इस बात पर प्रभा तिलमिला उठी,

'बेटे की खुशियाँ तुमसे देखी नहीं जाती क्या जो उसके ब्याह में भी बहादुर का रोड़ा अटका रहे हो।'

इस बार चंदू ने डपट लगाई,

'तुम चुप ही रहो तो अच्छा है। ...तुम्हारा लाडला हमारे मुँह पर एक कालिख तो पोत ही रहा है। ...दूसरी कालिख पोतने का मौका हम समाज को नहीं देना चाहते। ऐसा न हुआ तो लोग मुँह पर थूकेंगे कि चंदू ने बहादुर के साथ सौतेला व्यवहार कर दिया। ...तरह तरह की बातें बनेंगी। ...हम कोई जवाब नहीं दे पाएंगें।'

खत की भाषा से ही चंदू ने हवा का रुख भाँप लिया था। वह जब जब प्रभा को कुछ समझाने का प्रयास करता तब तब उस पर पक्षपात का आरोप लग जाता था। फोन पर मां-बेटे खूब झलते थे लेकिन जब चंदू बात करना चाहता तो फोन कट जाता था। चंदू मां-बेटे की खिचड़ी समझ गया। जग हँसाई से बचने के लिए चंदू आनन फानन में बहादुर का रिश्ता तय करने लगे। बहू देखने के निर्देश पर बहादुर ने साफ मना करते हुए कहा,

'काका, मैं कुछ न देखूँगा। रिश्ते की गाँठ तो ऊपर वाला लगाता है। आप जिसे भी घर लाएंगें, वही हमारे घर की लक्ष्मी होगी। कुछ ऊँच नीच होने पर भी मैं उफ़ न करूँगा। आप निश्चिंत रहें।'

बहादुर की बात सुन चंदू की छाती फूलकर गरगज हो गई। उन्होंने बड़े ही धूमधाम से बहादुर की शादी संपन्न कराई। शादी में नाते रिश्ते के सभी लोग शरीक हुए लेकिन दिविक न आया। लोगों के सवालों का जवाब देते देते चंदू और प्रभा की साँसे फूल गई। कोठरी में बैठकर दोनों खूब रोए। मन तो बहादुर का भी बेजार था लेकिन वह उलाहना देकर काका काकी का दर्द बढ़ाना नहीं चाहता था। दिविक से शादी में न आने की वजह पूँछी गई तो उसने छुट्टी न मिलने का बहाना बता दिया। बेटे के इस बहाने को ममता भरा माँ का हृदय तो सत्य मान बैठा लेकिन पिता को इस बात पर विश्वास न हुआ।

बेटे के जवाब से संतुष्ट प्रभा फिर से गाने बजाने में व्यस्त हो गई। दिविक की शादी की बात सबसे बताते हुए उसके पैर जमीन पर नहीं पड़ रहे थे। लेकिन चंदू का मन विषाद के गहरे सागर को पार करने के लिए

छटपटा रहा था। वह बहादुर के मन की बात ताड़ गए थे। उन्हें इस बात का बड़ा अफसोस था कि जिसकी पढ़ाई के लिए बहादुर ने क्या नहीं किया वही उसकी खुशी में शरीक होने न आया।

बहादुर की शादी सम्पन्न होते ही प्रभा ने दिविक की शादी में जाने की तैयारी शुरू कर दी। उसने चंदू से साफ कह दिया था कि चाहे कोई रुके या न रुके लेकिन वह तो अपने बहू बेटे के पास ही कुछ दिन रुकेगी। दिविक बहू को घर गृहस्थी संभालना सिखाकर ही वह लौटेगी। उनकी गैरहाजिरी में घर गृहस्थी संभालने की जिम्मेदारी बहादुर और लक्ष्मी बहू की होगी।

दिविक द्वारा भेजा गया टिकट आ जाने की बात सुनकर प्रभा की स्फूर्ति बढ़ गई लेकिन चंदू के चेहरे का रंग उतर गया। टिकट आते ही लक्ष्मी सामानों की अटैची खोल अपने और बहादुर के कपड़ों को अलग करने लगी। लक्ष्मी को ऐसा करता देख प्रभा विफर पड़ी,

'ससुराल आए चार दिन भी न हुए और अपना पराया सीख लिया। ...सबके कपड़े एक साथ रहेंगे तो कौन सी चाकी फट जाएगी? ...वापस आते समय निकाल कर अलग कर लेती।'

'ऐसी कोई बात नहीं है काकी। कोई जरूरी काम आ गया है इसलिए वे न जा सकेंगे। ...और मैं उन्हें छोड़कर कैसे जा सकती हूँ?'

'हाँ हाँ, वह क्यों जाएगा? ...उसकी शादी में दिविक भी तो नहीं आया था। मैं सब समझ रही हूँ। अरे, उसे इतना भी लिहाज नहीं कि लोग क्या कहेंगे?'

'ऐसा क्यों कहती हो काकी? हमारे मन में कोई दुर्भाव नहीं है।' लक्ष्मी सफाई दे रही थी। इसी बीच बहादुर भी वहाँ आ गया। उसे देखते ही प्रभा बरस पड़ी,

'यह सब क्या हो रहा है? ...तेरा दिमाग फिर गया है क्या? ...तू नहीं चलेगा तो लोग हम पर हंसेंगे। कल को बातें बनेंगी कि काका काकी जान बूझकर बहादुर को साथ नहीं ले गए।'

'काकी, हम लोगों की नहीं, आपके और अपने दिल की आवाज सुनते हैं। मेरा यहाँ रुकना बहुत जरूरी न होता तो मैं जरूर चलता। ...मेरा भी दिल छोटे से मिलने के लिए तड़प रहा है।'

‘तू मेरी नहीं सुनेगा। ...जब काका तेरा कान खींचेंगे तब तेरी अक्ल ठिकाने आएगी।’ इतना कह प्रभा सीधे चंदू के पास आकर बहादुर की शिकायत करने लगी,

‘सुन रहे हो, बहादुर और लक्ष्मी बहू साथ चलने को तैयार नहीं हैं। जरूरी काम का बहाना बना कर अच्छी पट्टीदारी निभा रहा हैं।’

‘प्रभा, तुम्हारा बेटा भी तो यही चाहता है। शायद उसे दिविक की मंशा का पता चल गया है। ...इसीलिए हमारा मान रखने के लिए जरूरी काम का बहाना बना रहा है।’

‘तुम्हें तो हमेशा मेरे बेटे में ही खोट दिखाई देती है। तुम्हारा बहादुर तो गंगाजल की तरह निर्मल है।’ प्रभा की बात पूरी होती उससे पहले ही चंदू ने टिकट का लिफाफा थमाते हुए कहा,

‘लो, देख लो और समझ लो अपने बेटे की मंशा।’

प्रभा ने लिफाफा के अंदर रखे कागज के टुकड़े को निकालकर पढ़ा तो उसका चेहरा पीला पड़ गया।

‘यह तो सिर्फ हम दोनों का टिकट है। बहादुर और लक्ष्मी बहू का टिकट कहाँ है?’ यह कहते हुए प्रभा लिफाफे के अंदर झांककर दोनों का टिकट तलाशने लगी।

‘क्यों बेकार में सिर पटक रही हो? ...तू जिस टिकट को तलाश रही है उसे तेरे बेटे ने भेजा ही नहीं है। शायद पहले ही बहादुर की नजर इस टिकट पर पड़ चुकी है इसीलिए वह तेरा मान रखने के लिए बहाना बना रहा है।’

चंदू के इतना कहते ही प्रभा माथा पकड़ कर चौखट पर बैठ गई। वह सोचने लगी कि सारा खोट तो उसके बेटे के दिल में था और वह मिथ्या ही बहादुर को दोष देती रही। इतना सब होने के बाद भी उसने कभी पलट कर जवाब न दिया। एक बार फिर कौतूहल वश प्रभा ने चंदू से सवाल किया,

‘क्या सचमुच उसने दूसरा कोई टिकट नहीं भेजा।’

‘भेजा। है, ...लेकिन उसे देखकर तुम्हारी आसमान छूती ख्वाहिशें जमीन पर आ गिरेंगी।’

प्रभा को दूसरा टिकट थमाते हुए चंदू ने कहा, 'दूसरा टिकट वापसी का है। देख लो... तुम बेटे बहू के साथ कुछ दिन रहना चाहती थी और उसने दूसरे दिन ही रवानगी का टिकट भेज कर अपनी मंशा जाहिर कर दी है। शायद हमें बुलाना भी उसकी कोई मजबूरी हो वरना वह यह भी न करता।'

प्रभा की आँख से पुत्र मोह की पट्टी हट गई थी। उसे अब टिकट देखने की जरूरत न थी। वह फफक कर रो पड़ी। चंदू उसे दिलासा देते रहे और वह उनके कंधे पर सिर रखकर हिचकियां लेती रही। आँखें तो चंदू की भी नम थी लेकिन वह अपने दिल का हाल किसे सुनाता। लक्ष्मी यह माजरा न समझ सकी। वह पास आकर बोली,

'चुप हो जाओ काकी, वे टिकट का बंदोबस्त कर साथ चलने को तैयार हो गए हैं।'

प्रभा ने मना करते हुए कहा कि अब कोई कहीं नहीं जाएगा। किसी को कोई टिकट विकट लेने की जरूरत नहीं है। इस बात पर लक्ष्मी के पीछे खड़ा बहादुर बोल पड़ा,

'न काकी, ऐसा मत कहो। छोटे ने हमें नहीं बुलाया तो न सही। हमारे जाने न जाने से कोई फर्क नहीं पड़ता लेकिन आपको और काका को तो जाना ही पड़ेगा। आप दोनों नहीं जाएंगे तो उसका दिल टूट जाएगा। ...और फिर उसे आपके आशीर्वाद की जरूरत है।'

'अब उसे हमारे आशीर्वाद की जरूरत नहीं है। उसकी दुनिया हमारी दुनिया से अलग हो चुकी है। वहाँ हमारा दम घुटेगा।'

बेटे की करतूत से आहत प्रभा यह कह जरूर रही थी लेकिन उसका कलेजा कांप रहा था। बहादुर ने हाथ जोड़ते हुए कहा,

'काकी, मैं अपनी स्वर्गवासी माँ की कसम खाकर कहता हूँ कि हम दोनों भाइयों में कोई मनोमालिन्य नहीं है। मेरे मन में तो यह ख्याल भी कभी न आएगा। अगर आप दोनों छोटे की शादी में न गये तो पूरा समाज तरह तरह की बातें बनाएगा। घर की बात घर में ही रहे तो अच्छा होगा।' बहादुर कुछ और कहता इससे पहले ही चंदू बोल पड़े,

'बहादुर ठीक कहता है। हमारे न जाने से सवाल तो उठेंगे ही। समाज को असलियत का पता चल गया तो भाई-भाई के बीच प्रेम, त्याग,

समर्पण व विश्वास की भावना आहत होगी। माँ बाप अपनी औलाद को बाहर भेजने से पहले सौ बार सोचेंगे। इसलिए हम दोनों जरूर जाएंगे। प्रभा तुम चलने की तैयारी करो।'

दूसरे दिन सुबह घर से निकलते समय बहादुर ने काका काकी को आश्वस्त किया कि वह आज दोपहर तक खेतों का काम काज निपटाकर वापस आ जाएगा। शाम चार बजे की फ्लाइट पकड़नी है। लक्ष्मी सारी तैयारियां कर देगी। लेकिन चंदू के मन में तो कुछ और ही चल रहा था। बहादुर के जाने के बाद उसने प्रभा को बुलाकर कहा कि उन्हें बहादुर के वापस लौटने से पहले ही निकलना है। प्रभा ने कोई प्रतिक्रिया न व्यक्त की। न जाने क्यों आज उन्हें बेटे के विवाह में शामिल होने के लिए जाने की कोई खुशी नहीं थी। जब दोनों ने दोपहर में ही निकलने की तैयारी कर ली तो लक्ष्मी ने टोका,

'काकी, फ्लाइट पकड़ने के लिए अभी काफी वक्त है। उन्हें आ जाने दीजिए।'

'तेरे काका कह रहे हैं कि हमें वहां पहले ही पहुंचना है। हम चले जाएंगे। बहादुर से कहना हम जल्दी वापस आ जाएंगे।'

इतना कह प्रभा अनमने भाव से चंदू के साथ टैक्सी में बैठ प्रस्थान कर गई। रास्ते में प्रभा ने यात्रा स्थगित करने का प्रस्ताव रखते हुए चंदू से कहा,

'मैं, बहादुर और लक्ष्मी बहू को यहाँ छोड़कर नहीं जा सकूँगी। ...हमें वापस घर लौटना चाहिए।'

'नहीं, अब ऐसा नहीं हो सकता है। बहादुर की आँखों में दिविक से शिकायत कम और प्रेम अधिक दिखता है। वह हमारा मन रखने के लिए काम का बहाना बना सकता है तो क्या हम उसका मन रखने के लिए एक छोटी सी यात्रा नहीं कर सकते हैं?'

'कर सकते हैं... लेकिन वह दिविक के पास जाने की हरगिज नहीं हो सकती।' प्रभा और चंदू की बातचीत समाप्त होने से पहले ही टैक्सी रेलवे स्टेशन के सामने खड़ी हो गई। सामने रेलवे स्टेशन देख प्रभा ने अचरज से पूँछा,

'हम एयरपोर्ट के लिए निकले थे तो रेलवे स्टेशन क्यों आ गए?'

'तुमने भले ही मुझसे कुछ न कहा लेकिन मैं तुम्हारे मन की बात पहले ही ताड़ गया था। हम यहाँ हरिद्वार की गाड़ी पकड़ने आए हैं। लेकिन ध्यान रहे इस यात्रा का जिक्र भूलकर भी बहादुर और लक्ष्मी से न करना।' दोनों गाड़ी पकड़कर हरिद्वार घूमने निकल गए। यात्रा पूरी कर वे वापस घर लौटे ही थे कि बहादुर ने शिकायत शुरू कर दी,

'काका आपने यह ठीक न किया। आपको जाना छोटे के पास था और चले कहीं और गए।'

चंदू जिस यात्रा को छुपाना चाहते थे उसका भेद खुल चुका था। बहादुर ने दिविक को शादी की शुभकामना देने के लिए जब फोन किया तो उसे काका-काकी के वहाँ न पहुंचने का पता चल गया। जब उसने काका काकी की खोज खबर लेना शुरू की तो उसे दोनों के हरिद्वार जाने वाली गाड़ी पर बैठने का पता चल गया।

'जब वह यहाँ नहीं आना चाहता तो हम भी वहाँ नहीं जाना चाहते। ...जब उसे हमारी जरूरत नहीं है तो हमें भी उसकी कोई जरूरत नहीं है।'

ऐसा कहते हुए चंदू का मिजाज सख्त नजर आ रहा था और प्रभा भी अपने पति की बात में सहमति जताती हुई प्रतीत हो रही थी। बहादुर ने बीच में ही टोकते हुए कहा,

'काका आपसे ऐसा किसने कह दिया। हम दोनों दो जिस्म एक जान हैं। आपने दिविक से बात तो की होती। उसका घर न आ पाना या हमें वहाँ न बुला पाना, सब बेमतलब की बातें हैं। उसकी कोई मजबूरी रही होगी। हम सब बड़े हैं। उसकी भावनाओं को हम नहीं समझेंगे तो कौन समझेगा?'

'बेटा तुम्हें हम कैसे समझाएं कि उसके मन में क्या चल रहा है? ...हमनें कई बार उससे बात की। वह यहाँ नहीं आना चाहता है। वह तो यहाँ की जमीन जायदाद भी बेचने की जुगत में है। वह बस हमारे मरने का इंतजार कर रहा है। ...हमने तुम्हें नहीं बताया कि वह आशीर्वाद में जमीन विक्रय का अधिकार माँग रहा था। जब हम राजी न हुए तब उसने अपने भेजे टिकट को ऐन मौके पर निरस्त कर दिया था।'

बहादुर कुछ कहना चाहता था लेकिन उसे चुप रहने का इशारा कर चंदू ने अपनी बात जारी रखी,

'हम डर रहे थे कि उसकी करतूत तुझे पता चली तो तेरा दिल टूट जाएगा। ...बस इसीलिए चुपचाप चले गए। वहाँ जाकर हमारा चित्त शांत हो गया। अब हमसे दिविक की बात मत करना। हम उससे अपने रिश्ते की तिलांजलि दे आए हैं.... और हाँ, कोई उससे बात भी न करे तो बेहतर होगा।'

बहादुर और लक्ष्मी स्तब्ध हो काका काकी की बात सुनते रहे। अपनी बात समाप्त कर चंदू सीधे अपने कमरे में चले गए। आज सबके चेहरे उतरे हुए थे। सब रात का खाना जल्दी खाकर अपने अपने बिस्तर में सोने चले गए। सुबह सब बिस्तर से उठकर अपने अपने काम में लग गए लेकिन चंदू अभी भी बिस्तर पर ही थे। उनका बदन तेज बुखार से तप रहा था। बहादुर को जब पता चला तो डाक्टर बुलाए गए। थकान की वजह से हरारत होने की बात बताते हुए डॉक्टर ने दवाएं लिख दी। जब दवाओं का कोई असर न हुआ तो दूसरे डॉक्टरों को भी दिखाया गया। डॉक्टरों ने बताया कि कोई बात इनके दिल में बैठ गई है जिसके कारण इनका आत्मबल कमजोर हो चुका है।

बहादुर और प्रभा, दोनों ही चंदू के अंतर्मन की व्यथा समझ रहे थे। दोनों ने उन्हें समझाने की बहुत कोशिश की लेकिन उनकी हालत सुधरने के बजाय दिनों दिन बिगड़ती जा रही थी। बहादुर ने दिविक को भी काका की बीमारी के बारे में बताया। उसने घर आने का अनुरोध भी किया लेकिन उसकी बात का दिविक पर कोई असर न हुआ। प्रभा ने दिविक से बात की तो उसने जल्दी आने का भरोसा तो दिया लेकिन तीन माह बीत जाने के बाद भी घर न आया। चंदू की तबियत बिगड़ने लगी तो उन्हें अस्पताल में भर्ती कराया गया लेकिन रत्तीभर सुधार न हुआ। सप्ताह भर के इलाज के बाद ही उनकी साँसों की डोर टूट गई और वे बेटे को देखने की अधूरी आस लिए परलोक कूच कर गए। दिविक मुखाग्नि देने भी न आया। बहादुर ने ही चंदू को मुखाग्नि देकर उनका अंतिम संस्कार किया। अंतिम संस्कार के संपन्न हो जाने के बाद भी दिविक ने माँ-बाप की कोई सुधि न ली।

प्रभा अब बदली बदली सी नजर आने लगी थी। बहादुर के प्रति उनका नजरिया भी अब बदल गया था। बहादुर भी काकी की सहमति लिए बिना

कोई काम न करता। साल भर बाद दिविक रामगढ़ आया और आते ही अपनी जमीन जायदाद बेचने की मंशा जााहिर की। उसने अपनी माँ को साथ ले जाने का प्रस्ताव बहादुर के समक्ष रखा तो उसने साफ कह दिया कि वह इस संबन्ध में काकी से ही बात करे। काकी का हर निर्णय उसके सिर माथे पर होगा। जब दिविक ने प्रभा से अपने मन की बात कही तो उसने अगली सुबह तक इंतजार करने को कहा।

प्रभा के बुलावे पर अगली सुबह वकील, नाते रिश्तेदार के साथ ही गांव के कुछ लोग दरवाजे पर जमा हुए। प्रभा का निर्देश मिलने पर वकील ने बताया कि चंदू ने एक रजिस्टर्ड वसीयत की है। वे चाहते थे कि वसीयत दिविक के सामने ही पढ़ी जाए। वसीयत की बात सुन दिविक स्तब्ध हो गया। वकील ने जब वसीयत पढ़ना शुरू किया तो उसके चेहरे पर हवाईयाँ उड़ने लगी। वसीयत में लिखा था कि चंदू के मरने के बाद उनकी चल अचल सम्पत्ति को दिविक व बहादुर में बराबर बराबर बांट दी जाए। वसीयत के अंतिम पन्ने पर चंदू ने लिखा था,

'दिविक मेरा बेटा जरूर है लेकिन उसने कभी भी बेटे का फर्ज नहीं निभाया। उसने हमेशा अधिकारों की बात तो की लेकिन कर्तव्यों का बोध उसे कभी न हुआ। बहादुर ने बेटे, भाई और भतीजे सभी रिश्ते को बखूबी निभाया। उसने अपनी जमीन को बैंक में गिरवी रखकर दिविक की पढ़ाई पर आने वाले खर्च को इस उम्मीद से जुटाया था कि दिविक नौकरी मिलने के बाद उस जमीन को बंधन मुक्त कराएगा। लेकिन दिविक का व्यवहार उसकी उम्मीद से विपरीत निकला। फिर भी उसने कभी कोई शिकायत न की। प्रभा अक्सर अपने जेवरों के गिरवी रखे जाने का ताना मारती थी इसलिए उसने हमें बताए बिना ही अपनी जमीन गिरवी रख उसके जेवरों को भी छुड़ाया। पुत्र मोह में जकड़ी प्रभा हमेशा बहादुर की शिकायत करती थी लेकिन मुझे पूरा विश्वास है कि मेरे बाद वही उसकी देखभाल भी करेगा। फिर भी प्रभा अपने बेटे या भतीजे में से जिसके साथ रहना चाहे, रह सकती है। दिविक और बहादुर को मिलने वाली जमीनों के विक्रय के लिए प्रभा की सहमति लेना अनिवार्य होगा। इस वसीयत को बदलने का अधिकार सिर्फ प्रभा को होगा। .....मेरे बाद उसका निर्णय ही अंतिम निर्णय माना जाएगा।'

चंदू की वसीयत ने दिविक के मंतव्य पर तुषारापात कर दिया था। उसकी आँखों में सम्पत्ति की लालच तैरती नजर आ रही थी। कल तक माँ-बाप की सुधि न लेने वाला आज अपनी माँ को साथ ले जाने के लिए उद्‌दत था। दरवाजे पर जमा सभी लोग उसे हिकारत भरी नजर से देख रहे थे। प्रभा ने बेटे के प्रस्ताव पर असहमति जताते हुए साफ कर दिया कि वह बहादुर और लक्ष्मी को छोड़कर कहीं नहीं जाएगी। उन्होंने वकील से कहा,

'आप उनकी वसीयत को प्रभावी करने के लिए जरूरी कानूनी कार्रवाई करें। ...हम गंगा में अपने बेटे से रिश्तों की तिलांजलि दे आए हैं।'

प्रभा का सख्त तेवर देख बहादुर ने वसीयत प्रभावी करने के फैसले पर पुनर्विचार करने का अनुरोध करते हुए कहा,

'काकी, वसीयत प्रभावी करने के फैसले को मुलतवी कर दीजिए। मैंने काका की हर बात मानी लेकिन यह वसीयत हमें नहीं मानूँगा। वसीयत प्रभावी हो गई तो मुझ पर तरह तरह के सवाल उठेंगे। लोगों का रिश्तों से भरोसा उठ जाएगा। मुझ जैसे अनाथ को कोई अपनी गोदी में नहीं बिठाएगा। दिविक की गलतियों को बाल सुलभ समझकर क्षमा कर दीजिए। काकी, दिविक को उसका हक दे दो।' प्रभा से किसी जवाब की प्रतीक्षा किए बिना ही बहादुर दिविक से मुखातिब होकर बोला,

'दिविक तुझे जमीन जायदाद चाहिए तो ले ले। मैं अपने हिस्से की जमीन भी तुझे दे दूँगा लेकिन तू काकी को साथ ले जाने की जिद छोड़ दे। हम काकी के बिना न रह सकेंगे।'

बहादुर और प्रभा के बीच हुए संवाद ने दिविक को भीतर तक झकझोर दिया। उसने अपने हाथ में लिए कागजों को फाड़ते हुए कहा,

'भइया मुझसे बहुत बड़ी भूल हो गई। मैं कितना एहसान फरामोश हो गया जो आपके त्याग, तपस्या और प्रेम को भुला बैठा। अब हमारे बीच जमीन जायदाद का कोई बंटवारा न होगा। गिरवी जमीन को छुड़ाने की जिम्मेदारी मेरी है।'

इतना कहते कहते उसकी आँखों से आँसुओं की धार बह निकली। इस धार में दोनों भाइयों के बीच का सारा मनोमालिन्य बह गया। प्रभा

ने वसीयत के कागजों को फाड़ते हुए अपने दोनों बेटों को गले से लगा लिया।दरवाजे पर जमा सभी लोगों की आँखें नम हो गईं। एक बार फिर चंद्र प्रताप और सूर्य प्रताप का प्रेम दिविक और बहादुर में नजर आने लगा।

8

गाड़ी वाली अम्मा

सराय रेलवे स्टेशन पर यात्रियों की भारी भीड़ थी। गाड़ी का इंतजार कर रहे लोग कड़ाके की ठंड में ठिठुरने को मजबूर थे। स्टेशन पर अलाव जलने या ठंड से बचाव के कोई इंतजाम न थे। गाड़ी का इंतजार करने वाले लोग प्लेटफार्म की फर्श पर ही चादर बिछाकर घुरघुट्टी मारे बैठे हुए थे। छोटे कस्बे का स्टेशन होने के कारण यहाँ सभी गाड़ियों का ठहराव नहीं था। ज्यादातर गाड़ियाँ यहाँ दनदनाती हुई गुजर जा रही थी। अमृतसर जाने वाली कोलकाता एक्सप्रेस गाड़ी का ठहराव सराय स्टेशन पर था।। घने कोहरे के कारण यह गाड़ी अपने नियत समय से पाँच घंटे विलम्ब चल रही थी। गाड़ी का इंतजार करते करते यात्री उकता चुके थे। हर गाड़ी उन्हें अपनी नजर आने लगी थी। किसी भी गाड़ी के आने की आहट से ही वे एक साथ उठ खड़े होते और गाड़ी के धड़धड़ाते हुए गुजर जाने पर निराश होकर फिर से घुरघुट्टी मार कर बैठ जाते।

रेलवे की घड़ी में रात आठ बजते ही कोलकाता एक्सप्रेस के प्लेटफार्म नम्बर एक पर आने की सूचना प्रसारित हुई। सूचना प्रसारित होते ही यात्रियों के बुझे चेहरे खिल गए। ठंड से सिकुड़े बैठे यात्रियों में जैसे नई स्फूर्ति आ गई। प्लेटफार्म पर कोलाहल बढ़ गया। किसी ने हाथ में बैग उठा लिया तो कोई सिर पर गठरी रखकर तैयार खड़ा हो गया। लोग अपने सहयात्रियों को भी सहेज रहे थे ताकि सामान और गाड़ी दोनों छूटने न पाए। जब गाड़ी प्लेटफार्म पर पहुँची तो हर डिब्बे के दरवाजे पर

धक्कामुक्की शुरू हो गई। कोई चढ़ने के लिए परेशान था तो कोई उतरने के लिए। यात्रियों को इस बात का कोई अंदाजा न था कि कोहरे के कारण यहाँ गाड़ी नियत समय से अधिक देर तक रुकने वाली है।

दो मिनट के अंदर ही चढ़ने उतरने की आपाधापी पर विराम लग गया। गाड़ी से उतरने वाले अपने घर का रास्ता पकड़ चुके थे। प्लेटफार्म पर केवल वही लोग खड़े होकर बतियाते हुए दिखाई पड़ रहे थे जो अपने सगे सम्बन्धियों को गाड़ी पर बैठाने आए हुए थे। जनरल कम्पार्टमेंट के पास ऐसे लोगों की भीड़ सबसे ज्यादा थी। आरक्षित डिब्बों में अपना यात्री बैठाने आए सुशिक्षित लोग तो कब का जा चुके थे। ट्रेन जाए या न जाए उनकी बला से। अनारक्षित डिब्बों के सामने खड़े लोग भले ही कम पढ़े लिखे थे लेकिन वे भारतीय संस्कृति के असली पोषक दिखाई दे रहे थे। उन्हें गाड़ी के स्टेशन छोड़ने से पहले अपने यात्रियों को छोड़कर घर चला जाना गंवारा न था।

चलने का संकेत मिलते ही गाड़ी ने सीटी बजाई तो बाहर खड़े लोग डिब्बों में चढ़ गए। जब गाड़ी ने रेंगना शुरू किया तो अनारक्षित डिब्बों के सामने खड़े लोगों ने देखा कि आरक्षित डिब्बे के दरवाजे पर खड़े एक सज्जन अपनी वृद्ध माँ को उतारने का प्रयास कर रहे हैं। ट्रेन चलने के कारण वृद्धा का पैर प्लेटफार्म पर नहीं टिक रहा था। यह देख कुछ लोगों ने दौड़कर वृद्ध माँ को थाम लिया। लोगों की आँखें उस समय फटी की फटी रह गई जब दरवाजे पर खड़े महाशय ने कपड़ों की एक पोटली बाहर फेंक कर दरवाजा बंद कर लिया। गाड़ी के रफ्तार पकड़ लेने के कारण प्लेटफार्म पर खड़े लोग शोर मचाने के अतिरिक्त कुछ न कर सके। वृद्ध माँ भी तब तक हो हल्ला करती रही जब तक गाड़ी उसकी आँखों से ओझल न हो गई। ममता की मारी उस पगली माँ को शायद यह पता न था कि उनका लाडला उन्हें यहाँ भगवान के भरोसे छोड़कर चला गया है। वह यही समझती रही कि उनका बेटा चलती गाड़ी से नहीं उतर सका।

शोर शराबा सुनकर वृद्ध माँ के पास भीड़ जमा हो गई। जिसने भी सुना उसने कलयुगी बेटे की शान में अपने अपने अंदाज में कसीदा पढ़ा। वृद्ध माँ की दिमागी हालत भी कुछ ठीक नहीं लग रही थी। वह रोते रोते

गश खाकर वहीं जमीन पर गिर गई। तमाशाई भीड़ में से किसी ने सवाल उठाया कि अब अम्मा का क्या किया जाए? इस सवाल पर भीड़ में खड़े समाज के तथाकथित सभ्य लोग सबसे पहले वहाँ से खिसक गए। उन्हें खिसकता देख अन्य लोग भी मौके से खिसकने लगे। थोड़ी देर बाद वहाँ कुछ ठेंठ देहाती भोले भाले लोग ही रह गए। उन्हें लगता था कि शायद बेटा गाड़ी से उतर न सका और उसकी वृद्ध माँ उससे बिछड़ गई। उन्हें उम्मीद थी कि वृद्ध माँ को ले जाने उसका बेटा जरूर आएगा इसीलिए वे माँ को अकेला छोड़कर जाने को तैयार न थे।

वृद्ध माँ को छोड़कर बेटे के चले जाने की बात जंगल में आग की तरह फैलने लगी। थोड़ी ही देर में स्टेशन मास्टर रोहन भी मौके पर पहुँच गए। उन्होंने कंबल मंगाकर ठंड से काँपती वृद्धा को ओढ़ाया। कंबल की गर्मी मिलते ही सुन्न पड़ी वृद्धा के शरीर में चेतना आ गई। दिमागी हालत ठीक न होने के कारण वह अपना नाम पता नहीं बता पा रही थी। मेरा बच्चा... मेरा बच्चा की टेर लगाकर वह सिर्फ रोए जा रही थी। उनकी ममता भरी पुकार से हर किसी का हृदय द्रवित हुआ जा रहा था। रोहन ने जीआरपी को बुलाकर निर्देश दिया कि सबसे पहले इन्हें रात की ठंड से बचाने के लिए रैन बसेरे पहुँचाया जाए। सुबह तय होगा कि आगे क्या करना है? जीआरपी ने वृद्धा को स्टेशन के पास के रैन बसेरे में पहुँचा दिया।

भोर होते ही रोहन हाथ में चाय की प्याली और ब्रेड का टुकड़ा लेकर रैन बसेरा पहुँच गए। उसने आवाज दी,

'उठ माँ! भोर हो गई।'

'माँ' शब्द की गूँज कानों में पड़ते ही वह चहक उठी, 'तू आ गया मेरा बच्चा। हमें छोड़कर कहाँ चला गया था?'

'हाँ माँ, मैं आ गया। ...तू उठकर चाय पी ले। धूप निकल आए तो बाहर बैठना। हम तेरे लिए खाने का इंतजाम कर देंगे।' रोहन के इतना कहते ही उनका चेहरा फीका पड़ गया। वह समझ गई कि यह उनका बेटा नहीं है। चाय की प्याली थामने के साथ ही वह सवाल कर बैठी,

'मेरा बच्चा कब आएगा? वो नहीं आएगा तो मैं क्या करूँगी और कहाँ जाऊँगी? वो मिले तो उससे कहना कि नाराज न हो। ...मैं उसके घर के

किसी कोने में रह लूँगी। ...वह जो चाहे करे मैं कुछ न बोलूँगी।'

रोहन के पास वृद्धा के किसी सवाल का जवाब नहीं था। वृद्धा की बातों से रोहन ने अंदाजा लगा लिया कि जैसा वह सोचते हैं स्थिति उसके विपरीत है। पगली माँ बेटे से बिछड़ी नही हैं। शायद बेटे ने जानबूझकर उन्हें यहाँ छोड़ दिया है।

'घबराओ नहीं, आपका बच्चा जल्द ही आ जाएगा। वह जब तक नहीं आता तब तक तुम यहीं इत्मीनान से रहना।' यह कहते हुए रोहन रैन बसेरे से बाहर निकल आए।

सहृदयी रोहन को यकीन नहीं हो रहा था कि कोई बेटा अपनी माँ के साथ ऐसा व्यवहार कर सकता है। उसने बेसहारा वृद्धा के खाने पीने का समुचित इंतजाम तो कर दिया लेकिन इसके साथ ही दुबारा रैन बसेरा न आने का निश्चय भी कर लिया। उसे लगा कि शायद वह बेबस माँ के सवालों का सामना नहीं कर पायेगा। हर रोज हालचाल लेने के साथ ही वह ईश्वर से दुआ करते थे कि उस बेमुरव्वत नामुराद बेटे को सद्बुद्धि दे, जो यह भूल बैठा है कि उसकी चौखट पर भी एक न एक दिन बुढ़ापा दस्तक देगा और उसके साथ भी वही कहानी दोहराई जा सकती है जो वह अपनी वृद्ध माँ के साथ आज कर रहा है।

जीआरपी ने आसपास के स्टेशनों के साथ ही पूँछताछ केन्द्रों, स्थानीय पुलिस तथा अन्य एजेंसियों को भी स्टेशन पर मिली बेसहारा माँ के सम्बन्ध में सूचना दे दी। जब कई दिनों बाद भी वृद्धा की खोज खबर लेने कोई न आया तो उन्हें वृद्धा आश्रम भेजने का निर्णय लिया गया। वृद्धा आश्रम भेजे जाने से पहले रोहन वृद्ध माँ से मिलना चाहते थे। वह भोर होते ही जब रैन बसेरा पहुँचे तो सन्न रह गए। केअर टेकर ने बताया कि माँ तो रात में ही चली गई। जाते समय उन्होंने बताया था कि उन्हें उनका बेटा बुला रहा है। रोहन ने केअर टेकर से सवाल किया,

'क्या उनका बेटा उन्हें ले जाने आया था?'

'यह तो मैंने नहीं देखा, उनका बिस्तर समेटने के बाद जब मैं बाहर निकला तो वे जा चुकी थी।'

केअर टेकर के इस जवाब से रोहन ताड़ गए कि शायद माँ की बेटे के आने की उम्मीद टूट गई इसीलिए वह स्वयं बेटे की तलाश में निकल

गई। वह बड़बड़ाने लगे कि जो हुआ, वह ठीक न हुआ। इतनी ठंड में कहाँ जाएगी बेचारी? यह बड़बड़ाते हुए उनके दिल में उठी हूक आँखों में आँसू बनकर छलक उठी।

स्टेशन मास्टर रोहन खूब छटपटाए। उन्होंने आस पास तलाश भी कराई लेकिन जब कोई पता न चला तो इसे ईश्वर की रज़ा मानकर उन्होंने भी चुप्पी साध ली। रोहन को वृद्धा से अंतिम बार न मिल पाने का मलाल था। उन्हें लगता था कि सक्षम होते हुए भी वे उस बेसहारा माँ के लिए कुछ न कर सके।

सप्ताह भर पहले स्टेशन पर चलती गाड़ी से अपनी वृद्ध माँ को उतारकर उसकी गठरी फेंकने वाले महाशय की चर्चा का शोर लगभग थम चुका था। रैन बसेरे से वृद्धा के अचानक कहीं चले जाने के बाद एक बार फिर इस चर्चा ने जोर पकड़ लिया। पहले चर्चा का विषय सूट बूट वाला कलयुगी बेटा था लेकिन अब चर्चा का विषय वह अभागी माँ बन चुकी थी जो अपने बेटे की तलाश में रैन बसेरे से निकलकर कहीं गुम हो गई थी। यह चर्चा लोगों की जुबान पर सवार हो रैन बसेरे से निकलकर कस्बों, कस्बों से चैराहों और फिर वहाँ से गाँव की गलियों, चौबारों, चौपालों और पनघट से होते हुए हर घर तक पहुँच गई।

लोगों के लिए चर्चा का विषय बन चुकी उस अभागन को जितनी जुबान उतनी उपमायें मिल रही थी। लोगों ने उसे बेचारी, बेसहारा, दुखियारी, गरीब, बदकिस्मत, बुढ़िया, जपल, छाला, पगली, कलयुगी बेटे की माँ और न जाने क्या क्या कहा लेकिन माँ या अम्मा जैसा अपनत्व का कोई शब्द किसी के मुख से नहीं निकल रहा था। बातें करने वाले और सलाह देने वाले रायचंदों की कोई कमी न थी। चर्चा के बहाने लोगों को खुद को आदर्श बेटा प्रदर्शित करने का मौका भी मिल गया था। चर्चा की लिबास में लिपट कर हर लंपट उजला नजर आने को बेताब था। लोगों के श्रवण द्वार से प्रविष्ट होने वाली उस दुखियारी माँ की पीड़ा रसना पर आकर दम तोड़ देती थी। जुबान सबकी चल रही थी लेकिन उस अभागन माँ के लिए किसी का हृदय स्पंदित न हुआ।

गाँव के चैराहे पर चाय की चुश्की लेते समय जब यह कहानी सोहना ने सुनी तो वह भी सन्न रह गया। वह अपनी आँखों को बंद कर ठंड में

भटकती माँ की पीड़ा को जैसे जैसे महसूस कर रहा था वैसे वैसे उसके हृदय की धड़कन बढ़ती जा रही थी। उसने अभागन माँ के लिए अपने हृदय में अजीब सी दाह महसूस की। वह चाय को अधूरा छोड़ घर की तरफ भागा। जाते जाते उसने चाय की दूकान पर बैठे लोगों से कहा कि चर्चा करने के बजाय पता करो कि आखिर वह गई कहाँ? लोग समझ गए कि अब तो सोहना उस दुखियारी को खोज कर ही दम लेगा।

घर पहुँचकर सोहना ने सिर पर टोपी, गले में मफ़लर डाल शाल को कंधे पर सहेज लिया। वह घर से बाहर निकलने को उद्दत ही था कि अंदर से उसकी माँ ने आवाज दी, 'अरे सोहना, तू इतनी जल्दी में क्यों है? और फिर शाल ले जाने का क्या मतलब है?'

'माँ, गाड़ी वाली अम्मा कहीं गुम हो गई हैं। उनकी तलाश में जा रहा हूँ। हो सकता है लौटने में देर हो जाए। इस कड़ाके की ठंड में न जाने कहाँ और किस हाल में भटक रही होंगी? उनके साथ कुछ अनहोनी हो जाए उससे पहले ही मैं उनका पता लगा लेना चाहता हूँ।' इतना कहते हुए सोहना फुर्र हो गया और उसकी माँ पीछे से पुकारती ही रह गई।

सोहना घंटों पास के सराय, कस्बा, इलाके में खोजबीन करता रहा। वह जिससे भी मिलता उससे गाड़ी वाली अम्मा का जिक्र कर कहीं दिखने पर सूचना देने की बात जरूर करता था। वह कस्बे और आस पास के हर रैन बसेरे, बस स्टाप, टैक्सी स्टैंड, रेलवे स्टेशन पर भटकता रहा। रात होते ही वह सड़कों के फुटपाथ पर इस उम्मीद से टहलने लगा कि शायद उसे गाड़ी वाली अम्मा यहाँ कहीं सोती हुई मिल ही जाए। जब सड़कों पर सन्नाटा पसरने लगा तो उसने तलाश अभियान बंदकर घर की राह पकड़ ली। वह बुरी तरह थक चुका था लेकिन हिम्मत न हारी थी। गाँव के सभी लोग सो चुके थे लेकिन उसकी माँ घर पर आग की धूनी लगाए अभी भी बेटे की राह देख रही थी।

घर में दाखिल होते ही सोहना आग के पास बैठ कर हाथ सेंक रही माँ के पास बैठ गया। पास में ही दाल और भात की बटोई रखी हुई थी जिसे देखकर उसने माँ से पूँछा,

'इतनी रात हो गई और तूने खाना क्यों नहीं खाया?'

'मेरा बेटा इस ठंड में सड़कों पर भूखा प्यासा भटक रहा है और मैं यहाँ खाना खा लेती, यह कैसे संभव है? तुझे तो मुझसे ज्यादा दूसरों की चिंता रहती है इसलिए मेरी तो आदत पड़ गई है। तुझको ठंड में देर तक भटकने की क्या जरूरत थी? ...हो सकता है वह किसी गाड़ी से अपने बेटे के पास ही निकल गई हों।' दुलारी के इतना कहने पर सोहना का गला भर आया। उसने रुंधे गले से कहा,

'न माँ ऐसा नहीं हुआ है। मैंने हर जगह पता किया। रैन बसेरे से निकलने के बाद उसे कहीं किसी ने नहीं देखा।'

बात को आगे बढ़ाने के बजाय माँ ने खाना निकाला। खाना खाते वक्त दोनों एक दूसरे को दिनभर की दिनचर्या सुनाते रहे। इसी बीच माँ ने सोहना से एक सवाल पूँछा, 'आखिर गाड़ी वाली अम्मा के लिए तेरा कलेजा इतना क्यों जल रहा है?'

इस सवाल के पीछे माँ की मंशा गलत न थी। वह केवल सोहना के मन के बोझ को हल्का करना चाहती थी। जवाब में सोहना ने भी माँ से एक सवाल किया,

'माँ, तूने तो मुझे जनम न दिया, फिर तेरा कलेजा मेरे लिए क्यों जलता है?' प्रत्युत्तर में सोहना का सवाल सुनकर माँ सन्न रह गई। वह बिना कुछ बोले उठकर अपने बिस्तर में चली गई। वह सोच रही थी कि आखिर सोहना ने गलत ही क्या कहा था?

आज से लगभग तीस बरस पहले जब दुलारी व किशन के भाग्य में औलाद का सुख न होने की पुष्टि हकीम और वैद्य ने कर दी तो लोग उन पर फब्तियाँ कसने लगे थे। उन्हें बाँझ होने का दंश भी झेलना पड़ा। हद तो तब हो गई जब लोग आते जाते किशन को दूसरा विवाह करने की सलाह देने लगे थे। दबे मन से ही सही, वंश बेलि को आगे बढ़ाने की चाहत में दुलारी भी किशन के दूसरे विवाह के लिए राजी हो गई थी लेकिन किशन न माना। वह उसके दिल का दर्द बखूबी समझता था। उसने दूसरा विवाह करने के बजाय बच्चा गोद लेने का फैसला लिया था। बच्चे की बात सुनकर ही दुलारी का चेहरा खिल उठा था।

गोदनामे की तैयारी की भनक लगते ही किशन के परिजनों ने इसका पुरजोर विरोध किया। किशन के परिजन चाहते थे कि गंगा का पानी

गंगा में ही रहे। बच्चा गोद लिए जाने से उन्हें गंगा की धारा बंटती नजर आने लगी थी। वे अपनी जमीन जायदाद में अपनी वंश बेलि से इतर किसी गैर की औलाद की हिस्सेदारी के बिल्कुल खिलाफ़ थे। परिजनों के मुखर विरोध के बावजूद किशन और दुलारी अपने फैसले से रत्ती भर पीछे हटने को तैयार न थे। जब दोनों बच्चा गोद लेने के फैसले के बदले अपना सब कुछ दाँव लगाने को तैयार हो गए तब परिजनों ने हार मानकर चुप्पी साध ली। अनाथालय जाकर दोनों ने एक दुधमुंहे बच्चे को गोद लिया।

बच्चा गोद देते समय ही बता दिया गया कि वह स्त्री को भोग विलास की वस्तु समझने वाले कामांध भेड़ियों का शिकार हुई एक अर्धविक्षिप्त माँ की कोख से जन्मा था। कामुक भेड़ियों द्‌वारा बार बार नोची खसोटी गई पगली का शरीर बच्चे को जन्म देने के बाद साँसों का बोझ न उठा सका और वह चल बसी। ऐसे में बच्चे के बाप, जाति, कुल, धर्म आदि का कोई पता नहीं है। यशोदा बनकर बच्चे को पालने के वायदे के साथ दुलारी ने बच्चे को अपनी गोद में उठा लिया था। गोद में उठाते ही जिस बच्चे को दुलारी ने 'मेरा सोना बेटा' कहा था, उसे ही आज सभी 'सोहना' बुलाते हैं।

सोहना को लेकर किशन और दुलारी जब अपने गाँव धौलपुरा पहुँचे तो सबसे पहले लोगों ने बच्चे की जाति और धर्म के बारे में ही पूँछा। किशन सबको एक ही जवाब दिया करता था कि उसका सोहना न हिंदू है न मुसलमान। वह सिर्फ इंसान है। वह अपने सोहना को केवल इंसानियत का धर्म ही सिखाएगा। किशन के इन तर्कों का कोई असर गाँव घर वालों पर नहीं पड़ता था। मन मुताबिक जवाब न मिलने पर लोग मुँह बनाते और फबतियाँ कसते हुए चले जाते थे।

जिस दुधमुंहे बच्चे को प्यार व दुलार की दरकार थी उसे किशन और दुलारी के पीठ पीछे लोग नाजायज, हरामी और न जाने किन किन नामों से नवाजते हुए हंसी ठहाके लगाते थे। दुलारी को यह सब जान सुनकर अच्छा न लगता। किशन समय के साथ सब कुछ ठीक हो जाने का दिलासा देता रहता था। जब लोगों की मानसिकता में कोई बदलाव होता नहीं दिखा तो किशन और दुलारी ने गाँव छोड़ने का फैसला कर लिया। आखिरकार दोनों धौलपुरा छोड़ सोहना के साथ पर्वतपुर में आकर बस

गए।

माँ और बेटे के बीच रक्त सम्बन्ध भले ही न था लेकिन सिर्फ इसके आधार पर कोई यह कैसे कह सकता था कि सोहना दुलारी की अपनी औलाद नहीं है। सोहना के लिए उसका दिल देवकी और यशोदा दोनों की भाँति धड़कता था। किशन और दुलारी ने मेहनत मजदूरी कर न केवल सोहना का लालन पालन किया बल्कि उसे इंसानियत का पाठ भी खूब पढ़ाया।

सोहना बारह बरिस का ही था जब उसके पिता किशन चल बसे। किशन के बाद सोहना की सारी जिम्मेदारी दुलारी पर आ गई थी। ऐसे वक्त में पेट पालना मुश्किल होने के कारण सोहना भले ही स्कूल कालेज की पढ़ाई न कर सका लेकिन माँ की पाठशाला में उसने इंसानियत धर्म की हर आयत को बखूबी सीखा था।

युवावस्था में दुनियादारी समझने के लिए जब सोहना ने परिंदे की भाँति पंख खोलकर उड़ान भरना शुरू किया तो उसका सामना एक ऐसे समाज से हुआ जिसमें अधिकतर लोग खुदगर्जी की बेड़ियों में जकड़े हुए दिखाई देते थे। लोगों में हास, परिहास के बजाय व्यंग और उपहास की मनोवृत्ति अधिक पुष्पित और पल्लवित होती दिखती थी। समाज से सरोकार होते ही सोहना को सबसे पहले यही बताया गया कि वह हराम की औलाद है। दुलारी और किशन तो उसे अनाथालय से लाये थे। उसकी असल माँ तो सड़कों पर भटकती हुई पगली थी जो यह भी न बता सकी कि उसका बाप कौन है? नकारात्मक बातों से लोग सोहना का हौसला तोड़ना चाहते थे लेकिन ऐसा न हुआ। जब लोगों की नकारात्मक बातें निरर्थक सिद्ध होने लगीं तो व्यंग और उपहास का सिलसिला भी थम गया।

कुछ ही दिनों में सोहना जमाने के दस्तूर से अच्छी तरह वाकिफ हो गया। अब वह नकारात्मक विचारों पर ध्यान देने के बजाय अपने दिल की सौ टका सच्ची आवाज अधिक सुनता था। उसका दिल अपने लिए कम और दूसरों के लिए अधिक धड़कता था। वह लोगों की मदद करके अपनी जन्मदाता पगली माँ को यह संदेश देना चाहता था कि उसका हरामी बच्चा शर्म का नहीं बल्कि अभिमान का विषय है। वह इस लायक

हो गया है कि दूसरों का सहारा बन सके। उसका बेटा अब किसी माँ को सड़कों पर भटकने नहीं देगा।

भोर होते ही सोहना फिर से गाड़ी वाली अम्मा की तलाश में निकल पड़ा। उसने सुबह से ही निश्चय कर लिया था कि आज वह अस्पताल, मुर्दाघर, नदी के घाट और अन्तेष्टि स्थल तक जाएगा। कुछ अनहोनी होने की आशंका के साथ ही मन में तरह तरह के ख्याल आ रहे थे। आज वह तलाश में कोई कसर नहीं छोड़ना चाहता था। उसने सुबह से शाम तक हर घाट का पानी पिया लेकिन अम्मा का कुछ पता न चला।

सूरज के डूबने के साथ ही अंधेरा होने लगा था। घर से निकलते समय माँ ने अंधेरा होने से पहले लौट आने की बात कही थी लेकिन सोहना आज भी माँ का आग्रह पूरा कर पाने में असमर्थ हो गया। कोहरे की चादर फैलती जा रही थी। ऐसे में अम्मा की तलाश में हाथ पैर मारना अब संभव न था इसलिए सोहना ने घर वापसी की राह पकड़ ली। उसने घर वापसी की डगर पर कदम बढ़ाया ही था कि सामने से आबिद दौड़ता हुआ आता दिखाई पड़ा। पास आकर उसने बताया,

'भइया, आगे चैराहे पर दुर्घटना होने की खबर है। पता चला है कि कोई घायल सड़क पर पड़ा है। तमाशा देखने वाले आ जा रहे हैं लेकिन कोई हाथ लगाने को तैयार नहीं है।'

'क्या तू मौके पर गया था?'

'नहीं, उधर से आने वाले लोगों को मैंने बात करते हुए सुना। उनकी बातों से लगता है कि घायल कोई उम्र दराज महिला है। लोग किसी झमेले में पड़ जाने के डर से तमाशा देख खिसक जा रहे हैं। पता नहीं वह जिंदा भी है या नहीं।'

'कहीं वह गाड़ी वाली अम्मा तो नहीं है?'

'अब यह तो वहाँ चलने पर ही पता चलेगा।'

'तो चल आबिद, वहीं चलकर देखते हैं। घायल कोई भी होगा, हम उसकी मदद करेंगे।'

सोहना आबिद को साथ लेकर मौके पर पहुँच गया। वहाँ खड़ी तमाशाई भीड़ में सब आने जाने वाले ही थे। मदद के लिए आगे आने वाला कोई न था। घटनास्थल कस्बे से थोड़ा दूर ही था फिर भी उसके

आस-पास कोई बस्ती न थी। घने कोहरे के कारण कुछ साफ दिखाई भी नहीं पड़ रहा था। सामने से आती मोटर की हेड लाइट में किसी बुजुर्ग महिला के उल्टे मुँह पड़े होने का एहसास हुआ। पलटते ही उसके सिर व चेहरे पर चोट के निशान दिखाई पड़े जिनसे अभी भी खून रिस रहा था। चेहरा देखते ही भीड़ में खड़ा एक आदमी फुसफुसाया,

'अरे! यह तो वही स्टेशन वाली बुढ़िया है जो रैन बसेरे से लापता हो गई थी।' इस फुसफुसाहट में सोहना को उम्मीद की किरण दिखाई दी। उसे लगा कि उसकी तलाश पूरी हो गई फिर भी पहचान मुकर्रर करने के लिए उसने दरियाफ्त की,

'अरे भाई तुम उसे ठीक तरह पहचानते भी हो या ऐसे ही अंदाजा लगा रहे हो।'

'भइया, मैंने इन्हें उस दिन स्टेशन पर देखा था। यह कोई और नहीं...., वही हैं।' पहचान मुकर्रर हो जाने पर सोहना ने आबिद से कहा,

'चल आबिद, उठा इन्हें, यह तो अपनी गाड़ी वाली अम्मा हैं। इनका हमारे सिवा यहाँ कोई नहीं है। इनका बेटा नहीं तो क्या हुआ? हम तो हैं। इन्हें तुरंत अस्पताल ले चलना होगा।'

आबिद की मदद से सोहना ने बिना देर किए घायल अम्मा को अस्पताल पहुँचाया। अस्पताल में डाक्टरों ने घावों को साफ कर मरहम पट्टी की। अम्मा के बेहोश होने के कारण डाक्टर ने उन्हें अस्पताल में भर्ती कर लिया। मरहम पट्टी के बाद अम्मा के खून से सने कपड़ों को बदला जाना था। इसलिए डाक्टरों ने सोहना से दूसरे कपड़ों की माँग की। रात में कस्बा बाजार बंद होने से कपड़ों के लिए घर जाने के सिवाय दूसरा कोई विकल्प न था। सोहना जब घर पहुँचा तो उसकी माँ दुलारी उसके खून से सने कपड़ों को देखकर घबरा गई। वह सोहना को टटोलते हुए रोने लगी। सोहना ने गाड़ी वाली अम्मा के मिलने की खबर सुनाते हुए सारा माजरा समझाते हुए कपड़ों की व्यवस्था करने आग्रह किया।

दुलारी चाहती थी कि जब तक वह कपड़े निकाले तब तक सोहना दो कौर खा ले लेकिन सोहना की भूख प्यास तो जैसे मर चुकी थी। माँ से कपड़े लेने के बाद उसने तुरंत अस्पताल वापसी की राह पकड़ ली। जाते जाते उसने माँ को बता दिया कि जब तक अम्मा को होश नहीं आ जाता,

वह घर न लौट सकेगा। अस्पताल पहुँचने पर अम्मा के कपड़े बदले गए। डॉक्टर ने बताया कि रक्त के अधिक स्राव से ही वह बेहोश हो गई थी। समय से अस्पताल पहुँच जाने से स्थिति नियन्त्रण में है। अब घबराने की कोई बात नहीं है। सोहना ने डॉक्टर से सवाल किया,

'डॉक्टर साहब, इन्हें होश कब आएगा?'

'कुछ कह नहीं सकते, लेकिन सुबह तक होश आ जाना चाहिए। तुम घर जाना चाहो तो जा सकते हो। ...यहाँ ख्याल रखने के लिए नर्सिंग स्टाफ है।'

'डॉक्टर साहब, इनका अपना यहाँ कोई नहीं है। यह अभागन बेटे से बिछड़कर दर दर भटकती फिर रही है। ऐसे में इन्हें छोड़कर मैं कैसे जा सकता हूँ? मैं बड़भागी हूँ जो इनकी सेवा का अवसर मुझे मिला है।' इतना कह सोहना वहीं अम्मा के पास उनकी तीमारदारी के लिए बैठ गया।

छोटे कस्बे का अस्पताल होने के कारण रात के वक्त यहाँ सन्नाटा पसरा था। अस्पताल में भर्ती मरीजों के कुछ तीमारदार ठंड से बचने के लिए अलाव के पास बैठे हाथ सेंक रहे थे। अम्मा की हालत में कुछ बेहतरी महसूस करने के बाद सोहना बाहर निकलकर अलाव के पास आ गया। उसे देखते ही लोगों ने अलाव के पास जगह बनाई और बड़े अदब के साथ बैठाया। सोहना समाजसेवी के रूप में चर्चित था। उसे देखते ही लोग समझ गए थे कि किसी बेसहारा को सहारा देने के लिए ही वह अस्पताल में रुका होगा। अलाव में हाथ सेंकते एक बुजुर्ग ने बातचीत की औपचारिक शुरुआत की,

'बेटा, ...सब ख़ैरियत तो है।'

'हाँ काका, ...आपके आशीर्वाद से सब मंगल है।'

'तो इतनी रात गए अस्पताल में क्या कर रहे हो? ...तेरी माँ घर में परेशान होगी। तुझे घर जाना चाहिए। समाजसेवा ठीक है लेकिन घर परिवार भी तो कोई चीज है।'

दूसरे तीमारदार ने बात काटते हुए कहा, 'काका, ...भइया, अपनी अम्मा को ही भर्ती किये हुए हैं।'

'क्यों रे पगले, बताता क्यों नहीं, क्या हुआ है दुलारी को। ...हम तेरे बाप के लंगोटिया हैं।' वह आगे कुछ कहते इससे पहले ही सोहना बोल

पड़ा,

'आप समझे नहीं काका, ...दुलारी माँ को कुछ नहीं हुआ है। वह तो घर पर ही हैं। उन्हें यह भी पता है कि मैं आज रात अस्पताल में क्यों हूँ? मैंने यहाँ गाड़ी वाली अम्मा को भर्ती कराया है। उन्हें किसी गाड़ी ने टक्कर मार दी थी। चोट लगने के कारण वे बेहोश हैं, मरहम पट्टी हो गई है। ...उनके होश में आने का इंतजार कर रहा हूँ?'

बातचीत का सिलसिला शुरू हुआ तो बात में बात निकलती चली गई। इस फेर में रात कब बीत गई इसका पता ही न चला। भोर में सूर्य की किरणों के साथ ही अम्मा ने भी आँखें खोल दी। नर्स ने बाहर आकर बताया कि अम्मा अपने बेटे को बुला रही हैं। जब सोहना अम्मा के पास पहुँचा तो वह पूँछने लगी,

'मुझे यहाँ कौन लेकर आया?'

'तुझे मैं यहाँ लाया हूँ अम्मा, ...रात में तुम्हारी तबियत खराब थी इसलिए तुम्हें यहाँ लाना पड़ा।'

सोहना के इतना कहने पर वह अपने सिर और चेहरे पर हाथ फेर कर पट्टियों को टटोलने लगी। कुछ देर बाद फिर से सवाल किया,

'मेरे बीमार होने का पता चलने पर भी मेरा बेटा नहीं आया?'

इस सवाल का जवाब देने में सोहना थोड़ा असहज हो गया। ...थोड़ी देर चुप रहने के बाद बोला,

'अम्मा, हो सकता है उसे पता ही न चला हो, आप मुझे उसका पता ठिकाना बता दो तो खबर भिजवा दूँ। ...उसके आने तक मैं तुम्हारी देखभाल करूँगा। आखिर, मैं भी तो आपका बेटा ही हूँ।'

बेटे का पता ठिकाना बताने के नाम पर अम्मा खामोश हो गई। उनकी आँखों में आँसुओं का सैलाब उमड़ आया। पलकों का पट बंद होते ही गालों पर लुढ़क आए आँसू उनके दिल की चुगली कर बैठे। सोहना समझ गया कि अम्मा का कलेजा कितना जल रहा है। आँसुओं को पोंछते हुए उसने अम्मा से कहा कि वह घबराती क्यों हैं? वह उन्हें छोड़कर कहीं जाने वाला नहीं है? सोहना ने अम्मा की गोदी में अपना सिर रखकर आग्रह किया कि वह उसे अपना बेटा बना ले। उसके इस प्रस्ताव पर अम्मा की चुप्पी हिचकियों के साथ टूट गई। वह सोहना का

चेहरा अपने दोनों हाथों से थामकर चूमने लगी। उसके सिर पर ममता का हाथ फेरती हुई अम्मा कुछ देर बाद शांत हो गई। राउण्ड पर निकले डॉक्टर ने अम्मा का चेकअप करने के बाद उनसे कहा,

'अम्मा, अब आप घर जा सकती हो। हम आज आपको डिस्चार्ज कर देंगे। समय पर दवाई खाना और मरहम पट्टी कराते रहना। ईश्वर ने चाहा तो हफ्ते दस दिन में तुम बिल्कुल ठीक हो जाओगी।'

डॉक्टर के मुँह से घर जाने की बात निकलते ही अम्मा की आँखें यह सोच कर डबडबा आईं कि अब वह यहाँ से कहाँ जाएगी। पलकें बंद करते ही आँसुओं की कुछ बूँदें उनके गालों पर ढरक गईं। सोहना ने डॉक्टर से अम्मा को पूर्ण स्वस्थ होने तक डिस्चार्ज न करने का आग्रह किया। अम्मा की कहानी सुनकर डॉक्टर ने उसके प्रस्ताव पर सहमति जता दी।

सूरज चढ़ने के साथ ही कस्बा बाजार और आस पास के क्षेत्रों में चर्चाओं का बाजार गर्म होने लगा कि सोहना को गाड़ी वाली अम्मा घायल अवस्था में सड़क पर पड़ी मिल गई। वह अम्मा का अस्पताल में इलाज करवा रहा है। इस चर्चा में उपहास, हँसी, मखौल, सेवा, सहृदयता, सहानुभूति, हमदर्दी, प्रशंसा, सहयोग, निंदा आदि सभी भावों का मिश्रण था। समाज के कुछ भले लोग भी अम्मा का हालचाल लेने के लिए अस्पताल आने लगे जो सोहना के कार्य की सराहना करने के साथ ही उसे मदद का भरोसा भी दे रहे थे।

अम्मा को चोट से उबरने में सप्ताह भर का समय लग गया। सोहना अब सुबह शाम ही अम्मा का हालचाल लेने आता था। वह जब जब हंसी ठिठोली कर अम्मा के दुःख दर्द को हल्का करने का प्रयास करता तब तब अम्मा उसका चेहरा थाम कर उसका माथा चूमती और उसके सिर पर हाथ फेर कर लाख दुआएं देती। अस्पताल के निरीक्षण पर आए कलक्टर को भी जब अम्मा के बारे में पता चला तो वे भी हालचाल लेने आ गए। अम्मा ने उनसे रोते हुए अपने बेटे के पास जाने की इच्छा जताई। पता ठिकाना के नाम पर वह केवल इतना बता पा रही थी कि उनके बेटे ने गाड़ी मुगलसराय से पकड़ी थी। अपना पता बताने के नाम पर वह हाथ की कलाईयों को इंकार के लहजे में घुमाकर खामोश हो जाती थी। लेकिन ऐसा करते समय उनकी आँखों में हृदय की पीड़ा जरूर दिख जाती थी।

कलक्टर बाबू अम्मा का दर्द समझ गए थे। उन्होंने डॉक्टर से कहा कि जब तक वह पूरी तरह ठीक न हो जाएं तब तक उन्हें अस्पताल से डिस्चार्ज न किया जाए। जब वे डिस्चार्ज होंगी तो वृद्धाश्रम में उनके रहने की व्यवस्था करा दी जाएगी। बेटे के आने तक वह वहीं रहेंगी। लेकिन सोहना उनकी इस बात से सहमत न हुआ। उसने साफ कर दिया कि उनके रहते अम्मा वृद्धाश्रम नहीं जाएंगी। सोहना की पीठ थपथपाते हुए कलक्टर ने कहा कि अम्मा की देखभाल हेतु किसी भी मदद के लिए वह तत्पर रहेंगे। जाते जाते उन्होंने आश्वासन दिया कि वह अम्मा के बेटे का पता लगाने की कोशिश करेंगे।

अस्पताल में अम्मा को रहते हुए एक पखवारे से अधिक समय बीत चुका था। वह पूरी तरह स्वस्थ होकर अब चलने फिरने भी लगी थी। एक दिन सुबह सुबह वह कपड़ों की गठरी बाँधने लगी। इसी बीच सोहना भी उनका हालचाल लेने अस्पताल पहुँच गया। अम्मा को गठरी बाँधते देख उसने हंसकर पूँछा,

'अम्मा! कहीं जाने की तैयारी कर रही हो क्या?'

'हाँ बेटा, कब तक तुम्हारे ऊपर बोझ बनकर रहूँगी? ...अब अपने घर जाना चाहती हूँ।'

'जरूर चली जाना लेकिन अभी नहीं। किसने कह दिया कि आप हम पर बोझ हो? ...अभी तो हमने तुम्हारी सेवा भी न की और आपने चलने का फैसला कर लिया। ...हम समझते हैं कि आप अस्पताल में रहते रहते ऊब गई होंगी। इसलिए हम आज घर चलेंगे। मेरी माँ से मिले बिना ही चली जाओगी क्या?'

'बेटा, तुझे छोड़कर जाने का मन नहीं करता। ...लेकिन घर तो जाना ही है।'

अम्मा की बात को अनसुना कर सोहना ने उनकी गठरी हाथ में थाम ली। अम्मा अस्पताल से सोहना के घर आ गई। माँ-बेटे की सेवा से वह टन टन हो गई। अब तो वह घूमते हुए गाँव का एकाध चक्कर भी लगा लेती थी। गाँव के भोले भाले लोग उनसे सहानुभूति और सहृदयता प्रदर्शित करते थे। कुछ लोग अम्मा को आधार बना कर सोहना से हँसी ठिठोली भी कर लेते। अम्मा सबको खूब आशीष देती और सबसे कहती

कि दुलारी बड़ी किस्मत वाली है जो उसे सोहना जैसा बेटा मिला है। भगवान हर किसी को सोहना जैसा बेटा दे।

अम्मा जब जब घर जाने की बात करती, तब तब सोहना बात को टाल देता था। कभी सर्दी, कभी गर्मी तो कभी बरसात का हवाला देकर बात को टालते हुए साल भर का समय बीत गया। सर्दी ने फिर से दस्तक दे दी। इस दौरान अम्मा को बहुत कुछ भूल बिसर गया लेकिन बेटे और घर की यादें न बिसरी। वह घंटों सोहना को अपने घर, गाँव, आस, पड़ोस, बेटे, बहू व पोते से जुड़े संस्मरण सुनाती रहती थी। सोहना उनके दिल की बढ़ती तड़प को महसूस कर रहा था। अब तो वह घर जाने की जिद पकड़ने लगी थी। सिर्फ दिलासा भर देने से वह चहक उठती थी। उनकी यह हालत देख सोहना ने उन्हें घर भेजने का निश्चय कर लिया। आज घर से निकलते वक्त उसने अम्मा को आश्वस्त कर दिया कि वह उनके बेटे का पता लगाकर ही लौटेगा।

कलक्टर ने बेटे का पता लगाने का आश्वासन दिया था इसलिए सोहना आज सीधे उनके कार्यालय पहुँच गया। कलक्टर सेबमुखातिब होते ही उन्होंने पहला सवाल किया, 'सोहना, तुम्हारी गाड़ी वाली अम्मा कैसी हैं?'

'बिल्कुल ठीक हैं साहब, ...हमारे घर पर ही हैं। लेकिन अब वह घर जाने की जिद कर बैठी हैं। ...उनके बेटे और घर के बारे में कुछ पता चल जाता तो उन्हें भेजा जा सकता है।'

'मैंने पता कराया था। ...जो जानकारी मिली उसमें बताने के लिए कुछ नहीं था इसीलिए तुम्हें नहीं बताया।'

'आखिर ऐसा क्या पता चला जो बताने लायक न था?'

'वहाँ के कलक्टर के मुताबिक अम्मा के पति का पहले ही स्वर्गवास हो चुका है। इकलौता बेटा अभिजीत परदेश में रहता है। पड़ोसियों से पता चला कि परदेशी बेटा जब जब घर आता था तब तब जमीन का कुछ टुकड़ा बेच दिया करता था। जब सारी जमीन बिक गई तो साल भर पहले घर बेचा और माँ को साथ लेकर चला गया।'

'बेटा आखिर गया कहाँ?'

'किसी को कुछ भी नहीं पता। ...और इतनी बड़ी दुनिया में पता लगाना भी संभव नहीं। अब तो अम्मा का नया ठिकाना वृद्धाश्रम ही हो सकता है। ...तुम जब चाहो वहाँ ले जाकर छोड़ सकते हो।'

'अरे नहीं साहब, हम इतने बेगैरत नहीं कि उन्हें बेसहारा छोड़ दें। मेरे रहते हुए वह वृद्धाश्रम में नहीं रहेंगी। मुझे बस एक ही बात समझ में नहीं आ रही है कि उनकी घर जाने की जिद का क्या करूँ, उन्हें यह सब कैसे बताऊँ और क्या समझाऊँ?'

सोहना थोड़ी देर माथा पकड़कर बैठा रहा फिर, 'चलता हूँ साहब' कहकर उठा और भारी मन से बाहर आ गया। वह बड़े पेशोपेश में था कि आज घर पहुँचने पर वह अम्मा को क्या जवाब देगा? काफी दिनों बाद आज वह देर शाम घर लौटा। अम्मा अभी तक उसका इंतजार कर रही थी। घर पहुँचते ही उन्होंने सवाल किया,

'कुछ पता चला बेटा, ...हमें छोड़ने कब चलेगा?' अम्मा के इस सवाल का कोई जवाब सोहना के पास न था। वह खामोश खड़ा बस अम्मा को निहारता रहा। अम्मा सोहना की नजरों की बेबसी को शायद ताड़ गई इसीलिए आगे कोई सवाल करने के बजाय वह सीधे अपने बिस्तर में चली गई।

अम्मा सुबह उठी तो लेकिन उनके चेहरे से मुस्कान का डेरा उठ चुका था। उनके चेहरे पर हर वक्त भाव शून्यता दिखाई पड़ने लगी। उन्होंने घूमना फिरना और हँसना छोड़ दिया था। वह अकेले में अक्सर बड़बड़ाने लगी थी कि शायद पूर्व जन्म का कोई पाप है जिसके कारण उन्हें यह दिन देखने के लिए जिंदा रहना था।

अम्मा की आँखें हर वक्त भरी भरी रहने लगी थी। बेटे से मिलन की आस अब उनके लिए मृगमरीचिका जैसी हो गई थी। वह दिनों दिन कमजोर होती जा रही थी। उनके कलेजे में लगी आग उन्हें अंदर ही अंदर जलाए जा रही थी। वे अक्सर सूने आकाश को घंटों निहारती रहती थी। आकाश निहारते निहारते वे अपने स्वर्गवासी पति से बेटे की शिकायत करते हुए उलाहना देने लगती कि वह उन्हें किसके भरोसे अकेला छोड़कर चले गए। सोहना खूब समझाता लेकिन उसकी हर कोशिश व्यर्थ नजर आने लगी थी। अम्मा बिस्तर पकड़ चुकी थी। न दवा

का जोर चल रहा था और न ही दुआ का। डॉक्टर ने बताया कि इन्होंने जीने की चाह छोड़ दी है। अब इन्हें बेटे का गम खाए जा रहा है।

सोहना और दुलारी के साथ ही गाँव के लोग भी यह दुआ करने लगे कि भगवान अम्मा के बेटे को सद्बुद्धि दे। अम्मा को देखने के लिए आने वाले लोग यही कहते थे कि अंतिम समय में बेटा आँख के सामने होता तो अम्मा की आत्मा संतुष्ट हो जाती। ऐसा न हुआ तो उनकी आत्मा शरीर त्यागने के बाद भी तड़पती रहेगी।

साँसे बढ़ने पर अम्मा ने सोहना को बुलाकर अपने पास बैठने का इशारा किया। जब सोहना पास बैठ कर अम्मा का सिर सहलाने लगा तो सबकी आँखें डबडबा आईं। अम्मा की आँखों से भी आँसू ढरकने लगे थे। वह भरी आँखों से सोहना को निहार रही थी। ऐसा लग रहा था कि वे आज उसे जी भर कर देख लेना चाहती थी। वे कुछ बोलना चाहती तो होंठ हिलते लेकिन आवाज न निकल पाती थी। बहुत कोशिशों के बाद अम्मा के मुँह से केवल एक शब्द 'बेटा' निकला। लोग यह समझ नहीं पाए कि अम्मा किसको पुकार रही हैं। यह गुत्थी सुलझने से पहले ही अम्मा इसी अंतिम शब्द के साथ संसार से नाता तोड़ गोलोकवासी हो गई।

सोहना की गाड़ी वाली अम्मा के स्वर्गवासी होने की खबर जिसे भी मिली वह अम्मा की अंतिम यात्रा में शामिल होने के लिए पहुँच गया। बेटे के रूप में सोहना ने ही अम्मा के अंतिम संस्कार के सारे क्रिया कर्म निपटाए। जब लोगों ने सामुदायिक सहयोग व सहभागिता से कस्बे में ही अम्मा की तेरहवीं पर शांति भोज कराने का प्रस्ताव रखा तो दुलारी और सोहना इसे ठुकरा न सके।

आज अम्मा की तेरहवीं थी। शांतिभोज की सारी तैयारियाँ पूरी हो चुकी थी। आयोजन गंगा जमुनी तहजीब का परिचायक बन गया था। प्रवेश द्वार के ठीक सामने अम्मा की तस्वीर रखी हुई थी। तेरहवीं में पहुँचने वाले लोग तस्वीर पर फूल चढ़ाकर अम्मा को श्रद्धांजलि दे रहे थे। कार्यक्रम में आने वाले लोगों का सोहना हाथ जोड़कर स्वागत कर रहा था तो जाने वालों का आभार व्यक्त करना भी वह नहीं भूल रहा था। इसी बीच आबिद दौड़ता हुआ आता दिखाई पड़ा। वह सोहना के लिए किसी खबरी से कम न था। उसे देखते ही सोहना ताड़ गया कि वह कोई

खुशखबरी ही ला रहा है। पास आते ही उसने सवाल किया,

'क्या बात है आबिद? ...इतनी दौड़ क्यों लगा रहे हो?'

'भैया, अम्मा का बेटा मिल गया। खब़र मिली है कि वह पिछले पन्द्रह दिनों से यहीं पास वाले कस्बे में स्टेशन के आस पास अर्धविक्षिप्त पगला सा घूम रहा है।'

यह सुनते ही सोहना की आँखों में खुशियाँ तैरती दिखाई पड़ने लगी। उसने आबिद से सवाल किया,

'तुम यह कैसे कह सकते हो कि वह अम्मा का ही बेटा है?'

'लोग बताते हैं कि उसके पास कोई तस्वीर है। भीड़ भाड़ देखते ही वह लोगों को तस्वीर दिखाकर उसके बारे में पूँछता है।'

'तब, तू यहाँ क्या कर रहा है? स्टेशन जा और इसकी पुष्टि कर। ...अगर वह अम्मा का बेटा ही हो तो उसे यहाँ लेकर आना।'

'भैया, पुष्टि हो गई है और स्टेशन जाने की भी कोई जरूरत नहीं है। इत्तेफ़ाक से आज उसे रमेशर काका मिल गए थे। काका कह रहे थे कि तस्वीर गाड़ी वाली अम्मा की ही है। काका ने तो उसे यहाँ आने का न्यौता भी दे दिया है। हमें विश्वास है कि वह आज यहाँ जरूर आएगा।'

'आबिद, अगर वह आ गया तो अम्मा की तड़पती आत्मा को शांति मिल जाएगी।'

सोहना अतिथियों के स्वागत सत्कार में फिर से लग गया। आबिद भी अन्य लोगों के साथ कामकाज में हाथ बंटाने लगा। शांति भोज में भीड़ बढ़ रही थी। हर कोई अम्मा के चित्र पर फूल चढ़ाकर उन्हें श्रद्धांजलि देते हुए सोहना की तारीफ कर रहा था। कुछ लोग अम्मा के उस बेटे की शान में कसीदे भी पढ़ रहे थे जिसका आज सोहना बेसब्री से इंतजार कर रहा था। वह और आबिद कामकाज में भले ही मशगूल थे लेकिन उनकी निगाहें प्रवेश द्वार पर ही लगी थी।

देर शाम हो गई लेकिन आगन्तुकों में वह चेहरा अभी तक न दिखा जिसे सोहना की निगाहें तलाश रही थी। वह व्यथित जरूर था लेकिन उसकी उम्मीद बरकरार थी। अब तो वह प्रवेश द्वार की तरफ एकटक निहारने लगा था। कुछ देर बाद फटे पुराने, मैले कुचैले कपड़ों में अधेड़ को आता देख सोहना की आँखें चमक उठीं। उसकी वेशभूषा पागलों जैसी थी

इसलिए उसके नजदीक आते ही लोग उसे कार्यक्रम स्थल से दूर भगाने लगे। जब तक सोहना उसके पास पहुँचता तब तक कुछ उत्साही लोगों ने उसे लात घूंसों से भी नवाज दिया।

सोहना की फटकार के बाद लोग पीछे हटे और वह पगला अंदर दाखिल हुआ। सामने अम्मा की तस्वीर देखते ही ठिठक गया। चारों तरफ नजर डाली, फिर तेज कदमों से चलकर तस्वीर के पास पहुँच गया। कुछ देर उसे गौर से देखता रहा फिर अपना सिर धुनने लगा। कुछ पल बाद जब वह शांत हुआ तो उसने जेब से एक तस्वीर निकाली और अम्मा की तस्वीर के पास उसे रखकर यूँ ताकने लगा जैसे दोनों तस्वीरों का मिलान कर रहा हो।

दोनों तस्वीरों की एकरूपता का इत्मीनान होते ही वह अम्मा की तस्वीर के सामने न केवल हाथ जोड़कर खड़ा हो गया बल्कि उसकी आँखों से आँसुओं की धारा फूट पड़ी। वह कभी पुष्प चढ़ाकर अम्मा को श्रद्धांजलि देता तो कभी अपना कान पकड़ कर हिचकियाँ लेने लगता। उस पगले की भाव भंगिमा कुछ ऐसी थी जैसे कोई बच्चा किसी गलती के लिए अपनी माँ से क्षमा याचना कर रहा हो। वह कभी अम्मा के चरणों में माथा टेक माफी माँगते हुए गिड़गिड़ता तो कभी कान पकड़कर उठक बैठक करने लगता। उसकी हरकतों को देख लोग यह कयास लगाने लगे थे कि कहीं यह अम्मा का वही बेटा तो नहीं जो उन्हें स्टेशन पर छोड़ गया था।

पगले की बचकानी हरकतों को देख लोग कौतूहल वश उसके आस पास इकट्ठा होने लगे। लोग तरह तरह की बातें करने लगे। इन सबसे बेफिक्र पगला कुछ देर उठक बैठक करने के बाद अम्मा की तस्वीर के सामने शांति से दण्डवत लेट गया। कुछ देर भीड़ का कोलाहल जारी रहा लेकिन जब दण्डवत मुद्रा में पगले की शरीर में कोई हरकत न दिखी तो वहाँ जमा भीड़ में सन्नाटा पसर गया। सोहना ने कई बार आवाज देकर उसे उठाने का प्रयास भी किया लेकिन उसके शरीर में कोई हरकत न हुई। आबिद ने प्यार से पीठ पर थपकी भी दी फिर भी वह न उठा। आबिद ने उसे पलटकर जब छाती पर कान लगाया तो यह जानकर सन्न रह गया कि पगले के दिल ने धड़कना बंद कर दिया था। उसकी साँसों की डोर टूट

जाने से शरीर निष्प्राण हो चुका था।

आबिद ने निष्प्राण शांत भाव में लेटे पगले के सिर पर हाथ फेरते हुए उसकी खुली आँखों पर टंगे पलकों के पर्दों को जब गिरा दिया तो लोग समझ गए कि पगले ने अम्मा की राह पकड़ ली। उसकी जेबों से कई पर्चियाँ निकली। हर पर्ची में माँ से माफी की याचना थी। कमीज की ऊपरी जेब में एक कागज का पन्ना मिला जिसमें लिखा था,

'माँ मुझसे बहुत बड़ा अपराध हो गया। मतिभ्रम जिसके लिए मैंने तुम्हारा हाथ छोड़ दिया वे सब हमें छोड़कर चले गए। मुझे तब होश आया जब स्वार्थ के गर्म तवे पर मेरा सब कुछ खाक हो गया। माँ तू कहाँ गुम हो गई? मैं तुझे खोज रहा हूँ। मैं जब तेरे करीब आया तो तू मुझसे दूर चली गई। मैं तेरा अपराधी हूँ, तू जो चाहे सजा दे लेकिन मुझे अपनी गोद से महरूम न होने दे। इस जनम में न सही तो अगले जनम में मुझे फिर से बेटे के रूप में स्वीकार करना ताकि मैं आपकी सेवा और अपने पाप का प्रायश्चित कर सकूँ। -तुम्हारा नालायक बेटा अभिजीत'

किसी भी पर्ची में पता ठिकाना लिखा न मिला इसलिए अभिजीत भी लावारिस ही करार दिया गया। जिन परिस्थितियों में अम्मा से उनका बेटा अलग हुआ, भले ही वह रहस्य ही बना रह गया लेकिन आज लोग यह जरूर जान गए थे कि अम्मा ने अंतिम साँस लेते समय 'बेटा' कहकर किसे पुकारा था। शायद माँ से मिलने को तड़पते अभिजीत के दिल की आवाज अम्मा के कानों तक पहुँच रही थी। भोर होते ही अभिजीत के अंतिम संस्कार की तैयारी हुई। गाड़ी वाली अम्मा का बेटा होने के नाते सोहना ने उसकी अर्थी को कांधा दिया।

अंतिम संस्कार में शामिल लोगों की आँखें नम थी। चिता से उठता धुंआ तेजी से बढ़ते हुए आकाश में गुम होता जा रहा था जिसे देखकर यूँ लग रहा था जैसे दूर आकाश में बैठकर अम्मा अभिजीत को अपने आँचल में छुपाए चली जा रही थी।

9

सज़ा

काजीपट्टी में बुधनी के घर पर आज बड़ी चहल पहल थी। नदिया पार से आज उसकी बिटिया फुलेसरी की बारात आ रही थी। कोई रंगोली बना रहा था तो कोई उसके घर को वन्दनवार से सजा रहा था। फिजा में हल्दी, रोली, चन्दन, इत्र की खुशबू महसूस की जा सकती थी। बुधनी हर काम पर नजर डालने और उसे सुव्यवस्थित करने के लिए इधर उधर भागे जा रही थी। लोगों को हर काम में सहयोग करते देख उसकी आंखें डबडबा जा रही थी। बीच बीच में वह यह सोच कर रोने लगती थी कि फुलेसरी के बाबू जिंदा होते तो कन्यादान की रश्म को पूरा करने के लिए हम किसी और के मोहताज न होते। मन तो करता था कि प्रचलित परम्पराओं को तोड़कर खुद ही अपनी बिटिया का कन्यादान कर दे लेकिन वह यह सोचकर सहम जाती थी कि आखिर लोग क्या कहेंगे।

सांझ होने से पहले ही गांव के बाहर जनवासा तैयार कर आवभगत की तैयारियां पूरी कर ली गई। अस्ताचल में सूरज के छिपते ही बारात आने का इंतजार भी खत्म हुआ। शहनाइयों की धुन और तमाशे की तेज आवाज ने बारात के जनवास में पहुंच जाने का एहसास करा दिया। अब बुधनी के पांव जमीन पर नहीं पड़ रहे थे। जनवास में आवभगत की औपचारिकताएँ पूरी होते ही द्वारपूजन के लिए जब बारात तैयार होने लगी तो बुधनी की वेदी भी द्वारपूजा के लिए तैयारी की जाने लगी।

देखते ही देखते दरी साथरी बिछने के साथ ही द्वार पूजन की सारी तैयारी पूरी हो गई। आस पड़ोस और नाते रिश्ते की महिलाएं और फुलेसरी की सखी सहेलियां दरवाजे पर जमा होने लगी थी। पंडित जी द्वारपूजन के लिए बारात बुलाये जाने की रट लगा रहे थे। कर्मकांड की वेदिका सजते ही बुधनी भावुक हो गयी। सुबह बिटिया की विदाई हो जाने का ख्याल उसके दिल में शूल की तरह चुभने लगा। बारात को बुलावा भेजने से पहले वह दुल्हन के रूप में सजी फुलेसरी को भर आँख देखना और उसे बाँहों में भरकर जी भर रोना चाहती थी। वह फुलेसरी से मिलने घर के भीतर भागी। लेकिन वह कहीं दिखाई नहीं पड़ रही थी। कमरों में भी ताक झाँक की किंतु वह नजर न आई। किसी अनहोनी की आशंका से बुधनी सन्न रह गई। इधर-उधर, आस-पड़ोस हर जगह फुलेसरी की खोजबीन हुई लेकिन उसका कोई पता न चला।

उधर बाराती सज धज कर शहनाई की धुन पर थिरकने को बेताब थे इधर बुधनी के घर पर रोना पीटना मच गया। फुलेसरी के गायब होने की खबर जनवासे तक पहुंची तो दूल्हा पक्ष के लोगों की भृकुटी तन गयी। बारात लौटने के लिए तैयार हो गयी। हंगामा बढ़ा तो पुलिस भी डंडा फटकारने पहुंच गई। लेकिन देर रात तक फुलेसरी का पता न चला तो दूल्हा बारात सहित वापस लौट गया। बारात लौटते ही तरह तरह की बातें होने लगी। गाँव की गलियों में हरफनमौला घूमने वाले लड़कों की टोली तो पुलिस की मुखबिर बन चुकी थी।

दूसरे दिन सुबह हर जुबान पर बस एक ही चर्चा थी कि फुलेसरी ने पूरे गाँव और समाज की नाक काट ली। हर कोई जी भरकर फुलेसरी और बुधनी दोनों को कोस रहा था। फुलेसरी के पिता भरोसे डिहवा गांव के दिवाकर के घर चाकरी करते थे। बतौर मालिक दिवाकर भी बुधनी को दिलासा देने सुबह उसके घर पहुंचे लेकिन आज उन्हें बुधनी का व्यवहार बहुत अखर रहा था। हमेशा पर्दे में रहकर उनसे बात करने वाली बुधनी आज घायल शेरनी सी गरज रही थी। लोग दिवाकर को देखकर खुसर फुसर कर रहे थे। मौके की नजाकत देख उन्होंने घर लौटना मुनासिब समझ अपनी राह पकड़ ली। उन्हें घर लौटते लौटते दोपहर हो गयी। थोड़ा खाना खाया और अपने कमरे में आराम करने चले गए। वे सोच रहे थे

कि फुलेसरी ने यह सब करते एक बार भी नहीं सोचा कि उसकी माँ बुधनी पर क्या बीतेगी। दोपहर ढलने लगी तो दिवाकर ने कुर्सियों को नीम के पेड़ के नीचे डालने के लिए सुभद्रा को आवाज दी।

'अजी सुनती हो, जरा कुर्सियों को बाहर निकालो। शरीर में कुछ हवा लगे तो इस निगोड़ी गर्मी से कुछ राहत मिले।'

सुभद्रा ने कुर्सियों को बाहर रखवाते हुए कहा, 'लो, कुर्सियां डाल दी है, अब जाओ वहीं अपना दरबार लगाओ। ...लेकिन एक बात साफ कहे देती हूँ, वहाँ बैठकर प्रपंच करने के बजाय चुप चाप हवा खाना। ठण्डा गर्म के लिए हुकुम न लगाते रहना।'

'अच्छा अच्छा, शायद गर्मी का असर तुम्हारे दिमाग पर भी हो गया है।'

दाँत निपोरते हुए दिवाकर बाहर निकलकर नीम के नीचे पड़ी कुर्सी पर पसर गए। पसीने से तर बतर होने के कारण नीम की घनी छाया और हल्की हल्की हवा उन्हें खूब भा रही थी। अभी कुछ ही पल बीता था कि उन्हें गाड़ी की आवाज के साथ ही कुछ कोलाहल सी सुनाई पड़ी। आवाज की तीव्रता बढ़ने के साथ उनके दिल की धड़कन भी बढ़ने लगी। वह कुछ समझ पाते उससे पहले ही पुलिस की गश्ती जीप दरवाजे पर आकर खड़ी हो गई। पुलिस की जीप के पीछे कुछ तमाशबीन भी आ गए। दिवाकर जब तक कुर्सी से उठकर खड़े होते तब तक दरोगा जी की कड़कती आवाज उनके कानों में टकरा गई। दारोगा पहले भी आया जाया करते थे लेकिन आज उनकी आवाज व चेहरे दोनों का रुआब कुछ अलग ही था। न दुआ, न सलाम और न कोई संवाद, जीप से उतरते ही सवाल दाग दिया,

'रत्नाकर तुम्हारा बेटा है।'

'जी हाँ, हमारा ही बेटा है।'

'कहाँ है? बुलाओ उसे।'

'आखिर बात क्या है?'

'उसे पूँछतांछ के लिए थाने ले जाना है।'

'दरोगा जी, आखिर उसका गुनाह क्या है?'

दिवाकर आगे कुछ कहता उससे पहले ही दारोगा ने गालियों की बौछार कर दी,

'साला लौंडे को बिगाड़ दिया और अब पूँछता है कि उसका गुनाह क्या है?' इसके साथ ही वह अपने हमराहियों के साथ घर में दाखिल होकर तलाशी लेने लगा।

पुलिस के घर में दाखिल होते ही सुभद्रा घर की चौखट लांघकर बाहर आ खड़ी हुई। सारा तमाशा देखते सुनते वह बुत बनी खड़ी थी। गालियों की बौछार से तरबतर दिवाकर की इज्जत बेपर्दा हो चुकी थी। कुछ कहने और सुनने की हिम्मत उसमें न बची थी। घर से बाहर निकलते ही दरोगा फिर शुरू हो गया,

'कहाँ छुपा रखा है हरामजादे को?'

'साहब, वह तो दो दिन से बाहर गया है। कल शाम तक लौटने की बात कही है।'

'लौटते ही उसे थाने में हाजिर करना। ...नहीं तो घसीट कर ले जाएंगें साले को।'

आँखें तरेरते हुए दारोगा जीप में सवार होकर वापस चला गया। तमाशा देखने आये लोग अभी भी खड़े थे। उसकी दशा लकड़बग्घों के झुंड में फंसे निरीह शिकार जैसी थी। उसके इज्जत की बोटियां नोची जाती रही और वह कुछ न कर सका। उसने बेटे के लंगोटिए सल्लन से पूँछा,

'आखिर पुलिस रतनवा को क्यों तलाश रही है?

'काका, भरोसवा की बिटिया फुलेसरी दो दिन से गायब है। पुलिस उसे तलाश रही है।'

'तो हमारे घर क्यों आई थी?'

'दरअसल फुलेसरी का रतनवा से टाँका था। पुलिस को शक है कि बारात के दिन वही उसे भगा ले गया है।'

इतना सुनते ही दिवाकर का सर चकरा गया। उन्हें इसका कोई अंदेशा ही न था कि वे जिस लाडले बेटे पर इतराते फिरते हैं, वही एक दिन उसकी इज्जत तार तार कर देगा। तमाशबीन लोगों के चले जाने के बाद दिवाकर कुर्सी पर बैठकर अपनी इज्जत का मातम मनाने लगे।

अंधेरा होने पर सुभद्रा ने लालटेन जलाकर चौखट पर रख दी और वहीं बैठकर बेटे का रास्ता देखने लगी। दिवाकर की दशा देख सुभद्रा ढांढस बंधाने लगी कि हमारा बेटा ऐसा नहीं है। उसे लौटकर आने तो दो, पुलिस की गलतफहमी भी दूर हो जाएगी। दिवाकर और सुभद्रा के लिए दरोगा का दरवाजे पर पहुँचना, गालियाँ बकना और घर की दहलीज में प्रवेश करना सामान्य घटना न थी। ऐसा उनके जीवन में पहली बार हुआ था। फसल तैयार होने पर आसमान में काले घुमड़ते बादलों को देख जिस जरह किसान सिहर जाता है ठीक वैसे ही वे भी इस घटना से सिहर गए थे। भूख प्यास गायब थी ऐसे में घर में चूल्हा जलने का तो सवाल ही न था।

दोनों कुछ देर तक चुपचाप बैठे रहे फिर उठकर अपनी अपनी खाट पकड़ ली। उन्होंने आँखें तो बंद कर रखी थी लेकिन नींद कोसों दूर थी। सुभद्रा बीच बीच में हिचकियाँ लेकर सुबक उठती थी जबकि दिवाकर बंद आँखों से अपने अतीत में झाँक रहा था। अतीत की एक एक बात उसे याद आ रही थी।

कस्बे से दूर नदी की तिराई में बसे डिहवा गांव में दिवाकर का घराना सबसे समृद्ध माना जाता था। गांव या आस पास के पुरवे के लोग भी अपनी जरूरतों के लिए उसका ही दरवाजा खटखटाते थे। उनके घर में किसी चीज की कमी न थी। कमी थी तो सिर्फ एक औलाद की, जिसके कारण उनके जीवन की बगिया वीरान थी। औलाद की चिंता उन्हें अंदर ही अंदर खाए जाती लेकिन दिल का दर्द जबान पर आने न देते थे। पत्नी की अधीरता पर वे उसे समझा देते कि जितना मिला है उसी में खुश रहना सीखो। औलाद देना या न देना, ऊपर वाले के हाथ में है।

दिवाकर और सुभद्रा को दूसरों के घरों में गूँजती किलकरियों से रश्क होने लगा था। उन्हें अपने घर का सूनापन किसी सजा से कम न लगता था। औलाद की आस में उनकी आधी उम्र गुजर चुकी थी। उन्हें यह डर भी सताने लगा था कि शायद उनकी फुलवारी में कोई गुलाब ही न खिले लेकिन औलाद की आस न छूटी। आखिरकार ईश्वर की कृपा हुई और उनकी फुलवारी में जीवन का किसलय फूट ही गया। सुभद्रा की कोख से बेटा पैदा हुआ तो उनके जीवन की बगिया महक उठी।

बड़े मान, दान और जतन के बाद मिले पुत्ररत्न का नाम रत्नाकर रखा गया जिसे लोग दुलार में रतन या रतनवा कहने लगे थे। घर के आंगन में बेटे की किलकरियों और उसके बाल सखाओं की चुहलबाजियों पर दिवाकर दम्पत्ति फूले न समाते थे। घुटनों के बल चलने वाला रत्नाकर कब अपने पैरों पर खड़ा हो बाल मंडली के साथ गाँव की गलियों में कुलाचें भरने लगा, इसका पता ही न चला। बाल मंडली के साथ उसका चहकते रहना दिवाकर को खूब भाता। उन्हें तो बेटे की गलतियाँ भी बाल स्वभाव ही लगती थी।

बेटे की परवरिश में दिवाकर दम्पत्ति यह भूल गए कि खाद पानी का संयमित प्रयोग फसल को हरा भरा कर देता है लेकिन उसका अधिक प्रयोग फसल को बर्बाद भी कर सकता है। रत्नाकर के साथ भी कुछ ऐसा ही हो रहा था। समय के साथ उसकी चुहलबाजियाँ बढ़ती गई और वह आवारगी की गलियों में गुम होता गया। बेटा क्या करता है, कहाँ आता जाता है, उसकी संगत कैसी है? यह सब जानने और समझने की जरूरत दिवाकर ने कभी नहीं समझी।

आवारगी के नशे में चूर रत्नाकर दस जमात भी न पढ़ सका। जवानी की दहलीज पर कदम रखते ही वह भौंरे की तरह उड़ान भरने लगा। बसन्ती बयार पाकर कलियाँ भी अपने रंग, रूप, यौवन और महक से उसे अपनी ओर आकर्षित करने लगी थी। वह मादक सुगंध के चक्कर में इधर उधर भटकता जरूर था लेकिन फिदा सिर्फ भरोसे की कली पर था। रत्नाकर और फुलेसरी के टाँके की खबर सबको थी मगर दिवाकर और सुभद्रा के कानों में तो मानो तेल पड़ा था। सब जानते थे कि दिवाकर दम्पत्ति को सिर्फ अपना मोढ़ा सोना और सबका माटी का लगता है। जिसे अपनी भद् पिटवानी होती वही इस खबर की चुगली उनसे करता।

पड़ोस के पुरवे का बासिंदा भरोसे दिवाकर का हलवाहा था। उसने मालिक के हल की मूठ अपने बाप दादा के साथ बचपन में ही पकड़ ली थी। हल बैल की प्रथा समाप्त हो जाने पर भी उसने मालिक की चाकरी न छोड़ी। वह और उसकी पत्नी बुधनी मालिक-मलकाइन का हुकुम बजाकर ही अपने गृहस्थी की गाड़ी खींचते थे। दिवाकर ही उसके अन्नदाता और माई बाप थे और उनके चेहरे की मुस्कान ही भरोसे

की सबसे बड़ी पूँजी थी। फुलेसरी इसी भरोसे की बेटी थी। जब तक भरोसे जिंदा थे तब तक रतन बाबू का उसके घर आना जाना किसी का अखरता न था। भरोसे के गुजर जाने पर उसकी घर में मौजूदगी बुधनी को खटकने लगी थी। जवानी की दहलीज पर खड़ी बेटी की चिंता उसे खाए जाती थी। तमाम तरह की आशंकाएं उसके दिल पर दस्तक देने लगी थी। जब फुलेसरी का यौवन नदी में उठती लहरों की भांति हुलार मारने लगा तो वह पहले से अधिक स्वेच्छाचारी हो गई।

जवानी के नशे में चूर फुलेसरी को अपनी सीमाओं का भान नहीं रह गया था। वह तितली सरीखी उड़ने लगी। गाँव गिरांव के लड़के उसके पीछे पीछे भागते फिरते। रत्नाकर भी उन्हीं में से एक था जिसकी बेजा हरकतें दिनोदिन बढ़ती जा रही थी। लोगों की कानाफूसी सुन सुनकर बुधनी थक चुकी थी। उसकी पहरेदारी भी काम नहीं आ रही थी। वह एक ऐसे बगीचे की रखवाली कर रही थी जिसके आसपास हुड़दंगी लड़कों ने डेरा डाल रखा था और फल से लदी डाली खुद ब खुद नीचे झुककर उन्हें लुभा रही थी। वह चाहकर भी मालिक से इसकी शिकायत न कर सकी। फुलेसरी को ऊँच नीच, भला, बुरा कुछ समझ में नहीं आ रहा था। वह यौवन के बलबूते सब कुछ पा लेने को आतुर थी।

जब बाहरी दुनिया के छलावी रंग फुलेसरी को लुभाने लगे तब घर की चहारदीवारी भी उसे जेल लगने लगी। वह उन्मुक्त खुले आसमान में उड़ना चाहती थी। उसका चाल चलन देख बुधनी का कलेजा काँप जाता था। आखिर वही हुआ जिसका बुधनी को डर था। अपनी हसरतों को पूरा करने के लिए बारात के दिन फुलसरी रतन बाबू के साथ फुर्र हो गयी।

आज गांव में रत्नाकर पर खूब फब्तियां कसी जा रही थी। जिनकी जुबान खोलने की हिम्मत न थी वे भी बेधड़क कहते फिरते थे कि खूब सिर पर चढ़ा रखा था। अब मुंह पर कालिख पोत रहा है दिवाकर का दुलारा। कल तक जिस बेटे पर दिवाकर बाबू इतराते थे आज उसकी करतूत से घर के बाहर निकलने में भी कतरा रहे थे। सूरज अभी ठीक से चढ़ा भी न था और दरोगा दरवाजे पर आ गया। गाड़ी से उतरते ही वह कड़का,

'क्यों बे, दो दिन बीत गए और तूने तो साँस तक न ली। ...कहाँ छुपा रखा है साले को।'

'साहब, रत्नाकर अभी वापस ही नहीं आया। आया होता तो आपके सामने हाजिर कर देते।'

'तू तो कहता था कि दो दिन में आ जाएगा।'

'जी जरूर कहा था। लेकिन नहीं आया तो हम क्या करें साहब।'

'अब तू कुछ नहीं कर पायेगा। ...अब तो हमें ही कुछ करना होगा। जब तक तुम मिंया बीबी थाने नहीं चलोगे तब तक कोई नहीं आएगा।'

दरोगा के इतना कहते ही सिपाहियों ने दिवाकर और सुभद्रा को जीप में बैठा लिया। निरपराध होने के बावजूद उनके साथ अपराधियों जैसा सलूक हुआ और सारा गांव खड़े खड़े तमाशा देखता रहा। थाने पहुंचने पर दोनों को एक कोने में बैठा दिया गया। बड़े साहब ने पहले गालियों से नवाजा फिर साफ कह दिया कि बेटे को हाजिर करो नहीं तो यहीं सड़ जाओगे।

बेटे के कारण दिवाकर दम्पत्ति को पहली बार थाने आना पड़ा था। हर जबान पर बेटे की करतूत के किस्से से उसके चाल चलन और चरित्र का पोस्टमार्टम हो रहा था। सब कहते थे कि बेटे के लाड प्यार में माता पिता अगर उन्हें संस्कार देना भूल जाएंगे तो उन्हें ऐसे दुर्दिन देखने ही पड़ेंगे। खाकी के सामने दिवाकर और सुभद्रा ने खूब हाथ जोड़े, मिन्नतें की, गिड़गिड़ाते हुए खुद को बेकसूर बताया लेकिन किसी का दिल न पसीजा। मालिक की साँसों के लिए अपने साँसों की धौकनी चलाने वाली बुधनी भी आज पत्थर दिल बनी सामने खड़ी थी। उसके सामने भी दिवाकर ने हाथ जोड़ा,

'बुधनी तू समझती क्यों नहीं। ...इसमें मेरा या तेरी मालकिन का क्या कुसूर है।'

'हमारी सेवा में क्या कमी रह गयी मालिक। ...जो रतनवा ने भरे समाज में हमारी पगड़ी उछाल दी। आप तो ऊँची जात के बड़े लोग हैं। ...आपका कुछ न बिगड़ेगा। मगर हम पर तो सब थूक रहे हैं। अब हम जात बिरादरी को मुंह दिखाने लायक नहीं रह गये। हम गरीबों की जमा पूँजी हमारी इज्जत ही होती है जिसे भरे समाज में आपके

लाडले ने नीलाम कर दिया। ...मैंने उसे घर आने जाने से कई बार मना किया, समझाया, लोक लाज का वास्ता भी दिया लेकिन वह न माना। आखिरकार फुलेसरी को रतन बाबू बहका ही ले गए।'

सुभद्रा बीच में ही टोकते हुए बोल पड़ी,

'मेरे बेटे ने नहीं बल्कि तेरी बेटी ने उसे बहका लिया है। जवानी के नशे में चूर तेरी बेटी महलों के ख्वाब देख रही है और रतनवा समझ नहीं पा रहा कि यही फुलेसरी उसके जीवन का सबसे बड़ा अपशकुन साबित होगी।'

'तुम चुप रहो, चाहे जिसने जिसको भी बहकाया लेकिन जो हुआ, वह ठीक न हुआ बस।'

दिवाकर की इस डांट पर सुभद्रा बुदबुदाई,

'बेटी संभाल न सकी और दोष हमारे रतनवा को दे रही है। ...उसे भगाने में इसका भी हाथ कम नहीं है।'

दिवाकर ने सुभद्रा को आँख तरेरी और बुधनी का मिजाज नर्म करने के मकसद से कहा,

'तू चिंता न कर, हमें जैसे ही पता लगेगा, फुलेसरी को लाकर तेरे सुपुर्द कर देंगे। ...फिर रतनवा को जो चाहे सजा दे देना।'

'न मालिक न, अब फुलेसरी का हम क्या करेंगे। कोई कितना भी गरीब क्यों हो वह दूसरों की जूठन तो नहीं खायेगा न। ...ऐसे में हम उसे किसके पल्लू बाँधेंगे। जात बिरादरी में अब तो कोई उससे ब्याह भी न करेगा।' यह कहते हुए बुधनी चलती बनी।

बुधनी के जवाब से स्तब्ध दिवाकर की आंखों के सामने अंधेरा छा गया। बुधनी तो रेशमी पर्दे में टाट का पैबंद लगाने की बात कह गई। बेटे ने यह हरकत न की होती तो वह बुधनी की जबान खींच लेते। उन्हें रतनवा फुलेसरी के जाल में फंस कर तड़पता नजर आने लगा। दिवाकर ने मन ही मन पैबंद लगाने के बजाय घर से पर्दा ही हटा देने का निश्चय कर लिया। उन्होंने सोच लिया कि न घर में बांस रहेगा और न ही बांसुरी बजेगी।

थाना पुलिस का चक्कर देख सबने दिवाकर से दूरी बना ली थी मगर रत्नाकर का लंगोटिया सल्लन उसकी तलाश में दिन रात लगा था।

रत्नाकर का जो लंगोटिया दिवाकर को फूटी आँख न सुहाता था वही अब खेवनहार नजर आ रहा था। थाने में बैठे और खाकी वर्दी वालों की घुड़की सुनते हुए दो दिन बीत चुके थे। दिवाकर और सुभद्रा के लिए यह घड़ी पानी में लाठी मारने जैसी ही थी। कल तक जो बुधनी उनके सामने हाथ जोड़े खड़ी रहती थी उसी के सामने आज वे दोनों हाथ जोड़े रहम की दरख्वास्त कर अपनी रिहाई की भीख मांग रहे थे।

कल तक दरवाजे पर जमघट लगाए रखने वाले सारे लोग नदारद थे। सिर्फ सल्लन ही था जो उनकी खोज खबर लेने रोज आता था। जब सल्लन ने पास आकर उन्हें रतनवा की खबर मिल जाने और अगली सुबह उसके फुलेसरी के साथ थाने में आने की जानकारी दी तो दोनों के जान में जान आई। सुभद्रा ने मन ही मन निश्चय किया कि वह रत्नाकर से जरूर पूँछेगी, आखिर उसने यह सब क्यों किया? उसे खानदान की नाक-लिहाज, इज्जत-बात का तनिक भी ख्याल क्यों नहीं आया? उसे इसका भान क्यों नहीं हुआ कि उसके कृत्य से जो कालिख पुतेगी उसके धब्बे कई पीढ़ियों तक नहीं मिट सकेंगे।

अंधेरा होने से पहले सुभद्रा को इस ताकीद के साथ घर जाने की अनुमति दे दी गई कि सुबह होते ही वह थाने आ जाएगी। दिवाकर को थाने में ही फर्श पर बैठ कर रात गुजारनी थी। यह रात दोनों की जिंदगी की सबसे लंबी रात साबित हुई। रात का वक्त ठहर गया सा प्रतीत हो रहा था। पौ फटते ही सुभद्रा थाने पहुँच गई। थानेदार की कचहरी लगी तो फरियादी भी आने शुरू हो गए। इस कचहरी का अंदाज ही निराला था जहाँ दमड़ी की तराजू में न्याय तोला जा रहा था। डरे सहमे लोग साहब के सुर में सुर मिला रहे थे। मुंह खोलना साहब की शान में गुस्ताखी करार दी गई लगती थी। ढीठ किस्म के लोगों के तर्क वितर्क का ज्ञान तो गालियों की बौझार से धुला जा रहा था। यह सब देख और सुनकर दिवाकर की रूह कांप गई। बुलाये जाने पर वह भी साहब के सामने हाथ जोड़कर खड़ा हो गया। उनके आजू बाजू सुभद्रा और बुधनी भी खड़ी हो गयी। सल्लन साहब के पास ही खड़ा था। फरियादियों से फ़ारिग होने पर उससे मुख़ातिब हो साहब गुर्राए,

'क्यों रे सल्लन! कहाँ है तेरा लंगोटिया? ...तू तो कह रहा था कि वह सुबह पौ फटते ही आ जायेगा।'

'आएगा साहब! ...जरूर आएगा। ...एकदम पक्की खबर है।'

'आने दो हरामजादे को, ...यहाँ कदम रखते ही दो मिनट में आशिकी का बुखार उतर जाएगा।' इतना कहकर साहब ने मुँह घुमाया ही था कि फुलेसरी रत्नाकर के साथ धड़धड़ाते हुए थाने में दाखिल हुई और सीधा थानेदार से ही सवाल कर बैठी,

'हमारे मालिक और मालकिन को थाने में क्यों बैठाया गया है? ...लो हम आ गए हैं। ...चढ़ा दो जिस सूली पर चढ़ाना चाहो। (बुधनी की तरफ देखते हुए) अम्मा! तुम सब कुछ जानते हुए भी आसमान सिर पर उठाए हो। ...हमारे भाग जाने से तुम्हारे सिर पर कौन सा वज्र टूट गया जो हंगामा मचाये फिर रही हो। ...अरे एहसान मानो रतन बाबू का, ...जो तुम्हारे सिर का बोझ हल्का कर दिया।'

बुधनी ने फुलेसरी को हिक़ारत भरी नजर से देखते हुए फटकारना शुरू कर दिया,

'चुप! ...बेशरम ...पांव की जूती सर पर नहीं रखी जाती। ...अगर कोई रख भी ले तो पल भर में ही उतार फेंकता भी है। ...हाथों में मंगेतर के नाम की मेहंदी लगा ब्याह के दिन यार के संग फरार हो गई। ऐसा करते समय तुझे तनिक भी ख्याल न आया कि हमारी कितनी भद पिटेगी। भागना ही था तो पहले ही भाग गई होती। ...तूने तो भरे समाज में हमारे मुंह पे कालिख पोत दी और कहती है कि हमने आसमान सिर पर उठा रखा है।'

'काहे चुप हो जाएं ...हम दूध पीते बच्चे नहीं जो तुम्हारे झुनझुने के फेर में पड़ जाएं। ...अरे हम बालिग हैं, ...जहाँ चाहें और जिसके साथ चाहें, रह सकते हैं। ...और हाँ ...हमको कोई जबरदस्ती नहीं ले के भागा ...हम अपनी मर्जी से रतन बाबू के साथ गए हैं। (साहब की तरफ मुखातिब होती हुई) ...हम भी तो जानें साहब, ...हमारे भागने से कौन से कानून के पेट में दरद हो गया जो हमारे मालिक और मालकिन को लाद लाए।'

कुछ देर पहले फरियाद सुनते समय हर किसी पर रौब गालिब करने वाले साहब की सिट्टी पिट्टी गुम हो गई थी। बालिग उम्र ही दोनों की

ढाल बन चुकी थी। फुलेसरी में न शील था न संकोच। वह बरसती जा रही थी और रत्नाकर उसकी हां में हां मिला रहा था। स्तब्ध खड़े दिवाकर और सुभद्रा को लाज हया के पैमाने पर दोनों ही निवस्त्र नजर आ रहे थे। कहने सुनने के लिए जब कुछ न बचा तो थानेदार साहब ने बिना देर किए अपना फैसला सुना दिया,

'दोनों बालिग हैं ...इन्हें साथ रहने या शादी करने से कानूनन रोका नहीं जा सकता है। (दिवाकर और बुधनी की तरफ देखते हुए) ...आप अपने फैसले इन पर थोप नहीं सकते। फुलेसरी निर्णय लेने के लिए स्वतंत्र है, वह जिसके साथ भी जाना चाहे जा सकती है। मसला यहीं खत्म करो और अपने अपने घर जाओ।'

सुभद्रा बेटे के फैसले से कतई इत्तेफाक न रखती थी। उसे तो फुलेसरी अमरबेल जैसी लग रही थी जो अंततोगत्वा उसी दरख़्त को बर्बाद करेगी जिससे वह लिपटी है। लाख समझाने के बाद भी वे एक दूसरे का साथ छोड़ने को तैयार न हुए। दिवाकर ने साफ कह दिया कि आज से उसके घर के दरवाजे दोनों के लिए बंद हो गए। वह अपनी छाती पर पत्थर रख लेगा लेकिन इनका मुँह न देखेगा। थानेदार की इजाजत मिली तो प्रेम के दीवाने दोनों परिन्दे फिर से फुर्र हो गए। थाने से निकलते समय दोनों ने माँ-बाप को पलटकर एक बार देखने तक की जहमत न उठाई। उनके जाते ही बुधनी और दिवाकर दम्पत्ति ने भी घर की राह पकड़ ली।

दिवाकर रास्ते भर बड़बड़ाते रहे, 'ऐसी औलाद से तो बेऔलाद ही रहना बेहतर था। कम से कम मुंह पर कालिख तो न लगती। डेहरी पर कदम भी रखा तो हम उसकी टांगें तोड़ देंगे।' गुस्से से चेहरा तमतमाया हुआ था मगर आँखों के आँसू दिल के दर्द की गवाही भी दे रहे थे।

सुभद्रा ऊपर से दिवाकर की हां में हां मिला रही थी लेकिन बेटे की ममता उसे अंदर ही अंदर डाह रही थी। घर पहुंचते ही दोनों एक दूसरे को पकड़कर खूब रोये। घर में पसरा सन्नाटा मरघट के सन्नाटे से कम नहीं लग रहा था। बुधनी की भी हालत कमोवेश ऐसी ही थी। उसका दर्द बांटने वाला कोई न था। वह दिन भर घर की ड्योढ़ी पर बैठी खुद से बातें करती रहती थी। उसे हमेशा एक बात का खटका बना रहता कि कल को रतनवा मुंह फेर ले तो फुलेसरी का क्या होगा? वह दोनों की सलामती की दुआ

करने लगी थी।

फुलेसरी के घर वापस न लौटने के निर्णय से सबसे ज्यादा सल्लन मायूस हुआ था। यह बात दीगर थी कि वह अभी भी दोनों के सम्पर्क में था। इस घटना के बाद वह दिवाकर और बुधनी दोनों का ख़ैरख़्वाह बन गया था। दोनों ही बच्चों से नफरत का यूँ दिखावा करते जैसे उनके जीने मरने से उनका कोई सरोकार न रह गया हो परन्तु सल्लन के मुँह से रतन और फुलेसरी की बात सुनते ही उनका अंतस्ताप कम हो जाता था। बेटे से मिलन की राह में दिवाकर के दिल का साथ दिमाग नहीं देता था। उनके अंतस्ताप को नेह के आसरे की दरकार थी किंतु वह दूर तक दिखाई न पड़ती थी। समय पंख लगा कर उड़ रहा था। कई बार डाकिया रत्नाकर की पाती लेकर घर आ चुका था लेकिन बेटे के प्रति कड़ुवाहट दिवाकर को पाती खोलकर जवाब लिखने की इजाजत न देती थी। पता ठिकाना मालूम हो जाने के बाद भी उन्होंने बेटे से कोई सम्पर्क स्थापित नहीं किया। दोनों के बीच हालचाल का एक अप्रत्यक्ष माध्यम सल्लन ही था।

बड़े दिनों बाद सुभद्रा के चेहरे पर तैरती मुस्कान देख दिवाकर पूँछ बैठे,

'आज चेहरे पर बड़ी हरियाली नजर आ रही है। जरा हम भी तो जानें, आखिर क्यों दिल बाग बाग हुआ जा रहा है?'

'आज मैं बहुत खुश हूँ। ...लेकिन तुम्हें इससे क्या। तुम तो अपने दिल की जमीन पर खुशी का बीज न बोने की जिद लिए बैठे हो। ...ऐसे में तुम जानकर ही क्या करोगे?'

सुभद्रा के इस जवाब से दिवाकर तिलमिला गए,

'क्यों? ...हमें यह जानने का हक नहीं है क्या?'

'तो सुनो! अपने रतनवा के घर बेटा पैदा हुआ है। ...मैं दादी बन गई और तुम दादा। अब गुस्सा थूको और उसे घर बुला लो।'

'खबरदार, ...उसका नाम भी लिया तो जुबान काट लेंगे।'

'क्यों नाम न लें, ...आखिर वो हमारे घर का चिराग है।'

'चिराग तो वह भी था जिसने हमारे घर की इज्जत को नीलाम करने में कोई कोर कसर न छोड़ी। उसके कृत्य ने हमें कहीं भी मुंह दिखाने के

काबिल न छोड़ा।'

दिवाकर का मिजाज देख सुभद्रा मन मसोस कर रह गई। उसने बहस करना मुनासिब न समझा। वैसे दिवाकर भी पोते की खबर सुनकर लोट पोट हो गये लेकिन अंदर की खुशी को बाहर आने न दिया। अब तो वह भी सल्लन की ताक में रहते और सुभद्रा के साथ उसकी होने वाली वार्ता को सुन सुन कर गदगद हो जाया करते। पोते के आने की खबर और उसके बावत होने वाली बातें उसे तपती जमीन पर बारिस की हल्की फुहार सी लगती जिससे उठने वाली सोंधी खुशबू उनके दिल को ठंडक व सुकून पहुंचाती थी। अब तो सल्लन का रत्नाकर के पास आना जाना भी उन्हें भाने लगा था। धीरे धीरे डेढ़ साल और बीत गए।

एक दिन सल्लन ने दिवाकर को जब दूसरे पोते के जन्म की खबर सुनाई तो उनके सब्र का बांध टूट गया। पोते के मोह से सराबोर दिवाकर के मन की सारी गांठें खुल गई। उनका अंतस्ताप ठंडा पड़ गया। वह चहक उठे,

'जिसके लिए हम वर्षों तरसते रहे, वह नियामत ईश्वर हमारे बेटे को बख्श रहा है। ...शायद ईश्वर को यही मंजूर है कि हम फुलेसरी को अपनी बहू स्वीकार लें। सल्लन! तू भीतर जाकर अपनी काकी को भी यह शुभ समाचार दे आ। ...और हां ...जाकर रतन से कहना कि उसकी माँ उससे मिलने के लिए तड़प रही है।'

बाप के भेजे संदेश को रत्नाकर बखूबी समझ गया। वह फुलेसरी और बच्चों को लेकर घर आ गया। बेटे बहू को हाथ जोड़े ड्योढ़ी पर खड़ा देख दिवाकर और सुभद्रा का दिल दरिया हो गया। बेटे बहू को गले लगाते हुए पोते अर्णव और सागर को गोद में उठा लिया। बच्चों को गोद में उठाकर चूमते व दुलारते वक्त उनकी आँखें नम थीं। पोतों की चुहलबाजियों ने सबका हृदय परिवर्तन कर दिया। वीरान घर एक बार फिर प्रेम की फुहार से हरा भरा हो गया।

जहाँ माता पिता की छांव पाकर रत्नाकर और उसके बच्चे खुश थे वहीं फुलेसरी खुद को पिंजरे में कैद हो चुके परिन्दे जैसा मान रही थी। उसे घर की बंदिशों में घुटन सी महसूस होती थी। कुछ ही दिनों में उसका मन आजाद उड़ान के लिए छटपटाने लगा। वह अक्सर रत्नाकर पर

शहर वापस चलने का दबाव बनाती लेकिन वह उसे सास ससुर की सेवा का पाठ पढ़ाने लगता था। फुलेसरी की छटपटाहट को सल्लन ताड़ गया था। उससे नजदीकियाँ बढ़ाने का कोई मौका वह गंवाना नहीं चाहता था।

रत्नाकर जिस सल्लन को अपना गहरा दोस्त समझता था वह अंदर ही अंदर उससे बहुत रश्क रखता था। रत्नाकर के प्रेम में फुलेसरी का पड़ना और फिर एक दिन फुर्र हो जाना उसे बहुत अखरा था। आखिर उसने भी तो फुलेसरी के लिए अपना प्रेम जाल बिछाया था। उसकी आँखों में वासना का सैलाब आज भी जिंदा था जिसमें वह फुलेसरी को बहा ले जाना चाहता था। फूलों का मकरंद चूसने की जो तड़प भौरों में होती है वही तड़प सल्लन के दिल में भी थी जो उसे बेचैन करती रहती थी। सल्लन ने उसे गांव वापस लाने के लिए हर संभव कोशिश की थी। दोस्ती की सीढ़ी के सहारे वह रत्नाकर के घर तक अपनी पैठ बनाने में सफल हो गया था।

सल्लन फुलेसरी की हर बात का समर्थन करते हुए उसकी हां में हां मिलाता लेकिन शहर जाने वाली बात पर वह रत्नाकर के साथ खड़ा हो जाता था। आखिरकार रत्नाकर फुलेसरी को समझाने में सफल हुआ। बीबी बच्चों को माता पिता के पास छोड़ रत्नाकर नौकरी के चक्कर में शहर निकल गया। दिवाकर और सुभद्रा बहुत खुश थे कि उनके दोनों पोते अब उनकी नजरों के सामने ही रहेंगे। इस उम्र में बहू और पोतों की जरूरतों को पूरा करने के लिए वे रोज रोज बाजार का चक्कर नहीं लगा सकते थे इसलिए सल्लन को ही अपना सहारा बना लिया। इसी बहाने सल्लन को फुलेसरी से मिलने का मौका भी मिल जाता था।

रत्नाकर के शहर जाने के बाद फुलेसरी को घर की चहारदीवारी कैद लगने लगी थी। सल्लन का घर आना जाना उसे भाने लगा था। मौके की नजाकत भाँप जब सल्लन उसे आजादी का मंत्र देने लगा तो वह भी सल्लन की पीठ पर सवार होकर उन्मुक्त उड़ान के सपने बुनने लगी। वह अपने कदमों को बहकने से भी रोक न सकी। काम वासना का ज्वर जैसे जैसे चढ़ रहा था वैसे वैसे वह विवेक शून्य होती जा रही थी। उसे बच्चे और सास ससुर पाँव की बेड़ी नजर आने लगे थे। वह इन बेड़ियों से आजाद होकर खुले आकाश में परिंदों की भांति उड़ने के लिए मचल उठी

थी।

रत्नाकर तो कभी कभार ही घर आता था ऐसे में वह सल्लन और फुलेसरी की नजदीकियों को नहीं भाँप सका लेकिन सुभद्रा ने दोनों की आंखों में एक दूसरे के लिए खुला आमंत्रण देख लिया था। वह अक्सर दिवाकर से कहती थी कि यह कुलटा एक न एक दिन कोई गुल जरूर खिलाएगी। आखिरकार सुभद्रा का शक उस दिन हकीकत में बदल गया जब फुलेसरी अपने बच्चों अर्णव और सागर को घर में सोता हुआ छोड़ सल्लन के साथ रंगरलियां मनाने निकल गयी। सोकर उठे बच्चों ने जब अपनी माँ के बारे में पूँछा तो सुभद्रा को रोने के सिवाय कुछ और सुझाई नहीं दे रहा था। हकीकत पर पर्दा डालने और बच्चों को बहलाने की गरज से उन्होंने कह दिया कि वह रतन के पास गई है।

‘पापा आए थे क्या? ...और फिर हमें क्यों नहीं ले गई।’

बच्चों के इन सवालों पर सुभद्रा फिर से फफक पड़ी। ...लेकिन बच्चों को तो सवालों का जवाब देना ही था, सो झूठ बोल दिया,

‘पापा की तबियत खराब है। ...इसलिए उन्हें जाने की जल्दी थी। अब तुम ही बताओ, ...ऐसी हालत में माँ तुम्हें संभालती या तेरे पापा को, ...और फिर तुम्हें संभालने के लिए दादा और दादी तो हैं न।’

‘माँ कब तक वापस आएगी?’

‘पापा की तबियत ठीक होते ही जल्दी आ जाएगी।’ वह कैसे कहती कि उसकी माँ फिर से वापस आने के लिए नहीं गई है।

धीरे धीरे गांव जेवार के लोग भी जान गए कि फुलेसरी सल्लन के साथ भाग गई। बच्चों को देखकर लोगों को उनपर तरस आता था। लोग फुलेसरी को न जाने क्या क्या कहते थे। इस घटना को जिसने भी सुना उसने यही कहा कि अबोध बच्चों को छोड़कर घर से भागते समय फुलेसरी का कलेजा क्यों नहीं फट गया। सल्लन ने दोस्त की पीठ में छुरा घोंपा था इसलिए सभी लोग सल्लन को फुलेसरी से कम दोषी नहीं मानते थे। रत्नाकर को फुलेसरी से ज्यादा गिला सल्लन से था। उसे यकीन था कि उसके समझाने पर फुलेसरी घर वापस लौट आएगी। उसने सल्लन के ठिकाने का पता लगाया और फुलेसरी को समझाने पहुंच गया।

सल्लन तो रत्नाकर को देखते ही बरस पड़ा। दोनों में गुत्थम गुत्था भी हुई। हंगामा बढ़ा तो आस पास के लोग भी जमा हो गए। जब माजरा समझ में आया तो पंचायत शुरू हो गई। रत्नाकर की बात सुनकर लोग फुलेसरी को धिक्कारने लगे कि वह कैसी माँ है जो अपने सुख की चाहत में बच्चों को त्याग कर पराए मर्द के साथ भाग आई। लोगों की नजर में सल्लन ने दोस्ती की आड़ में फ़रेब किया था। उसकी ऐय्यारी के नश्तर ने प्रेम की डोर काट दी थी। फुलेसरी से सामना होने पर रत्नाकर ने उससे सवाल पूँछा,

'फुलेसरी तूने ऐसा क्यों किया? ...सल्लन के बहकावे में तूने जो कदम उठाया उससे 'माँ' शब्द कलंकित हुआ है। मेरा नहीं तो अपने बच्चों का तो ख्याल किया होता। ...जो हुआ सो हुआ। ...अब घर चल। ...मेरा विश्वास कर मैं कभी तुझे इसके लिए ताना न दूंगा।'

रत्नाकर के साथ ही वहां मौजूद अन्य लोगों ने भी समझाने की कोशिश की लेकिन फुलेसरी पर इन बातों का कोई असर न हुआ। वह तो कामांध हो अपना विवेक खो चुकी थी। उसने टका सा जवाब दे दिया,

'जिस चौखट को लांघ कर मैं बाहर आ गयी वहां अब दुबारा न जाऊँगी। ...तुम्हारा और हमारा रास्ता अलग हो चुका है। मैं सल्लन के साथ ही खुश हूँ।'

फुलेसरी की बेवफाई से रत्नाकर टूट गया। वह भले ही मतलब परस्त निकली लेकिन रत्नाकर ने तो उससे सच्चा प्यार किया था। उसकी फ़रेबी चाल से रत्नाकर के कोमल हृदय को गहरा आघात लगा था। उसके सामने अबोध बच्चों का मासूम चेहरा नाचने लगा था। वह घर जाने की हिम्मत नहीं जुटा पा रहा था। सोचता था कि बच्चे मां के बारे में पूँछेंगे तो उन्हें क्या जवाब देगा लेकिन बच्चों की ममता उसे घर खींच ले गयी। घर पहुंचते ही बच्चों ने सवाल किया तो उन्हें सीने से लगाते हुए उसने साफ कह दिया कि शायद उसकी माँ अब कभी नहीं आएगी। बच्चों की दशा देख सुभद्रा ने उन्हें अपने आँचल में छुपा लिया। समय के साथ दादा दादी के प्यार ने बच्चों की स्मृतियों पर धूल डाल दिया।

सल्लन का फुलेसरी से प्रेम तो मात्र दैहिक था। इस रिश्ते की बुनियाद ही छल प्रपंच पर रखी गयी थी। समय बीतने के साथ आकर्षण

घटा तो दोनों में खट पट शुरू हो गयी। खटपट जल्दी ही तू तड़ाक और मारपीट में बदल गयी। फुलेसरी के जिस रूप और लावण्य पर कभी सल्लन फिदा था वही उसके मन में शंका का बीज प्रस्फुटित होने का कारक बन गया। मजाल थी कि फुलेसरी मोहल्ले में किसी से हंसकर दो बात भी कर लेती। ऐसा होते ही सल्लन कि नजरें टेढ़ी हो जाती थी। घर लौटने पर सल्लन की कर्कश वाणी के तीरों से फुलेसरी का कलेजा बिंध जाता। जरा सा बनने संवरने पर भी उस पर वेश्या का ठप्पा लग जाता था।

फुलेसरी को अपने किये पर अब बहुत पछतावा होता था। उसे प्रेम की परिभाषा अच्छी तरह समझ में आ गई थी। उसे लगता था कि रत्नाकर के निश्छल प्रेम को ठुकरा कर उसने जो पाप किया था भगवान उसकी सजा उसे दे रहा है। उसे रत्नाकर के साथ बिताए वे क्षण याद आने लगे थे जिसमें उसने तमाम सामाजिक वर्जनाओं के दंश को सहकर भी उफ न किया और उसे हमेशा सिर आँखों पर बिठाए रखा। सल्लन का व्यवहार बदलते ही गली के कुत्ते भी उस पर भौंकने लगे थे। घर के बाहर कदम रखने पर उसे ऐसा प्रतीत होता था मानो भूखे भेड़िए उसकी बोटी नोच कर खा जाना चाहते हैं। वह रूप जीवा, नगर वधू और न जाने किन किन उपाधियों से नवाजी जाने लगी थी।

शक-ओ-शुब्हा ने सल्लन और फुलेसरी के रिश्ते की बुनियाद हिला दी। मदिरापान करना, नशे की हालत में घर लौटना, गाली गलौज और मारपीट करना अब सल्लन की आदत बन गई थी। फुलेसरी की आसमान में उड़ने की सारी ख़्वाहिशें और अरमान आँसुओं के सैलाब में बह गए। हद तो तब हो गई जब देर रात मदिरा के नशें में सल्लन को सहारा देकर घर लाने वाले भी फुलेसरी को ललचाई भरी नजरों से देखने लगे। गलियों में घूमने वाले आवारा मनचले मनबढ़ हो गये तो उसने खुद को घर में कैद कर लिया। रत्नाकर की दिलफ़रेब गजगामिनी इस नर्क भरी जिंदगी से छुटकारा पाना चाहती थी। जब उसे कोई रास्ता न सूझा तो उसने अपनी इहलीला के रंगमंच का पर्दा गिरा देने का फैसला कर लिया।

सुबह जब फुलेसरी सोकर उठी तो उसके चेहरे पर अजीब सी कांति थी। कल तक भयाक्रांत दिखने वाला चेहरा आज बिल्कुल निरापद नजर आ रहा था। उसके मन में किसी के लिए कोई मालिन्य नजर नहीं आ रहा था। रोज की तरह उसने आज भी रसोईं तैयार की और सल्लन को खाना खिलाया। घर से बाहर जाते समय आज जब सल्लन ने उसे घर से बाहर कदम न रखने की ताकीद दी तो फुलेसरी यह सोच कर मुस्कराई कि वह उसके पंजर को तो कैद कर सकता है लेकिन रूह को नहीं। सल्लन के जाने के बाद उसने दरवाजा बंद कर अपने सामानों का पिटारा खोल लिया। वह एक एक कर अपने श्रृंगार के उन सामानों को देखने लगी जिसे रत्नाकर ने उसे लाकर दिया था। वह रंगमंच का पर्दा गिरने से पहले रत्नाकर के दिल की मलिका बन फिर से उसके नाम का सिंदूर मांग में भरना चाहती थी।

फुलेसरी खुद को गुनहगार ठहरा चुकी थी। उसे लगता था कि जब तक रत्नाकर उसे माफ नहीं करेगा उसकी आत्मा को शांति नहीं मिल पाएगी। उसकी धड़कनें रत्नाकर को पुकार रही थीं। हाथों में मेंहदी लगाकर उसके रंग के पैमाने पर रत्नाकर का प्रेम परखने का इंतजार करती फुलेसरी को अर्णव, सागर, दिवाकर, सुभद्रा, बुधनी का ख्याल रूला रहा था। उसके मन में उठने वाले भाव आँखों के दरीचे से बाहर झांकते नजर आ रहे थे। मनोमालिन्य आँखों से आँसू बनकर जितना बाहर निकल रहा था उसका मन उतना ही निर्मल होता जा रहा था।

गहरे प्रेम की निशानी कहे जाने वाले मेंहदी के चटख रंग को देख फुलेसरी फफक कर रो पड़ी। एड़ियों में महावर लगाने के बाद उसने कलाईयों में सुर्ख चूड़ियां डाली और लाल रंग का वही जोड़ा पहन लिया जिसे पहन कर वह पहली बार रत्नाकर के साथ एकात्म हुई थी। वह दुल्हन की तरह यूँ सज संवर रही थी जैसे उसकी डोली उठने जा रही हो। यह सब करते हुए उसके चेहरे का भाव स्थिर था लेकिन आँखों से आँसू अविरल बह रहे थे। वह दर्पण के सामने बैठकर अपना रूप निहारने लगी। अपने पाप कर्मों का याद कर वह अपनी सूनी मांग में रत्नाकर के नाम का सिंदूर भरने की हिम्मत नहीं जुटा पा रही थी। आँखें बंद कर वह रत्नाकर से मांग में सिंदूर भरने का हक देने की इल्तिजा करने लगी।

उधर रत्नाकर भी आज तड़प उठा था। शायद फुलेसरी के दिल की एक एक आवाज उस तक पहुँच रही थी। उसका मन किसी अनहोनी की आशंका से बेचैन था। जैसे जैसे फुलेसरी श्रृंगार कर रही थी वैसे वैसे रत्नाकर की बेचैनी बढ़ती जा रही थी। उसके दिल और दिमाग के बीच एक द्वंद चल रहा था। दिल तो फुलेसरी के पास फौरन जाने की हिमायत कर रहा था जबकि दिमाग उसके फ़रेब की याद दिला मन को कलुषित कर देता था। लेकिन फुलेसरी द्वारा मांग में सिंदूर भरने की इजाजत की इल्तिजा का एहसास जैसे ही उसके दिल में उठा वैसे ही दिमाग की हार हो गई। रत्नाकर के दिल से परावर्तित प्रतिध्वनि को फुलेसरी ने महसूस कर उसकी रज़ामंदी को सिर पर धार लिया। आज उसे रत्नाकर की छवि के अलावा कुछ दिखाई नहीं पड़ रहा था। न जाने क्यों उसे ऐसा लग रहा था कि आज रत्नाकर उसकी सुधि लेने जरूर आएगा।

रात की दस्तक हो जाने से बाहर अंधेरा हो गया था लेकिन फुलेसरी का दिल आसरे के दीप से रोशन था। आज उसे किसी और के आने जाने की कोई फिक्र न थी। वह बेफिक्र हो अपने रत्नाकर का इंतजार कर रही थी। रत्नाकर उससे मिलने के लिए निकल भी चुका था लेकिन उसे आने में देर हो रही थी। वह कल सुबह तक इंतजार को टाल नहीं सकती थी। उसने तय कर लिया था कि आज की रात उसके जीवन की अंतिम रात होगी। रात का दूसरा पहर बीत चुका था। बाहर का शोर थमने से चारों तरफ सन्नाटा पसर गया था। फुलेसरी दर्पण के सामने से उठी और दरवाजे पर पहुँच गई। उसने दरवाजा खोला तो सामने सल्लन खड़ा था। फुलेसरी का श्रृंगार देख वह चिल्लाया,

'कलमुँही, ...आधी रात गए बन संवर कर अपने यार से मिलने जा रही है। ठहर जा, ...तुझे आज बताता हूँ।'

फुलेसरी ने सल्लन का कोई प्रतिवाद न किया। उसे तो सल्लन के इस मनोभाव पर तरस आ रहा था। उसने तो अपना अंजाम पहले ही तय कर लिया था। उसने अपनी योजना को कुछ देर स्थगित रखना मुनासिब समझा। वह कदम पीछे खींचती उससे पहले ही सल्लन उसके चेहरे पर कोई तरल पदार्थ फेंक अंधेरी गली में गुम हो गया। फुलेसरी के मुख से तीक्ष्ण चीख निकली। उसे लगा कि उसके कमर से ऊपर का वदन किसी

भट्ठी में झोंक दिया गया। वह तड़पकर जमीन पर गिरी और बेहोश हो गई। आस पास के लोग उसकी चीख सुनकर उसके पास पहुँचे ही थे कि दूसरी चीख सल्लन की सुनाई पड़ी। कुछ लोग फुलेसरी के पास रुके और कुछ लोग सड़क की तरफ भागे। सल्लन के ऊपर से कोई वाहन गुजर गया था। उसका क्षत विक्षत शव सड़क पर पड़ा था। तेजाब से जले उसके हाथ देख लोग समझ गए कि फुलेसरी पर तेजाब फेंक कर भागते समय उसके साथ यह दुर्घटना हुई है।

रत्नाकर जब वहाँ पहुँचा तो फुलेसरी को इलाज के लिए अस्पताल ले जाया जा चुका था। सल्लन के शव को भी विच्छेदन गृह भेज दिया गया था। वह भागते हुए अस्पताल पहुँचा। आपातकालीन कक्ष में सामने के बेड पर बेसुध पड़ी फुलेसरी का चेहरा देख उसका सर चकरा गया। उसने डॉक्टर से पूँछा,

'डॉक्टर साहब! यह ठीक तो हो जाएगी।'

'हालत गंभीर है, ...अभी कुछ कहा नहीं जा सकता। ...ईश्वर से प्रार्थना करो। ...होश में आने के बाद कुछ घंटे संकटपूर्ण होंगे।'

डॉक्टर ने उसे काउन्टर पर जाकर कुछ औपचारिकताएं पूरी करने को कहा। काउन्टर पर पहुँचते ही रत्नाकर से वहाँ बैठे व्यक्ति ने सवाल किया,

'क्या आप मरीज के पति हैं?'

'नहीं, ...उसका कोई पति नहीं हैं ...इन्सानियत के नाते मुझे उसका मददगार समझो।'

'क्यों झूठ बोलते हैं श्रीमान, ...जब वह अस्पताल लाई गई थी तो वह दुल्हन के लिबास में थी, उसकी माँग में सिन्दूर और गले में लाकेट व मंगलसूत्र भी था। ...यूँ लगता था जैसे वह ससुराल विदा होने के लिए तैयार बैठी थी। ....(कागजातों को तैयार करते हुए) लाकेट में उसके साथ उसके पति की जो तस्वीर है, वह किसी और की नहीं बल्कि तुम्हारी ही है। (सामानों की पोटली थमाते हुए) कोई नाराजगी भी हो तो अब गुस्सा थूक दो। वह जीवन और मृत्यु से जूझ रही है। इस कठिन घड़ी में उसे अपना संबल दीजिए। (कागज आगे बढ़ाते हुए) यहाँ पति के कालम में अपना नाम और हस्ताक्षर कर दो।'

पोटली में रखे लाल जोड़े और अन्य सामानों को देखते ही रत्नाकर फुलेसरी के दिल का मर्म समझ गया था। सारी औपचारिकताओं को पूरा करने के बाद वह फुलेसरी के बेड के पास आकर बैठ गया। होश आने पर सामने रत्नाकर को देख फुलेसरी भावुक हो गई। उसकी आँखों में आँसुओं का सैलाब उमड़ आया। जब यह सैलाब पलकों से संभाला न जा सका तो वह पलकों के किनारों से दरिया की तरह बहने लगा। उसकी हालत देख रत्नाकर का मनोमालिन्य भी आँसुओं की शक्ल में बह निकला। फुलेसरी के आँसुओं को पोंछते हुए वह बोल पड़ा,

'पगली रोती क्यों है? मैं आ गया हूँ न ...सब ठीक हो जाएगा।'

'रतन तुमने आने में बहुत देर कर दी। अब तो सूर्यास्त की घड़ी आ गई है। ...मेरे जीवन का सूर्य अपनी किरणों को समेट रहा है। (वार्ड में लगे दरवाजे के शीशे में अपने चेहरे को देखते हुए) ...मुझे मेरे पापों की सजा मिल गयी। बस तुमसे मिलने की आस ने साँसों की डोर को थाम रखा था। अंतिम समय में तुम मेरे सामने रहोगे तो मैं चैन से मर सकूँगी।'

'तू ऐसा क्यों कहती है? ...हम फिर से नया जीवन शुरू करेंगे।'

'तुम उजाले की बात करते हो, ...और ...मुझे अंधेरा गहराता दिख रहा है। मैं तुम्हारी और बच्चों की गुनाहगार हूँ। ...(हाथ जोड़ते हुए) हो सके तो मुझे माफ़ कर देना। बस एक ख्वाहिश है, अंतिम यात्रा पर निकलते समय अपने नाम का सिंदूर मेरी मांग में भर देना। मैं तुम्हारी यादों के सिवा अपने साथ कुछ नहीं ले जाना चाहती हूँ।'

फुलेसरी का धीमा होता स्वर रत्नाकर के दिल की धड़कन बढ़ा रहा था। अधीर होकर उसने बच्चों का वास्ता देते हुए कहा,

'तू ऐसे नहीं जा सकती ...तुझे तो मेरे साथ चलना होगा। घर में बच्चे तेरी राह देख रहे हैं। मैं उन्हें क्या जवाब दूँगा। मैंने उनसे वायदा किया है कि मैं उनकी माँ को साथ लेकर आऊँगा।'

रत्नाकर के इस सवाल का वह कोई जवाब न दे सकी। उसकी आँखों से बहते बेबसी के आँसुओं ने वहाँ मौजूद सभी लोगों को रोने पर मजबूर कर दिया। अचानक फुलेसरी के चेहरे पर हल्की मुस्कान बिखरी और फिर साँसों की डोर तोड़कर वह अनन्त यात्रा पर निकल गई।

दो दिन के भीतर डिहवा गांव में दो अर्थियां उठी। पहली सल्लन की और दूसरी फुलेसरी की। फुलेसरी को दुल्हन के लिबास में रत्नाकर गांव लेकर आया था। उसके मुस्कराते चेहरे पर सिंदूर दमक रहा था। रत्नाकर ने अंतिम संस्कार की सभी रस्में पूरी की। दिवाकर और सुभद्रा की आँखें रत्नाकर से सवाल करती रही परन्तु वह खामोश ही रहा। सभी ने फुलेसरी के जीवन में सल्लन के किरदार को अपने दिलों मे दफन कर लिया। बुधनी, सुभद्रा और दिवाकर जब कभी अर्णव और सागर की देखभाल के लिए दूसरा ब्याह रचाने की बात करते तो रत्नाकर यह कहते हुए प्रस्ताव को खारिज कर देता था कि सबको अपने प्रारब्ध के अनुसार अपने हिस्से की सजा तो भुगतनी ही पड़ेगी। इस जनम में वह फुलेसरी की जगह किसी और को नहीं दे सकता।

वह कभी कभी आसमान में चमकते सितारों को दिखाते हुए अपने बेटों से कहता कि इन्हीं में से कोई उनकी माँ है। अपनी माँ को कभी गुनहगार न ठहराना। शायद पूर्व जन्म में हमने भी उसका साथ ऐसे ही छोड़ा रहा हो जिसकी सजा हमें इस जनम में मिल रही है। हमें अपने हिस्से की सजा तो भुगतनी ही होगी।

10

जिजीविषा

नीमपुर के रग्घू का बेटा नन्दन, गाँव की युवा पीढ़ी के लिए किसी आदर्श से कम न था। गाँव का हर नौजवान उसके द्वारा गढ़ी गई सफलता की कहानी को पढ़ना और दोहराना चाहता था। बेटे की सफलता की कहानी के आगे उसके माँ बाप के त्याग और तपस्या का कद छोटा पड़ गया था। उनके मन की सबसे बड़ी पीड़ा यही थी कि जिन ख़्वाबों को सजाने के लिए उन्होंने अपना सब कुछ न्यौछावर कर दिया उसका प्रतिफल उन्हें बुढ़ापे में अकेलेपन के रूप में मिला। रग्घू को भी अपनी जिंदगी चिलम की तम्बाकू के माफिक लगती थी जो दूसरों के मजे के लिए जलकर राख हो गई।

रग्घू और कमला का शरीर भले ही जर्जर हो गया था लेकिन उनके चेहरे पर ज़िंदादिली अभी भी तैरती थी। उनकी जिंदगी दालान में पड़ी चारपाई के आस पास तक ही सिमटकर रह गई थी। रग्घू की चिलम में तम्बाकू भरने का काम आज भी उनकी पुरखिन कमला ही करती थी। चिलम की कश के साथ एक दूसरे को अतीत के किस्से सुनाते रहना उनकी आदत बन गई थी। ऐसा करते समय उनके चेहरों पर हर्ष और विषाद के भाव समुद्री ज्वार भाटे की तरह आते जाते रहते थे।

बच्चों के ख़्वाबों को पूरा करने और उनके जीवन को संवारने के लिए दोनों ने अपना खून जलाकर सांसों की जो धौकनी चलाई थी वह अब एक दूसरे को सहारा देने के लिए चल रही थी। रग्घू ऐसी शख़्सियत थी

जो अपने मुंडेर के चिराग को रोशन रखने के लिए हवाओं के पर कतरने का हौंसला रखता था। उसका जीवन उस परिंदे से प्रेरित था जो अपने पंख और पौरुष के भरोसे दरख़्तों के उत्तुंग शिखर पर बैठ हवा के तमाम झंझावातों को निर्भय झेल लेता है।

आज का रग्घू कल का रघुआ था जो अपनी पत्नी कमला को पुरखिन कहकर बुलाया करता था। उसके पास अपनी दो बीघा पुश्तैनी जमीन भी थी। उससे पैदा होने वाली फसल से दो जन का गुजारा भी ठीक ठाक हो ही जाता था। बाप दादा की परंपरा को आगे बढ़ाते हुए उसने भी चरित्तर बाबू के घर की चाकरी शुरू कर दी थी।

मुफ्त की इस चाकरी में उन्हें यह भरोसा रहता था कि आपद काल में सहारा देने के लिए बाबू का हाथ उनके सिर पर जरूर रहेगा। बाबू की चाकरी ने रघुआ को तोता बना दिया था। वह उनके हर हुकुम को सर आँखों पर बिठाए रहता और उन्हीं की ज़ुबान बोला करता था। बिटिया सुधा के पैदा होने पर पुरखिन के तेल मसाले के लिए रघुआ ने कुछ रकम क्या मांग ली चरित्तर बाबू बिदक कर उस पर भड़क गए,

'पैसे क्या पेड़ पर उगते हैं जो तुझे लुगाई पर लुटाने के लिए दे दूँ।'

'प्रसव के बाद पुरखिन को अछवानी-हरेरा तो खिलाना ही पड़ेगा। वह बहुत कमजोर हो गई है मालिक।'

'अच्छा, तेरी बस्ती में पहली बार किसी औरत ने बच्चा जना है क्या जो उसे अछवानी पिलाएगा।'

चरित्तर बाबू की यह बात रघुआ को किसी गाली से कम न लगी। उसे यूँ लगा जैसे किसी ने उसके गाल पर झन्नाटे दार तमाचा जड़ दिया हो। फिलहाल उसने अपनी तकदीर समझकर इस अपमान के घूँट को पी लिया। काम निकालने के मकसद से उसने थोड़ी खुशामद करते हुए कहा,

'नाराज मत होइए बाबू! ...अभी जरूरत है तभी तो हाथ फैलाए हैं। ...उधार ही समझकर दे दीजिए। ...फसल कटने दो, पाई पाई चुका दूँगा।'

'हम एक अधेला न देंगे। ...उधार ही लेना है तो साहूकार से जाकर ले लो।'

चरित्तर बाबू की इस झिड़क पर रघुआ खिसिया गया। उसके दिल में यह बात काँटे की तरह चुभ गयी। उसने सोचा कि जब साहूकार से उधारी ही लेनी है तो चरित्तर बाबू की चाकरी करने से क्या फायदा। उसने फैसला कर लिया कि अपनी गृहस्थी चलाने के लिए वह दूसरों के यहां मेहनत मजदूरी कर लेगा लेकिन अब बाबू की चाकरी बिल्कुल न करेगा।

यह पहला मौका था जब रघुआ ने हालात से समझौता करने के बजाय संघर्ष के रास्ते पर चलने का दृढ़ निश्चय कर अपने अंदर जिजीविषा पैदा की थी। उसके इस फैसले पर पुरखिन ने भी अपनी मुहर लगा दी। पति के साथ कंधे से कंधा मिलाकर गृहस्थी की गाड़ी खींचने के लिए कमला ने भी कमर कस कर घर की ड्योढ़ी के बाहर कदम रख दिया।

समय के साथ रग्घू का परिवार भी बढ़ने लगा था। सुधा के बाद रुचि और राधिका का जन्म हुआ तो घर बेटियों की गूंज से चहक उठा। थकहार कर घर पहुँचने पर जब बेटियां माँ बाप की सेवा में जुट जाती तो दिनभर की थकान पलक झपकते छूमंतर हो जाती थी। इन सबके बावजूद कमला का दिल एक बेटे के लिए तड़पता था। वह पति से रट लगाए रहती कि बेटा हो जाए तो परलोक सुधर जाए। वह भी तब तक पितृ ऋण से उऋण न होगा जब तक उसके घर एक बेटा पैदा नहीं होगा।

रग्घू समझाता था कि यह सब दकियानूसी बातें हैं। जमाना बदल गया है। अब बेटियां किसी भी मायने में बेटों से कमतर नहीं हैं। अच्छी तरह पढ़ाया लिखाया जाए तो यही उनका नाम रोशन करेंगी। कमला कुछ भी सुनने को तैयार न थी। उसकी बेटे की ख़्वाहिश के आगे सभी तर्क परास्त हो जाते थे।

शरीर मरुस्थल में जिंदा रहने की जद्दोजहद करते नागफनी की तरह सूख कर काँटा हो गया था लेकिन बेटे की सनक में वह पगलाई रहती थी। बेटे की लालसा में जब उसके घर रमा और रजनी का भी जन्म हो गया तो वह मायूस रहने लगी।

न जाने कौन सी बात पुरखिन के दिल में बैठ गई कि उनका शरीर सूखता जा रहा था। ऐसा लगता था कि बेटा न होने से उनके जीवन का मकसद ही खतम हो गया हो। परिवार बढ़ने पर खर्चे बढ़ना स्वाभाविक

था। रग्घू और कमला जो भी कमाते सब सात जन के पेट की आग बुझाने में ही स्वाहा हो जाता था।

जब पाँच बेटियों का पेट पालना भी पहाड़ लगने लगा तो साहूकार से उधारी का व्यवहार भी शुरू हो गया। रग्घू पर पहले से ही सात जन का पेट पालना भारी था उस पर पुरखिन की दवा दारू का खर्च अलग से था। ऐसे में वह साहूकार की शरण लेने को मजबूर हो गया। उसकी मजबूरी को सीढ़ी बनाकर साह उसकी दो बीघा जमीन पर घात लगाकर बैठ गया। उसने जुबान में शहद और मक्खन लगाकर रघुआ को समझाया,

'कभी न कभी भगवान सबकी परीक्षा लेता है। ...तेरी भी परीक्षा ले रहा है। ...लेकिन तू बिल्कुल न घबराना। मैं तेरे साथ हूँ। ...बच्चों के बेहतर कल के लिए माँ बाप का जो फ़र्ज है वह तू बखूबी निभा रहा है। ...पुरखिन के दवा दारू, बेटियों की पढ़ाई लिखाई, शादी ब्याह आदि के लिए जितनी भी रकम की जरूरत हो ...बेझिझक ले जाना। कमा कमाकर बाद में लौटा देना।'

साह की यह बात रघुआ के दिलो दिमाग पर छा गई। वह यह तो जानता ही था कि उससे पैसे लेने पर मोटा ब्याज देना पड़ेगा फिर भी पूरा इत्मीनान होने के लिए जब उसने पूँछा तो साह ने साफ कहा,

'अरे भाई हमारा तो धंधा ही ब्याज पर टिका है। ...अब घोड़ा घास से दोस्ती कर लेगा तो खायेगा क्या? ...बेटियाँ घर की लक्ष्मी होती हैं। ...अब लक्ष्मी की सेवा में लक्ष्मी जाएंगी तो ब्याज दाल में नमक के बराबर ही ले लूँगा। लेकिन हमारे घर की लक्ष्मी हमारे घर लौटा देने की जमानत तो देनी ही पड़ेगी।'

'लेकिन मेरे पास तो जमानत के रूप में आपके पास रखने के लिए तो कुछ भी नहीं है सिवाय विश्वास और भरोसा के।'

'और हम भरोसे के ही तो मुरीद हैं। ...जमानत के तौर पर तुम अपनी जमीन मेरे पास रख सकते हो।'

'साह जी! जमीन जमानत पर रख दूँगा तो खाऊँगा क्या? ...न यह न हो पाएगा।'

'अरे पगले, ...जमीन तो तेरे पास ही रहेगी। तू ही उसका मालिक बना रहेगा। सूद समेत पैसे की वापसी होने की गारंटी के रूप में केवल

करारनामा लिखना होगा। तुझे हो या न हो लेकिन मुझे तो तुम्हारी मेहनत पर भरोसा है। राई राई भी जोड़ोगे तो पहाड़ बन जाएगा। ...और हमें हमारी लक्ष्मी सूद सहित लौटा दोगे। ...नहीं भी दे पाए तो इसमें तुम्हारा कौन सा घाटा होगा। जो जमीन तुम्हारे मरने के बाद बेटियों को मिलेगी वह जमीन उनका आज सँवारने में काम आ जाए तो इसमें हर्ज ही क्या है। ...अरे भई बच्चों का आज सँवर गया तो समझो कल सँवर गया।'

साह की यह बात रघुआ को समझ में आ गई थी। उसने बच्चों की बेहतर परवरिश के लिए जरूरत पड़ने पर अपनी चुरकी तक गिरवी रख देने का निश्चय कर लिया। उसने सुधा और रुचि के विवाह में जमीन की जमानत पर ही साह से पैसे लिए। कमला ने मना भी किया तो उसने साफ कह दिया कि सब इन्हीं का है। चाहे मरने के बाद हो या मरने से पहले। अगर जमीन चली जाने से बेटियों को अच्छा घर मिल जाता है तो इसमें कोई हर्ज नहीं है।

दो बेटियों की विदाई के बाद कमला की बेटे की ख़्वाहिश और बढ़ गई। रग्घू जब भी उसके पास बैठता था तो वह एक ही चर्चा करती,

'बेटियाँ पराया धन होती हैं। ...एक दिन राधिका, रमा व रजनी भी सुधा और रुचि की तरह इस घर से विदा होकर अपने अपने ससुराल चली जाएंगी। ...उसके बाद हमारा क्या होगा?'

'तो इसमें कौन सी नई बात है। ...हर बेटी अपने ससुराल जाती है। ...यह कौन सा वहम अपने तुमने पाल लिया कि बेटा न होने से हमारा परलोक न सुधरेगा। ...हमारी किस्मत में जितना था उतना हमें मिल चुका है। ...अब आगे किसी औलाद के बारे में सोचना भी मत।'

'बेटियों से हमारा वंश तो न चलेगा और फिर हमारी अर्थी को कांधा देने वाला भी तो चाहिए। ...अभी हम इतना गैताल भी नहीं कि एक और कोशिश न कर सकें। ...इस बार हम जांच पड़ताल करवाएंगे बेटा हुआ तो ठीक, नहीं तो...।'

कमला के तर्क वितर्क के सामने रग्घू हार गया। आखिरकार पाँच बेटियों की माँ रघुआ की पुरखिन के पांव फिर से भारी हो गए। चर्चा होने लगी कि बेटे की आस में पुरखिन फिर पेट से है। आस पड़ोस

की महिलाओं में खुसफुसाहट शुरू हुई तो लोग रघुआ और पुरखिन का मजाक भी उड़ाने लगे।

हमजोलियों को तो हंसी ठिठोली का बहाना मिल गया था। पीठ पीछे लोग मुँह बनाते लेकिन सामने यही कहते थे कि रघुआ का खून इस उमर में भी ठंडा नहीं पड़ा है, देखो भौजी का पाँव छठीं बार भारी हो गया है। कदम भले ही कब्र की तरफ बढ़ चले हैं लेकिन इनकी जवानी कल भी जिंदाबाद थी, आज भी जिंदाबाद है और लगता है आगे भी जिंदाबाद ही रहेगी। ऐसी बातें सुनकर रघुआ को अपनी मर्दानगी का एहसास हो जाता और फिर मूँछों पर हाथ फेरते हुए वह मुस्कराने लगता था।

इस बार बैद्य जी ने न जाने कौन सा मंतर फूंका कि पुरखिन का चेहरा चमक उठा। ऐसा लगता था मानो उन्हें जीने का कोई नया मकसद मिल गया हो। रग्घू भी उसके खान पान का विशेष ख्याल रखने लगा था। बीमारी आजारी के कारण स्वभाव से चिड़चिड़ी हो चुकी पुरखिन अब हंसमुख दिखने लगी थी। वह लोगों की हंसी ठिठोली पर तनिक भी नाराज न होती बल्कि उसे लोगों का मजाक करना अच्छा लगता था।

मुंशियाइन काकी के कान तक जब बीमार कमला के पांव भारी होने की खबर पहुंची तो उनका पारा सातवें आसमान पर चढ़ गया। उन्होंने रघुआ को बुलाकर फटकारा,

'क्यों रे! यह क्या सुन रही हूँ मैं। ...बच्चा पैदा होने के बाद औरत का पुनर्जन्म होता है। दुलहिन पांच बार प्रसव की पीड़ा झेल चुकी है जिसके कारण उसका शरीर बेदम हो चुका है। सुना है उसकी तबियत ठीक न होने के बावजूद वह पेट से है और तू बाप बनने का सपना देख रहा है। ...तुझे कुछ आगा पीछा सुझाई देता है कि नहीं या फिर उसे मार ही डालना चाहता है।'

रग्घू सिर झुकाए चुपचाप काकी की फटकार सुनता रहा। वह कुछ कहना चाहता था लेकिन काकी ने डांटकर उसे चुप करा दिया। उसने काकी के सामने से खिसक लेने में ही अपनी भलाई समझी। उसके हटते ही काकी ने कुबरी उठाई और पुरखिन से मिलने चल दी।

काकी बड़ी मुंहफट लेकिन दिल की साफ थी। वह जितना फटकारती थी उससे अधिक दुलारती भी थी। भलाई बुराई सीधे मुंह पर कह देना

उनका स्वभाव था लेकिन पीठ पीछे वे कभी किसी की बुराई न करती। काकी को कुबरी टेकते हुए घर की तरफ आता देख पुरखिन समझ गई कि आज सुनने की बारी उसकी है। सिर का पल्ला ठीक कर घूंघट में अपना मुँह छुपाते हुए वह पहले ही सतर्क हो गई। नजदीक आने पर काकी के कुछ बोलने से पहले ही वह बोल पड़ी,

'आओ काकी आओ, ...सौ साल जिओगी। ...बस थोड़ी देर पहले ही आपका ख्याल आया था और आप दिख भी गई। (मचिया आगे सरकाते हुए) आओ बैठो काकी।'

'हां हां, बैठती हूँ। ...पहले तू मस्का लगाना बंद कर।'

'मस्का नहीं लगा रही, सौ टका सच कह रही हूँ काकी, आपकी कसम काकी। (हाथ से सहारा देकर काकी को बैठाते हुए) क्या बात है जो आज इतने गुस्से में लग रही हो। ...हमसे कोई गलती हो गई है क्या।'

काकी के मचिया पर बैठने के बाद जब पुरखिन ने उनके चरणों का दबाते हुए फिर से मस्केबाजी शुरू की तो वह विफर गई,

'कलमुंही! कुछ लाज शरम है कि सब घोल के पी गई। बिटिया की गोद भरने लगी और तुझे भतार के बिस्तर के सिवा कुछ सूझ ही नहीं रहा है। ...ऐसे ही चलता रहा तो ठठरी में जान नहीं रह जाएगी।'

'वाह काकी, कैसी बात करती हो? ...(हँसते हुए) जब तक आप हमें दुलहिन कहती रहोगी तब तक हमें न तो उम्र का एहसास होगा और न ही हम भतार के बिस्तर का मोह छोड़ पाएंगे। ...तनिक अपने बेटे को भी समझा दिया करो।'

'चुप बेशरम, जो ई पेट फुलाये बड़े गुमान में घूम रही है, इसे देखकर पुरवासी हंसते हैं। सब कहते हैं कि पुरखिनिया पगला गई है जो इस उमर में भी...। सब मसखरी करते हैं कि पुरखिन बेटे और नाती की बरही साथ साथ करेंगी।'

'जिसको जो कहना हो कहे, हम किसी का मुँह तो पकड़ नहीं सकते। ...ये वही लोग हैं जो पांच बेटियाँ होने के बाद भी हमारे निरबंसिया होने का नगाड़ा पीटते फिरते हैं। किसी के दिल पर क्या बीतती है इसकी फिकर इन्हें कहाँ होती है? शायद इस बार भगवान हमारी सुन ही लें।'

'हर बार तो तू यही उम्मीद लगाये रहती थी कि शायद इस बार थाली बजे लेकिन हुआ क्या? दलिद्दर का डेरा लगता चला गया। थाली बजवाने के फेर में तू पाँच-पाँच बेटियों की माँ बन गई।'

'अरे न काकी, दलिद्दर नहीं, लक्ष्मी होती हैं बेटियाँ।'

'किसी और के घर में होती होंगी। ...हमें तो तेरे घर में ये लक्ष्मी नहीं, दलिद्दर ही लगती हैं। रघुवा गले तक कर्ज में डूब गया है। ...बेचारा दिन रात तेली के बैल की तरह गृहस्थी के कोल्हू में नधा हुआ है फिर भी रत्ती भर तेल नहीं निकल पाता। ...सुन! अब तक जो हुआ सो हुआ। अब रघुआ पर रहम कर। मेरा कहा मान तो अभी समय है, ...दाई को बुलाकर इस झंझट से मुक्ति पा ले।'

'जैसे भूखे को भोजन और प्यासे को पानी न मिले तो वह मर जाएगा वैसे ही निरबंस का कलंक मिटाने वाला वंश हमारी भूख-प्यास है काकी। मिल गई तो हमारे जीने की चाह बढ़ जाएगी नहीं तो...।(मन में उल्लास भरते हुए) हमें यकीन है कि इस बार थाली जरूर बजेगी। लेकिन काकी आपसे एक वादा जरूर करूँगी कि इस बार उम्मीद पूरी न हुई तो तेरी कसम कभी बिस्तर पर कदम न रखूँगी।'

पुरखिन के इस जवाब पर काकी निरुत्तर हो गई। मनोकामना पूर्ण होने का आशीर्वाद दिया, कुबरी उठाई और अपने घर की राह पकड़ ली। वह रास्ते भर ईश्वर से फरियाद करती रही कि वह पुरखिन की उम्मीद का दिया बुझने न दे और अपनी रहमत के चिराग से उसका घर रोशन कर दे।

गरीबी बड़ी कमबख्त होती है। इसके फंदे में फंसने वाले का साँस लेना मुश्किल हो जाता है। कर्ज इसका सबसे बड़ा हथियार है जो गुरबत में जीवन बसर करने वाले का दम घोंट देता है। जिस परिश्रम के बलबूते गरीबी के फंदे को काटा जाता है कभी कभी वही शरीर के जर्जर हो जाने पर मौत का सबब भी बन जाता है। नामुराद रग्घू और कमला के साथ भी कुछ ऐसा ही हो रहा था। बेपटरी हो चुकी उसकी गृहस्थी की गाड़ी दरिया के मझधार में फंसी उस कश्ती के जैसी हो गई थी जिसे मंजिल तक पहुंचाने के लिए पतवार का चप्पू लगातार चलते रहना चाहिए। चप्पू के बंद होते ही कश्ती का लहरों में भटक कर डूब जाना तय होता है।

रघुआ को हाड़ तोड़ परिश्रम करते देख कमला का कलेजा फट जाता था। जहाँ पेट की आग बुझाने के लिए नमक रोटी का जुगाड़ करना मुश्किल हो वहाँ रघुआ के लिए पुरखिन के खान पान का विशेष इंतजाम करना किसी चुनौती से कम न था। फिर भी उससे जितना बन पड़ रहा था, उतना कर रहा था और पुरखिन भी उसी में खुश रहती थी। गरीबी के झंझावातों को झेलने का दर्द उनके चेहरे पर कभी हावी नहीं होने पाता था।

नब्ज टटोलकर मर्ज पकड़ने वाले बैद्य जी ने इस बार पुरखिन की आँखों में भी झांका था। जिसमें उन्हें उम्मीद की चमक के साथ साथ चिंता और आशंका के बादल भी दिख गए। नजरें हटाने के बाद अपने माथे का पसीना पोंछते हुए उन्होंने कहा कि इस बार प्रसव में कुछ खतरा जान पड़ता है। इनके चेहरे और दिल के भाव में एकरूपता नहीं हैं। इन्हें किसी आशंका ने घेर रखा है। यह आशंका इनके भीतर चिंता का हवन कुंड तैयार किए बैठी है। यह जो भी खा पी रही हैं सब उसी में जलकर स्वाहा हो जाता है इसीलिए शरीर कमजोर होता जा रहा है।

प्रसव के खतरों से आगाह करते हुए बैद्य जी ने रग्घू से साफ कह दिया कि किसी अच्छे चिकित्सक की देखरेख में प्रसव न कराया गया तो वह अपनी जोरू से हाथ धो बैठेगा।

रग्घू चाहता तो था कि वह अपनी पुरखिन का इलाज अच्छे चिकित्सक के पास कराये लेकिन उसके तंग हाथ ऐसा कर पाने की इजाजत नहीं दे रहे थे। ऐसे में उसकी एक मात्र उम्मीद शहर का ख़ैराती अस्पताल ही रह गया। जहाँ सामान्य जांच पड़ताल के बाद डॉक्टर ने कुछ गोलियाँ देने के साथ ही आराम करने और ईश्वर का नाम लेने की मुफ्त सलाह दे दी। ईश्वर का नाम लेने की सलाह रग्घू और पुरखिन दोनों को खटक गई थी।

समय का पहिया जैसे जैसे घूम रहा था वैसे वैसे पुरखिन का उठना बैठना चलना फिरना भारू होता जा रहा था। जब उसे डॉक्टर की सलाह पर अमल करना जरूरी लगने लगा तो उसने बिस्तर पकड़ लिया। लेकिन आराम के फेर में बिस्तर पकड़ने वाली पुरखिन कब बिस्तर से उठने में असमर्थ हो गई इसका किसी को अंदाजा ही न लग सका। जिस

तरह माँ अपने बच्चे की परवरिश करती है ठीक वैसे ही पुरखिन की सेवा में उसकी तीनों बेटियाँ रमा, राधिका और रजनी लगी रहती थी। एक हाथ दबाती तो दूसरी पैर और तीसरी सिर में तेल की मालिश ही करती रहती।

रग्घू इस समय बेटियों के सामने आने में शरमाता था इसलिए वह दूर से ही खड़े होकर पुरखिन की हालत पर नजर बनाए हुए थे। उसका मन बहुत घबरा रहा था। बेटियाँ बाप की मनोदशा को ताड़ गई थी इसीलिए तो वे कुछ देर के लिए माँ के पास से हट गई। बेटियों के हटते ही वह पुरखिन के पास पहुंच गया। उसे सामने देख पुरखिन ने बिना कुछ बोले अपनी आँखें बंद कर ली। डबडबाई आँखों पर पलकों का पर्दा गिरते ही आँसुओं की धार बह निकली। उसकी आँखों में बेबसी देख वह घबरा गया। बिना देर किए वह सीधे मुंशियाइन काकी के पास पहुँच गया। उसे सामने खड़ा देख काकी ने सवाल किया,

'क्यों रे! इस खड़ी दोपहर में कहाँ घूमता फिर रहा है और तू इतना घबराया क्यों है?'

'काकी! न जाने क्यों पुरखिन दो दिनों से बिल्कुल चुप है। वह न हिलती है न डुलती है बस रोये जा रही है। मेरे लाख पूँछने पर भी कोई जवाब नहीं देती। उसकी यह हालत देख बेटियों ने भी दो दिन से कुछ खाया पिया नहीं है। अब तो वे भी छुपछुप कर रोने लगी हैं। मेरा मन बहुत घबरा रहा है।'

'धीरज रख। काहे घबराता है। ...भगवान पर भरोसा कर, सब ठीक होगा।'

'आखिर वह बोलती क्यों नहीं? काकी! एक बार घर चलकर उसे देख लीजिए। ...कहीं कुछ गड़बड़ तो नहीं। ...अगर उसे कुछ हो गया तो हम खुद को माफ न कर पाएंगे।' यह सुनकर एक बार तो काकी का भी सिर चकरा गया। थोड़ी देर चुप रहने के बाद खुद को संयत किया और रघुआ के घर जाने के लिए कुबरी उठा ली।

वह रग्घू के घर जा पहुँची। पुरखिन को बिस्तर पर पड़ा देख मजाकिया लहजे में बोली,

'अरे दुलहिन तू तो सच में बिस्तर का मोह नहीं छोड़ पा रही है।'

काकी की यह हल्की चपत लगते ही पुरखिन के होंठों पर मुस्कराहट तैर गई। काकी ने पेट पर हाथ रखकर फेरा, नब्ज टटोली, पेट पर कान रखते हुए कुछ सुनने का प्रयास भी किया फिर दूर खड़े रग्घू की तरफ देख पलकों को झपकाते हुए सब ठीक होने का इशारा कर दिया। पुरखिन और काकी के बीच कुछ हल्की फुल्की बातचीत भी हुई। चलते समय काकी ने उसके कान में न जाने क्या मंत्र फूंका कि वह खिलखिला उठी। पूरा इत्मिनान होने के बाद काकी कुबरी उठाकर वापस अपने घर के लिए निकल पड़ी।

खड़ी दुपहरी में काकी का रग्घू के घर से वापस लौटना लोगों में कौतूहल उत्पन्न कर गया। कुछ लोगों ने इसका मर्म जानना चाहा तो काकी ने बता दिया कि पुरखिन की तबियत ठीक नहीं थी सो उसी को देखने चली गई थी। फिर क्या था, जितने मुँह उतनी बातें होने लगी। कोई कहता कि बेचारी का कंगाली में आंटा गीला हो गया तो कोई खान पान में हुई लापरवाही करार देकर उस पर तरस खा रहा था। कुछ तो रग्घू और बेटियों को भी कोसने में पीछे न थे। आस पड़ोस की महिलाएं रग्घू के घर में झांकने का यह सुनहरा अवसर खोना नहीं चाहती थी सो आपस में गाल बजाती हुई पुरखिन को देखने के बहाने उसके घर पहुँचने लगी।

रग्घू के घर पहुँचने वाली महिलाओं में सब काकी जैसी न थी। उनमें अधिकांश हमदर्दी जताने के बहाने पुरखिन के दुःखों की दहक से अपनी आँखों को सेंकने का मकसद लेकर ही आई थी। सहानुभूति के दो मीठे बोल बोलने से भले ही परहेज रहा हो परन्तु हालातों के विश्लेषण में अपनी विशेषज्ञता प्रदर्शित करने से कोई चूक नहीं रहा था। अपने अपने नजरिए से कोख में पल रहे बच्चे को लेकर भविष्यवाणी भी हो रही थी।

किसी ने पेट पर पड़ने वाले बल को परखा तो किसी ने पेट में होने वाली हलचल को। जज्जू ने तो एक नजर डालकर ही अंदाजा लगा लिया कि इस बार भी बिटिया ही पैदा होगी। बेटा होने का तो कोई लक्षण ही नहीं दिखाई पड़ता। महिलाएं आपस में खुसफुसाने लगी कि जज्जुआ ठीक कहती है। बाकी ईश्वर जाने। उसका लेखा वही पढ़ सकता है। जिसकी किस्मत में जो लिखा है उससे ज्यादा उसे कुछ नहीं मिल सकता। महिलाओं की खुसफुसाहट सुनकर पुरखिन का कलेजा बैठा जा

रहा था। एक तो पहले से ही कमजोरी के कारण उसकी जान सांसत में फंसी थी दूसरे इस तरह की बातें उसके अंतस्ताप को बढ़ाती चली जा रही थी।

रात के सन्नाटे में भी जज्जू की बात और उसका समर्थन करती महिलाओं का एक एक शब्द पुरखिन के कानों में गूंज रहा था। वह जानती थी कि इस पर किसी का कोई जोर नहीं है फिर भी न जाने क्यों उसकी बेचैनी बढ़ती जा रही थी। उसे ऐसा लग रहा था जैसे उसकी धड़कनें धीमी पड़ रही हैं। जब उसे पास बैठी बेटी भी थोड़ा धुंधली दिखी तो हाथ से उसे टटोलने का प्रयास कर बापू को बुलाने का इशारा किया। राधिका ने बापू को आवाज देकर बुलाया।

जब तक रग्घू बाहर के ओसार से भीतर पहुँचा तब तक पुरखिन का शरीर शांत पड़ गया था। लेकिन नब्ज अभी भी चल रही थी। रघुआ भागते हुए चरित्तर बाबू के पास गया और चरणों में गिरकर पुरखिन की जान बचान की गुहार लगाई। चरित्तर बाबू को एहसान के बदले गुलाम बनाने का अवसर दिख गया। उन्होंने झट अपनी मोटर से पुरखिन को शहर के ख़ैराती अस्पताल भेजवाया। डॉक्टर ने इमरजेंसी केस बताकर आपरेशन के लिए तत्काल किसी बड़े अस्पताल ले जाने की सलाह दी तो रघुआ ने उनके पांव पकड़ लिए,

'साहब हम कहाँ ले जाएं। जेब में अठन्नी भी नहीं है आप हाथ नहीं लगाएंगे तो हमारी पुरखिन बेमौत मर जाएगी।'

'खतरे के अंदेशे के लिहाज से हमारे अस्पताल में सुविधाएं कम हैं इसलिए किसी अच्छे निजी अस्पताल ले जाने को कह रहा हूँ।'

'क्या यहां आपरेशन नहीं हो पाएगा?'

'हो पाएगा लेकिन ख़ैराती अस्पताल का हर काम भगवान भरोसे होता है। हम यहां सीमित संसाधनों में ही इलाज कर पाते हैं। मरीज को यहां दवा के साथ दुआ की भी जरूरत पड़ेगी।'

'साहब! गरीब का भगवान के सिवा कौन है? ...हम इंसान से ज्यादा भरोसा भगवान पर करते हैं। आप आपरेशन करो। ...भगवान जो करेंगे हमें मंजूर है।'

स्ट्रेचर पर बेसुध पड़ी पुरखिन को ऑपरेशन थियेटर में दाखिल कर ऑपरेशन की तैयारी शुरू कर दी गई। कुछ ही देर बाद ऑपरेशन पूरा कर डॉक्टर ओटी से बाहर निकले। उन्हें देखकर सामने फर्श पर बेटियों के साथ बैठा रग्घू खड़ा होकर डॉक्टर से कुछ जानना चाहा लेकिन वह बिना कुछ बोले चुपचाप अपने चैंबर में चले गए।

नर्स ने ओटी से बाहर निकलकर आपरेशन सफल होने के साथ ही बेटा पैदा होने की जानकारी दी लेकिन साथ ही यह भी बता दिया कि अभी जच्चा की हालत ठीक नहीं है। दुआ करो कि जल्दी उसकी हालत में कुछ सुधार हो। जाते जाते नर्स ने साफ कह दिया कि अभी किसी को भी मरीज से मिलने की इजाजत नहीं है।

बच्चे का जन्म समय से पूर्व कराया गया था इसलिए अभी उसे विशेष देखभाल इकाई में रखा गया था जबकि जज्जा को सामान्य वार्ड में रखकर उसका इलाज किया जा रहा था। दो दिन बीत चुके थे लेकिन पुरखिन की हालत में कोई सुधार नहीं हो रहा था। डॉक्टर ने बताया कि घबराने की कोई बात नहीं है लेकिन वह अर्धचेतना से कब बाहर निकलेंगी, यह कह पाना मुश्किल है। ऐसा लगता है कि कोई बात इनके दिल में बैठ गई है जिसके कारण इनमें हताशा घर कर गई है। वह सुन सब रही हैं लेकिन शरीर से कोई हरकत नहीं कर पा रही हैं। इनमें जीने की चाह जगेगी तभी इनकी हालत में सुधार संभव है। अभी बच्चे को इनके पास नहीं लाया जा सकता है इसलिए इन्हें बच्चे के बारे में कुछ भी नहीं बताया गया है।

पुरखिन का हालचाल लेने के लिए गांव के लोग अस्पताल आ जा रहे थे। हर कोई रघुआ के कंधे पर हाथ रखकर भगवान पर भरोसा रखने की घुट्टी पिलाकर लौट जाता था। आज जज्जू भी पुरखिन को देखने आई थी। वह पहले ही पुरखिन के हृदय का मर्म समझ गई थी। बेड के पास पहुँचते ही उसकी कैंची की तरह तेज जुबान चलने लगी,

‘इस तरह काम न चलेगा भौजी, इतने दिनों बाद तुम्हारी मुराद पूरी हुई है और तुम आँख बंद कर बीमारी का बहाना कर लेट गई हो। ...हमारा नेग मार लेने का इरादा है क्या? ...वहाँ घर पर हम दो दिन से नेग के लिए इंतजार कर रहे हैं और तुम यहाँ अस्पताल में ही पड़े रहने का इरादा किए

बैठी हो।'

जज्जू के इतना सुनाने के बाद भी जब पुरखिन के शरीर में कोई हरकत न हुई तो उसने झोले से थाली बाहर निकालकर पुरखिन के कान के पास बजाना शुरू कर दिया। थाली बजने की आवाज सुनते ही नर्स चिल्लाते हुई वार्ड की तरफ दौड़ी। उसके पीछे पीछे डॉक्टर भी आ गए। लेकिन वार्ड में पहुँचने पर दोनों स्तब्ध थे कि जो काम दवा न कर पाई वह बजती थाली कर रही थी।

थाली बजने की आवाज जैसे जैसे पुरखिन के कानों में गूँज रही थी वैसे वैसे उसका शरीर हरकत में आ रहा था। डॉक्टर ने जज्जू को थाली बजाते रहने का इशारा किया। बजती थाली नवजात के बेटा होने का एहसास कराते हुए उसमें जीने की चाह जगा गई और कुछ ही पलों में बेजान सी पड़ी पुरखिन 'मुन्ना...' चीख के साथ उठ कर बैठ गई।

डॉक्टर के इशारे पर सिस्टर ने नवजात बच्चे का लाकर पुरखिन की गोद में डाल दिया। बेटा गोद में आते ही उसके आँचल में दूध उतर आया। रघुआ और पुरखिन के लिए यह बच्चा तपती जमीन पर पानी की उस पहली फुहार जैसा था जो फिजाओं में मिट्टी की सोंधी महक घोल देती है। उनकी खुशियाँ देखकर वहाँ मौजूद हर किसी की आँख नम हो गई थी। डॉक्टर ने दूसरे दिन जच्चा - बच्चा दोनों को अस्पताल से छुट्टी दे दी।

दोनों के घर पहुँचने पर बधाई देने वालों का तांता लग गया। रग्घू के घर में भूंजी भाँग न थी लेकिन लोग जश्न मनाने की बात कह रहे थे। इस बात की किसी को परवाह न थी कि तेल मसाले का जतन करने के लिए रघुआ को कितने पापड़ बेलने पड़े। पुरखिन और बेटियों ने भी जब बाहर वालों की हां में हां मिलाना शुरू कर दिया तो रघुआ साह से सूद पर पैसा लेने को मजबूर हो गया। पैसा हाथ लगते ही उसने नाते रिश्तेदार और गांव जंवार के साथ मिलकर बरही का जश्न बड़े ही धूमधाम से मनाया।

नंदन रघुवा और पुरखिन की आँखों का ही तारा नहीं था बल्कि वह अपनी उन पाँच बहनों का भी दुलारा था जो उस पर जान छिड़कती थी। रघुवा की हैसियत भले ही गाड़ी घोड़े की नहीं थी लेकिन उसने हमेशा बेटे को अपने कंधे पर बिठाकर ही दुनिया दिखाई। पेट भरने के लिए तो वह

धरती का सीना चीर कर कुछ न कुछ उगा ही लेता था लेकिन आकस्मिक जरूरतों के लिए उसे साह की ही शरण लेनी पड़ती थी।

चूंकि साह की नजर उसकी जमीन पर थी इसलिए वह उसे आसानी से कर्ज दे देता था। इसी बलबूते पर तो उसने अपनी सभी बेटियों के हाथ पीले किए थे। सूद की रकम जमीन के मूल्य के बराबर पहुँचते ही साह जमीन को लिखाने दरवाजे पर आ जाता था। कागज पर अंगूठा लगते ही रघुआ कर्ज मुक्त हो जाता था और जमीन साह की हो जाती थी।

जब तक बेटियां ही थी तब तक तो पुरखिन ने रघुआ का हाथ न पकड़ा लेकिन नंदन के पैदा होने के बाद उसे पति की यह आदत अखरने लगी। वह पुरखों की जागीर अपने बेटे के लिए हर हाल में बचा कर रखना चाहती थी। लेकिन रघुआ बेटे के शौक को पूरा करने के लिए भी सूद पर पैसा लेने में बिल्कुल न हिचकता था। जब तक नंदन बचपन से जवानी की दहलीज पर पहुँचा तब तक रघुवा की सारी जमीन बेटियों का ब्याहने और बेटे की परवरिश में लिए गए पैसों के सूद की भेंट चढ़ गई।

पुरखिन के दिल में जमीन बिकने का ग़म गहराता जा रहा था। जैसे जैसे जमीन के टुकड़े बिकते गए वैसे वैसे पुरखिन की साँसें कम हो रही थीं। अब तो जमीन का केवल एक टुकड़ा ही शेष रह गया था। पुरखिन के इलाज के लिए पैसों की सख्त जरूरत थी। रघुवा के सामने जमीन बेचने के सिवा कोई विकल्प नहीं सूझ रहा था लेकिन नंदन ने उसका हाथ पकड़ लिया,

'न बापू न। अब ऐसा मत करना। अम्मा के इलाज के लिए मैं मेहनत मजदूरी कुछ भी करूँगा लेकिन जमीन बिकने न दूँगा। ...यह जमीन ही अम्मा की आखिरी उम्मीद है।'

'नहीं बेटा, तुझे मेहनत मजदूरी न करने दूँगा। तू सिर्फ पढ़ाई लिखाई से मतलब रख। ...तुझे तो सरकारी मुलाज़िम बनना है। ...पुरखिन का इलाज मेरी जिम्मेदारी है ...इसे मुझे ही उठाने दे।'

'बापू! तुम्हारी पुरखिन हमारी माँ भी है। उसके इलाज के लिए मैं सरकारी मुलाज़िम बनने तक का इंतजार नहीं कर सकता। ...पीठ पर बोझा भी उठाना पड़े तो मैं उठाऊँगा। ...इस बार मुझे मत रोकना।'

जवाब में रग्घू कुछ न बोल सका लेकिन उसे यह चिंता जरूर थी कि कहीं वर्षों की त्याग तपस्या मेहनत पर पानी न फिर जाये। वह डरता था कि कहीं वर्तमान के चक्कर में नंदू का भविष्य न बिगड़ जाये।

बाप और बेटे के बीच हुई गुफ़्तगू बिस्तर पर पड़ी पुरखिन की आँखों में आशा की नई किरण का संचार कर उसके कलेजे को सुकून पहुँचा गई। कई दिनों बाद उसके मुस्कराने पर यूँ लगा जैसे उसे उसकी बीमारी का इलाज मिल गया हो। आज पहली बार उसके बेटे को अपने पौरुष का एहसास हुआ था। उसे उम्मीद थी कि उसके बेटे ने जीवन पथ पर अपने पुरुषार्थ के बलबूते चलना सीख लिया तो एक न एक दिन उसके भाग्य का सूरज जरूर उदित होगा।

अभी तक नंदन की जिंदगी घोंसले में बैठे चिड़िया के उस बच्चे के समान थी जिसकी चोंच खुलते ही उसमें दाना पानी पड़ जाता है। आज पहली बार उसे घोंसले से बाहर निकलकर उड़ान भरना था जहाँ बाहरी दुनिया की दुश्वारियों से उसका राब्ता होने वाला था। इस दौरान उसका साबिका रोज कमाने खाने वाले मजदूर की ऐसी जिंदगी से भी होना था जिसमें साँसों की धौंकनी और श्रम की चाकी एक दूसरे के पूरक होते हैं। एक के रुकते हुए दूसरी अपने आप रुक जाती है।

पुरखिन के इलाज के लिए बाप और बेटे मिलकर श्रम की चाकी चलाने में जुट गये। वे खून पसीना बहाकर जो भी कमाते, सब दवा दारू और पेट की आग बुझाने में स्वाहा हो जाता। कल के लिए हमेशा उनका हाथ खाली ही रहता था। छः माह तक हांड़ तोड़ मेहनत के बाद भी पुरखिन के ऑपरेशन के लिए वांछित रकम न जुट पाई।

आखिरकार जमीन बेचने का अंतिम विकल्प उन्हें चुनना ही पड़ा। साँसे बचाने के लिए आरज़ू को दरकिनार कर दिया गया। ऑपरेशन होने के बाद बेटियां ससुराल से आकर माँ की सेवा सुश्रूषा में जुट गई। वे अपनी सेवा से बीमार माँ को जल्द से जल्द घोड़े के माफिक दौड़ा देना चाहती थी।

इधर नंदन वर्तमान और भाविष्य के अंर्तद्वंद में उलझ गया। उसने इस दौरान मेहनतकश की बेबशी को बड़े ही करीब से देखा था। वह वर्तमान के साथ भविष्य का संतुलन नहीं बना पा रहा था। उसकी

वर्तमान परिस्थितियाँ भविष्य के पलड़े को हल्का कर रही थी। वह परिस्थितियों से समझौता करने को कतई तैयार न था। बेटे के मन में चल रहे अंर्तद्वंद को ताड़कर रग्घू उसके सिर पर हाथ फेरते हुए बोले,

'धीरज रख बेटा! ...सब ठीक हो जाएगा। हो सकता है भगवान हमारी परीक्षा ले रहा हो।'

'अब धीरज नहीं रखा जाता बापू। हमारी जिंदगी तो रेगिस्तान बन गई है। जहाँ रेत और धूप की तपन झेलते भूखे प्यासे हम दौड़ते रहते हैं फिर भी एक मुट्ठी रेत समेट पाना मुश्किल हो जाता है। कभी कभी तो मन करता है कि ऐसी जिंदगी से मर जाना बेहतर है।'

'ऐसा क्यों सोचता है बेटा? दुःख का अंधेरा है तो सुःख का उजाला भी है। यह बात और है कि अभी हमारे भाग्य का सूर्योदय नहीं हुआ है।'

'बापू, इस वक्त हमें पोथी नहीं रोटी की दरकार है। ...हमें तो हर तरफ अंधेरा ही अंधेरा दिखाई पड़ता है। ...लगता है हमें हमारी बेकारी मार डालेगी।'

रघुआ समझ गया कि नंदन के धीरता पर अधीरता हावी हो चुकी है। उसके हृदय में अवसाद डेरा डालकर बैठ गया है। उसे बाहर निकालना जरूरी है नहीं तो बेटा ही हाथ से निकल जाएगा। वे बेटे को एक शिक्षक की भाँति समझाने लगे,

'बेकारी नहीं बल्कि तुम्हें तुम्हारी अधीरता मार डालेगी। अधीरता मन का निकम्मापन है। अगर ज़िंदगी में कुछ करना है तो सबसे पहले इस निकम्मेपन को मन से बाहर निकालो। जरा सोचो, ...वे परिंदे किस जमीन जायदाद के मालिक होते हैं जो अपनी मेहनत की बदौलत अपना पेट भी भरते हैं और अपना घोसला भी बना लेते हैं। देखना है तो पेड़ की शाखा के सबसे ऊपरी हिस्से पर बैठे उस परिंदे को देखो जो हवा के झंझावातों को महज इसलिए झेल लेता है क्योंकि उसे हवा से ज्यादा अपने पंखों पर भरोसा होता है।'

नंदू चुपचाप सुनता जा रहा था और रग्घू उसे ज़िंदगी का पाठ पढ़ाये जा रहा था,

'इस संसार में हर कोई कंगाल ही आता है और कंगाल होकर ही विदा भी होता है। अमीर या गरीब के घर पैदा होना तो भाग्य हो सकता है

लेकिन जीवन पथ पर आगे बढ़ना कर्म का विषय है। कर्म से भाग्य बदल जाया करते हैं। कर्मों से ही सबकी अलग पहचान बनती है। घर और जमीन जायदाद का मोह त्यागो, जीने की चाह पैदा करो। अपने पौरुष पर भरोसा कर जीवन पथ पर आगे बढ़ो। संघर्ष तो करना ही पड़ेगा। लेकिन यकीन करो हर समस्या का हल आज नहीं तो कल जरूर निकलेगा।'

बाप की बातें बेटे पर असर कर गईं। वह वर्तमान से दो दो हाथ करने को तैयार हो गया लेकिन इस फेर में वह भविष्य को दाँव पर नहीं लगाना चाहता था। इसलिए उसने घर छोड़ने का फैसला कर लिया। माँ-बाप उसे इसकी इजाजत न देते इसलिए बिना किसी को बताये चुपचाप वह रात के अंधेरे में घर से शहर के लिए निकल गया। जाते समय उसने माँ की सेवादार बनी बहन राधिका के सिरहने एक संदेश जरूर छोड़ दिया। जिसमें उसने लिखा था,

'दीदी! अम्मा और बापू से कहना कि वे हमारी बिल्कुल फिक्र न करें। आज मैं इस घर के वर्तमान को बदलने का संकल्प लेकर शहर जा रहा हूँ। जल्दी ही एक बेहतर भविष्य लेकर लौटूँगा।'

दृढ़ संकल्प के साथ निकले नंदन का हर सपना पूरा हुआ। उसने सूद पर चढ़ी जमीनों को भी छुड़ा लिया। उसकी सरकारी नौकरी के ओहदे के आगे नत मस्तक साह ने रघुआ की उन जमीनों को भी अपना हिसाब लेकर लौटा दिया जिसे उसने सूद की रकम जमीन की मालियत से अधिक हो जाने पर रघुआ से लिखा ली थी।

नंदन ने सब कुछ किया लेकिन अभी तक वह वापस गांव नहीं आया था। बेटे के घर से जाने के बाद कई वर्षों तक पुरखिन घर के ओसारे में बैठकर दिन भर बेटे की राह निहारा करती थी। बेटे के सरकारी मुलाजिम बन जाने की खबर से उन्हें लगा था कि उसका नंदन घर आने वाला है। लेकिन जब वह गांव न आया तो उनका इंतजार खत्म हो गया।

अब तो रघुआ और पुरखिन ने बेटे का मुंह न देखने की कसम खा ली। गांव के लोगों के मुँह से बेटे की सफलता की कहानियाँ सुनकर पुरखिन के कलेजे में अजीब सी हूक उठ जाती थी। उनका कलेजा तो कल भी बेटे के लिए जलता था और आज भी उसी के लिए जलता है।

वह अब इस जीवन से मुक्ति चाहती थी। उन्हें लगता था कि आखिर वे अब किसके लिए जिएं। भगवान जितनी जल्दी उठा ले उतनी जल्दी उन्हें सांसारिक जीवन से मुक्ति मिल जाए। तभी अचानक एक गाड़ी आकर रुकती है। उससे उतरने वाले शख्स ने कहा,

'आप लोग दादा - दादी बन गए। ...साहब के घर बेटा पैदा हुआ है। आप लोगों को बुलाया है।'

बस इस एक खबर ने उनमें फिर से जीने की चाह पैदा कर दी और गाड़ी में बैठकर वे अपने पोते से मिलने चल पड़े। उनके मन में बेटे के प्रति अब कोई शिकवा गिला न था। उनका उत्साह देखकर यूँ लगता था जैसे उन्हें जीने का नया मकसद मिल गया हो।

पाठक की बात

'अंतस्ताप' कहानी संग्रह से पूर्व प्रकाशित प्रदीप पांथ के काव्य संग्रह

सोशल मीडिया प्लेटफार्म पर 'अंतस्ताप' कहानी संग्रह में शामिल कहानियों के अंशों को पढ़ने के बाद पाठकों द्वारा कहानियों के संबंध में जो प्रतिक्रियाएं व्यक्त की गई उनमें से कुछ को हूबहू प्रस्तुत किया जा रहा है--

"प्रदीप पांथ जी की कहानियाँ अत्यंत मार्मिक एवं सामाजिक हैं। सभी कहानियाँ मन को छू लेने वाली घटनाओं पर आधारित है जो पाठकों के लिए विमर्श छोड़ती हैं।"

-हारित सिंह , मुसाफिरखाना

"अंतस्ताप कहानी संग्रह की सभी कहानियाँ यथार्थ परक एव हृदय को उद्वेलित करने वाली हैं।"

- सुभाषिनी मिश्रा , सुलतानपुर

"इस संग्रह की कहानियों में सामाजिक ताने-बाने का जीवन्त एवं व्यंगात्मक यथार्थ चित्रण है। ये कहानियाँ मुंशी प्रेम चन्द की भाँति रोचकता एवं उत्सुकता जागृत करने में पूर्णतः सक्षम प्रतीत होती हैं।"

- राजेश द्विवेदी, तिरहुत

"प्रदीप पांथ जी की कहानियों में आधुनिक समय की समस्याओं को बहुत ही मार्मिक ढंग से साहित्य की कलम से उकेरा गया है।"

- कपीश गुप्ता, धरौली

"कजरी जैसी कहानी बहुत ही मार्मिक कहानी है। एक अनाथ की सनाथ होने की कहानी सिर्फ प्रदीप पांथ जैसा व्यक्तित्व ही गढ़ सकता है।"

- प्रद्युम्न कुमार सिंह, बाँदा

"प्रदीप पांथ जी की कहानियाँ अद्भुत सृजनात्मक क्षमता एवं उनकी विद्वता का घोतक है। लेखक की गणना ख्यातिलब्ध हिन्दी साहित्यकारों में निःसंदेह की जा सकती है।"

- शिवम गुप्ता, मुसाफिरखाना

"अंतस्ताप की कहानियाँ बहुत ही मर्म स्पर्शी हैं और लेखक में कहानीकार मुंशी प्रेमचन्द की झलक दिखती है।"

- सत्य प्रकाश तिवारी, अकबरपुर

"अंतस्ताप की कहानियों के माध्यम से कहानीकार समाज की विडम्बनाओं को उजागर करने में निःसंदेह सफल हुआ है।"

- नागेश्वर प्रसाद शर्मा, लखनऊ

"अंतस्ताप कहानी संग्रह की कहानियों के कथानक में मुंशी प्रेमचन्द जी की कहानियों की झलक मिलती है। भाषा सरल, सहज एंव साध्य है।"

- अनीता तिवारी, मुसाफिरखाना

"संग्रह की कहानियों में आज की समस्याओं का बहुत ही मार्मिक चित्रण किया गया है। कजरी जैसी कहानियां समाज में बच्चो के प्रति जागरूकता लाएंगी।"

- अमित कुमार शुक्ला, कानपुर

"समाज में स्थापित मर्यादाओं, मूल्यों के टूटने की आवाज प्रदीप पांथ जी बडी शिद्दत से सुन पा रहे हैं और उसे बखूबी रचना में समेटकर एक सचेत रचनाकार का दायित्व निभा रहे है। कहानियों को पढकर प्रदीप जी से बडी आशा बंधी है।"

- मुकेश शुक्ला, भिवाड़ी

www.ingramcontent.com/pod-product-compliance
Lightning Source LLC
LaVergne TN
LVHW020058081026
849580LV00013B/1713
* 9 7 9 8 8 9 0 6 6 4 9 0 7 *